D1859425

डा. परमात्मा मौर्य

15 जून, 1970 को उत्तर प्रदेश, जौनपुर जिले के मुकुरीपुर गांव में जन्में डा. परमात्मा मौर्य ने एम.बी.बी.एस. (एस.एन. मेडिकल कॉलेज, आगरा), एम.एस. (के.जी. मेडिकल कॉलेज, लखनऊ) तथा एम.सीएच. (आई.एम.एस., बनारस हिन्दू विश्वविद्यालय, वाराणसी) से अर्जित की।

साहित्य-सेवा : मेडी नोवेल "आस" के अलावा पत्र पत्रिकाओं में लेख प्रकाशित। इनकी रचनाओं में सामाजिक चिंतन, शिक्षा और स्वास्थ्य मुख्य बिंदु होते हैं। आडंबर विरोधी होने के कारण, इनकी रचनाओं में इसका असर आसानी से देखा जा सकता है। डा. परमात्मा मौर्य, उत्तर प्रदेश के जाने माने न्यूरोसर्जन होने के साथ साथ सामाजिक कार्यकर्ता के रूप में भी जाने जाते हैं ।

सम्मान : मेडी नोवेल "आस" के लिए गोल्डेन बुक अवार्ड 2024 तथा विभिन्न सामाजिक और साहित्यिक संस्थाओं द्वारा सम्मानित।

सम्प्रति : FIJA : Federation of Indian Journalists and Activists मेडिकल विंग, लखनऊ के अध्यक्ष।

सम्पर्क : 1/491, वरदान खण्ड, गोमती नगर विस्तार, लखनऊ, उत्तर प्रदेश 226010

ई-मेल : : drpmauryans@gmail.com

डा. परमात्मा मौर्य

विहान

लोकभारती पेपरबैक्स

लोकभारती पेपरबैक्स में
प्रथम संस्करण : 2024
तृतीय संस्करण : 2025

लोकभारती पेपरबैक्स : उत्कृष्ट साहित्य के लोकप्रिय संस्करण

लोकभारती प्रकाशन
पहली मंजिल, दरबारी बिल्डिंग, महात्मा गांधी मार्ग
प्रयागराज-211 001

वेबसाइट: www.lokbhartiprakashan.com
ईमेल : info@lokbhartiprakashan.com

शाखाएँ : 1-बी, नेताजी सुभाष मार्ग, दरियागंज
नई दिल्ली-110 002
अशोक राजपथ, साइंस कॉलेज के सामने
पटना-800 006
1, अनमोल सोराबजी संतुक लेन, धोबी तलाव, मरीन लाइंस
मुम्बई-400002

सुपर माधव ग्राफिक
प्रयागराज द्वारा मुद्रित

मूल्य : ₹ 295

VIHAN
by Parmatma Maurya

ISBN : 978-81-979896-1-2

अपनी पहली रचना मेडी नोवेल "आस" की तरह इस रचना को भी मैं अपनी
अर्धांगिनी आराधना पी. मौर्य, जो खुद एक प्रतिष्ठित कवयित्री हैं, को
समर्पित करता हूँ, जिन्होंने न केवल इस रचना के लिए मुझे
प्रेरित किया बल्कि न्यूरोसर्जन में साहित्यकार को ढूँढ़ा।
इस रचना को प्रिय बेटे अर्पित और ओजस्व,
जिन्होंने समय-समय पर मेरा उत्साहवर्धन किया,
को समर्पित करता हूँ।

प्रस्तावना

सत्य घटनाओं पर आधारित यह रचना, उन लाखों करोड़ों युवाओं और उनके अभिवावकों की कहानी है जो तमाम विषम परिस्थितियों के बावजूद बेहतर भविष्य के लिए संघर्ष करते हुए अपने लक्ष्य को प्राप्त करते हैं। जब एक ग्रामीण परिवेश से आए युवा का शहरी परिवेश में पदार्पण होता है, तो कैसे विचारों में बदलाव आता है? कैसे भटकाव होता है? इन सबके बावजूद कुछ बच्चे लक्ष्य को हासिल कर लेते हैं, तो कुछ अवसाद ग्रस्त हो नैतिक मूल्यों के पतन का शिकार हो जाते हैं। कुछ नशे में लिप्त हो, समाज और देश के लिए अभिशाप बन जाते हैं तो कुछ आत्महत्या तक कर लेते हैं, आत्महत्या केवल जीवन का ही नहीं होता, वैचारिक और चारित्रिक हत्या भी आत्महत्या ही है। किसी को अच्छी नौकरी न मिलने के कारण वांक्षित प्यार नहीं मिल पाने का गम है तो किसी के पास सब कुछ होते हुए भी वह नशे का शिकार है। कैसे युवाओं को नशे के दलदल में चन्द लोग अपने धन्धे के लिए धकेल दे रहे हैं तो कैसे इन भटके युवाओं को इस नशे के दलदल से बाहर निकाल कर राष्ट्र निर्माण के महान कार्य को अंजाम देने की कहानी है। यह रचना, खुद सफल होकर पूरे समाज को एक दिशा देते हुए युवाओं की कहानी है ।

डा. परमात्मा मौर्य

जौनपुर जिले का माधोपुर गाँव जो अभी भी बुनियादी सुविधाओं से कोसो दूर है। लगभग पाँच हजार की आबादी होगी। लहलहाते, हरे भरे खेतों के बीच से, ऊबड़-खाबड़, टेढ़ी-मेढ़ी कच्ची सड़क, गाँव को पहुँचती है। यहाँ पर 'सावधानी हटी, दुर्घटना घटी' वाला सड़क यातायात का नारा सटीक ढंग से लागू होता है। दुर्घटना हुई तो, सीधे खेत में पड़े मिलेंगे। सड़क किनारे, हरी लहलहाती फसलों के बीच-बीच में, खाली पड़े खेत या तो अगली फसल के लिए तैयार किए जा रहे हैं या अभी जल्दी ही फसल की कटाई हुई है।

माधोपुर का साधारण किसान महादेव, जिसकी जोत छोटे किसान की है। दिन-रात, पूरा परिवार खेत के काम में लगा रहता है, लेकिन सभी का गुजारा, मुश्किल से हो पाता है। महँगे खाद व बीज, महँगी सिंचाई और महँगे पेस्टिसाइड। ऊपर से, आवारा पशुओं का आतंक ! जो कभी भी चैन नहीं लेने देते। दिन तो दिन रात में भी जागकर, फसलों को इन आवारा पशुओं से बचाने की जद्दोजहद करनी पड़ती है। अगर इन सबसे बच गया तो, प्रकृति की मार। जब खेतों की जुताई या लहलहाती फसलों को पानी की जरूरत होती है, तब सूखा पड़ा होता है और जब किसी तरह फसल तैयार हो जाती है और कटाई-मँड़ाई का समय होता है, तब प्रकृति किसानों की कमर तोड़ने के लिए बरसात ला देती है। अब क्या? सब फसल चौपट। सब मिलाकर, किसान प्रकृति की दया पर निर्भरकरता है। सरकारें भी किसानों का सहयोग नहीं करतीं। असंगठित क्षेत्र जो ठहरा। जो सरकारें उद्योगपतियों का हजारों करोड़ रुपए, माफ कर सकती हैं, वही किसानों को कोई भी सहूलियत नहीं देतीं। हाँ किसानों को अन्नदाता का तमगा जरूर मिल गया है। कितना अच्छा नाम है, अन्नदाता। लेकिन किसान को कुछ भी नहीं

मिलता। केवल अन्न पैदा करता और देश को दे देता है, देश की जनता तो भरपेट खाती है लेकिन किसान खुद भूखा रहता है, शायद इसीलिए उसे अन्नदाता कहते हैं। किसान को कुछ नहीं मिलता, अगर मिलता है तो वह है तिरस्कार, अपमान और कोरे आश्वासन। सरकारें तो अंग्रेजी हुकूमत के समय से ही किसानों के साथ, भेदभावपूर्ण रवैया अपनाती रही हैं और उद्योगपतियो के हित में काम करती रही हैं। चाहे जमीन का अधिग्रहण करना हो या उनको अपने फसलों का उचित मूल्य। कोई भी अपने उत्पाद का मूल्य खुद तय कर सकता है, सिवाय किसान के।

पिछले साल के गन्ने के फसल का भुगतान, अभी भी चीनी मिल मालिकों ने नहीं किया है। चीनी मिल मालिक, गन्ने से निकलनेवाले सभी उत्पाद और उपउत्पाद बेच लेते हैं, लेकिन क्या मजाल कि वे किसानों को उनका पैसा समय से दे दें?

महादेव के दो बेटा और एक बेटी है। बेटी और बड़े बेटे रमेश की शादी हो गई है। सबसे छोटा बेटा पंकज, बारहवीं कक्षा में पढ़ता है। अभी पंकज को परीक्षा फार्म व कॉलेज की फीस जमा करना हैं, लेकिन घर में पैसे नहीं है। स्कूल से निर्देश मिला है कि बिना फीस लिये, न आएँ। चूँकि पैसे की तंगी बार-बार होती थी, इसलिए हर बार ही फीस दिक्कत के साथ जमा हुई थी। कई बार तो रजिस्टर से नाम भी कट गया था। पंकज पढ़ने में अच्छा था, इसलिए पुनः नाम लिख लिया जाता। हलाँकि बार-बार पैसे की दिक्कत से नाम का कटना, पंकज को मानसिक तकलीफ भी देती थी क्योंकि मास्टर समेत लड़के भी चिढ़ाते थे।

परीक्षा फीस जमा न कर सकने की स्थिति में, पंकज, न तो परीक्षा फार्म भर सकता था और न ही परीक्षा में बैठ सकता था।

महादेव खुद पढ़े-लिखे नहीं थे, लेकिन सभी बच्चों को यथासम्भव पढ़ाने की कोशिश किए थे। थोड़ा बहुत पढ़े तो सभी थे, लेकिन पंकज के लिए, महादेव के साथ ही, सभी भाई-बहन उत्साहित थे। सभी चाहते थे कि पंकज खूब पढ़े-लिखे, परिवार का नाम रोशन करे। पंकज पढ़ने में बहुत होशियार था, मन लगाकर पढ़ता था, इसीलिए सबकी उम्मीद व कल्पना भी वही था।

पंकज अपने माँ से बोल रहा था, "माई, फीस देवे के है, दे दे, आज आखिरी दिन है।"

कमला बोली, "बेटा, तोहार बाबू लेवे गए हैं, अभी आए नाहीं, आवत ही होंवेंगे।"

पंकज बोला, "माई, देर हो जाई, त फीस जमा नाहीं हो पाई और हम इम्तहान ना दे पाइब।"

कमला बोली, "धीरज रख बेटा, आवत होहीहैं, तोहार बाबू।"

महादेव को कहीं भी पैसा न मिला, सभी जाननेवालों से कहा लेकिन निराशा ही हाथ लगी। जाननेवाले लोगों के पास या तो था ही नहीं या लोग बहाना कर गए। थक-हारकर, महादेव घर पहुँचा।

पंकज अपने पिता को देखते ही बोला, "बाबू, फीस जमा करय के है, पैसा मिलल का?"

महादेव दुखी होकर बोले, "नाहीं मिला बेटा, किसी के पास नाहीं मिला।" सिर पर हाथ रख वहीं जमीन पर बैठ गए।

पंकज बोला, "तो का होगा? फीस जमा ना हो पाई त इम्तहान ना दे पाइब।"

तभी पंकज का बड़ा भाई रमेश आया और पंकज को उदास देख पूछा, "का बात है? स्कूल काहें नाहीं गए?"

पंकज उदास होकर बोला, "भैया फीस जमा ना हो पाई त, इम्तहान कैसे दे पाइब?"

रमेश बोला, "अच्छा चल, जल्दी से तैयार हो जा, फीस मिल जाई।"

पंकज खुशी से बोला, "सच भैया!"

रमेश बोला, "हाँ, चल जल्दी से।"

फीस की व्यवस्था हो जाने से, पंकज ऐसे खुश हो रहा था, जैसे फीस न मिली हो, बल्कि अच्छे नम्बर से पास होने का, परीक्षा-परिणाम मिल गया हो।

पंकज तैयार हो, कॉलेज के लिए निकल ही रहा था कि रमेश आया और बोला, "चल, हम साइकिल से छोड़ देत हई।"

घर से कॉलेज बहुत दूर न था लेकिन पंकज को कहीं देर न हो जाए इसलिए रमेश ने साइकिल से कॉलेज छोड़ना ठीक समझा।

रमेश, तेजी से साइकिल चलाते हुए, कॉलेज पहुँचा और पंकज को गेट पर छोड़, थोड़ी देर तक हाँफते हुए गेट को देखता रहा, फिर वापस लौटने लगा। लौटते वक्त रमेश को अपने साथ घटित घटना याद आ गई कि,

"कैसे उसकी खुद की पढ़ाई बन्द हो गई थी?" उसे सब याद आने लगा, लगभग चार साल पहले की घटना, जब रमेश इंटरमीडिएट की परीक्षा की तैयारी कर रहा था, सब ठीक चल रहा था। उसे फीस जमा करनी थी और घर में पैसे की तंगी थी। उस साल कटने से पहले ही, असमय बारिश के कारण, धान की फसल बरबाद हो गई थी। घर में बमुश्किल से धान पहुँच पाया था, जो पहुँचा, वह भी काफी सड़े-गले हालत में। बड़ी मुश्किल से, उसे साफ-सफाई कर, खाने लायक बनाकर, खुद खाते। पिछले साल गेहूँ की फसल के साथ भी ऐसा ही हुआ था।

फीस जमा करने के लिए कोशिश कर ही रहे थे कि एक दोपहर... कमला चिल्लाने लगी, "अरे ! कहवाँ हो सब ! हमरे पेट में तेज दरद होत है, फट गयल रे ! हमार पेटवा।" कहते, कहते ही उसे उलटी होने लगी।

रमेश बगल के कमरे में पढ़ रहा था, चिल्लाने और उलटी की आवाज सुन रमेश दौड़ते हुए आया और बोला, "का भयल माई? काहें चिल्लात हई।"

कमला बोलती, उसके पहले ही, उसे फिर से उलटी होने लगी। रमेश कभी कमला की पीठ सहलाता तो कभी सिर। पर उलटी थी कि रुकने का नाम ही नहीं ले रही थी।

रमेश दौड़े-दौड़े गाँव में ही प्रेक्टिस करनेवाले एक डॉक्टर, जो पहले, किसी और डॉक्टर के यहाँ काम करते थे, अब खुद अपनी क्लीनिक चलाते हैं, के पास गया और बोला, "भइया, जल्दी चला, माई के बहुत उलटी होत है।"

डॉक्टर बोले, "कब से?"

रमेश बोला, "एकदम अबहीं।"

डॉक्टर पूछा, "कउनो गरम चीज त ना खइले हइन?"

रमेश बोला, "नाहीं, रोज की तरह ही, सादा खाना खइले हइन।"

डॉक्टर ने कहा, "चला, देखीं, का भयल है?"

रमेश, डॉक्टर को लिवाकर घर आया जहाँ डॉक्टर ने कमला का परीक्षण कर बोले, "सूई लगावे के पड़ी।"

रमेश बोला, "ठीक है भइया, जरा जल्दी से लगाय दा।"

डॉक्टर बोले, "ठीक बा, उलटी और पेटदर्द के लिए एक एक सूई लगाय देत हई।" कह कर डॉक्टर ने अपने साथ लाए बैग में से दो इंजेक्शन

निकाला और उसे तोड़कर सिरिंज में भरकर कमर में बारी-बारी से लगाया। कुछ देर में आराम हो जाने का भरोसा देकर डॉक्टर चले गए।

इंजेक्शन लगे घंटों हो गए लेकिन आराम नहीं मिला, फिर रमेश जाकर डॉक्टर को लिवा आया।

"एक सूई आयूर लगाय देत हई, आराम हो जाई।" डॉक्टर ने बताया।

डॉक्टर ने पुन: इंजेक्शन लगाया लेकिन पूरी रात कमला पेटदर्द से तड़पती रही। बीच-बीच में उलटी होती रही। पूरी रात सभी परेशान थे। सुबह होने को आई लेकिन तकलीफ जस की तस बनी रही।

सुबह, पास के कस्बे में स्थित अस्पताल के डॉक्टर को दिखाया गया। डॉक्टर सब बीमारियों का इलाज करते थे, जैसे पेटदर्द, सिरदर्द, गुर्दा, लीवर, हार्ट आदि। दो दिन उनकी भी दवा चली लेकिन कोई फायदा नहीं हुआ। फिर जिला अस्पताल, जौनपुर में भर्ती कराया गया, जाँच हुई, जिसे देखकर डॉक्टर ने बताया कि आँत में सुराख हो गया है, ऑपरेशन करना पड़ेगा और साथ में यह भी बताया गया कि ऑपरेशन में जान का खतरा भी रहेगा। बावजूद इसके ऑपरेशन जरूरी है अन्यथा हालत और खराब हो जाएगी। ऑपरेशन का नाम सुनते ही, महादेव के पैर के नीचे से जमीन ही खिसक गई। इसे कहतें हैं, 'गरीबी में आटा गीला होना' फीस के पैसे तो जुट नहीं पाए, अब इलाज के लिए भी पैसे जुटाने होंगे। ऑपरेशन महँगा भी होगा और खतरनाक भी। महादेव सोचता कि, "इलाज त करावै के हईयै है लेकिन पईसे क इन्तजाम कहाँ से होई? कइसे होई? कइसे इलाज होई?"

परेशान महादेव क्या सोचता?, उसके पास सोचने के लिए बहुत कुछ था ही नहीं। मिला-जुलाकर कुछ खेत था जिससे उसकी आस पूरी हो सकती थी। खेत गिरवी रख, कुछ पैसे का इन्तजाम किया, और कुछ पैसा ब्याज पर लिया। समुचित इलाज कराया गया और खुशी की बात थी कि कमला ठीक होकर घर आ गई।

कई दिन से रमेश, स्कूल फीस के लिए कह रहा था, लेकिन महादेव बस इतना ही बोलते, "तू जा, फीस की व्यवस्था हो जाई, हम कर लेब, तू स्कूल जा...।" लेकिन फीस के लिए पैसे नहीं दे पाते। कई दिनों से यही बात दोहराई जाती। रमेश को धीरे धीरे हकीकत का पता चलने लगा। स्कूल से नाम कट गया। कमला के इलाज में काफी पैसा लगा, इलाज भी लम्बा चला, खेत गिरवी पड़ा था, और ब्याज पर कर्ज भी लिया गया था। गिरवी

रखे खेत को छुड़ाने और ब्याज पर लिये गए कर्ज को चुकता करने के लिए महादेव लोंगों का बटाई पर खेत लेकर, खेती करने लगा। आखिर, रमेश को सच का सामना करना ही पड़ा। माँ कमला की बीमारी, शिक्षा पर भारी पड़ गई और रमेश की पढ़ाई अधूरी रह गई। उसे अपनी पढ़ाई अधूरी रह जाने का बहुत मलाल था लेकिन वह कर भी क्या सकता था? उसे पढ़ने का बहुत शौक था, लेकिन मजबूरी में पढ़ाई छोड़नी पड़ी। फिर भी, उसके मन में पढ़ाई की इच्छा खतम नहीं हुई थी। उसे जब भी मौका मिलता, वह तरह तरह की किताबें पढ़ता और अपने अधूरे ज्ञान की भरपाई करता।

रमेश ने अपने पुराने समय को याद कर, निश्चय कर लिया कि वह, अपने भाई के साथ, वैसा कुछ नहीं होने देगा।

रमेश सोचते हुए, कब घर पहुँच गया? उसे पता तक नहीं चला। घर पहुँच अपने पिता को देखा। महादेव बोले तो कुछ नहीं पर रमेश की ओर गर्वान्वित नज़रों से देख रहे थे, देखते क्यों नहीं? सच तो है, "बाप की जिम्मेदारी, पुत्र ने उठा लिया।"

पंकज दोपहर बाद कॉलेज से घर लौटा। घर पर, सब सामान्य था। अगर सामान्य नहीं था, तो वह थे, महादेव। उन्हें अपराध-बोध हो रहा था कि, "उस समय भी मेरे पास, रमेश-जैसा कोई, रहा होता, तो रमेश भी अपनी पढ़ाई पूरी कर लिये होता।" वह रमेश की अधूरी पढ़ाई के लिए खुद को दोषी मानते।

"रमेश ना पढ़ पउलय, हमहीं त ना पढ़ा पउली।" महादेव अपने आप ही बोले जा रहे थे।

कमला समझाती, "कोशिश त बहुत कइले रहला, आवुर, का कर सकत रहला? जब नसीब खराब रहै। अरे ! नहीं त, वही बखत हमरो तबियत खराब होवे के रहे का?"

महादेव बुदबुदाते हुए बोले, "नसीब के कोसले से का होई? जब खुदहीं पैसा ना जुटा पउली।"

कमला पुनः बोली, "छोड़ा, जवन भयल, तवन भयल, ओके बिसरा के पंकज के पढ़ाई के बारे में सोचल जाय, कउनो तरह से, पंकजवा पढ़ लेत, तब भी, आपन भला समझल जाय।"

महादेव, कमला की बात को स्वीकारते हुए बोले, "हाँ ! ई बात त हव।"

"पंकज कॉलेज से परीक्षा देने के लिए स्वीकृति पा गया। पंकज की तैयारी अच्छी थी। पंकज विज्ञान संग गणित का विद्यार्थी था। पहले प्रायोगिक परीक्षा हुई। परीक्षा अच्छी रही। बाद में लिखित परीक्षा हुई। लिखित परीक्षा-केन्द्र, मूल कॉलेज से करीब पन्द्रह किलोमीटर दूर था। पंकज घर से इतने दूर अकेले परीक्षा-केन्द्र पर रोज नहीं जा सकता था। समय बरबाद होने के साथ ही साथ मन में समय पर पहुँचने की अनिश्चितता का डर भी लगा रहता। इसलिए परीक्षा-केन्द्र के पास, अपने दूर के रिश्तेदार रघुनाथ के यहाँ, रुककर परीक्षा देना उचित समझा। रमेश परीक्षा के एक दिन पहले ही पंकज को साइकिल से अपने रिश्तेदार के यहाँ छोड़ने पहुँचा। रिश्तेदार की माली हालत अच्छी न थी और पंकज को ज्यादा दिन के लिए रुकना था इसलिए रमेश दाल, चावल, आटा, आलू, प्याज और तेल अपने साथ ले गया था ताकि रिश्तेदार को आर्थिक रूप से परेशान न होना पड़े।

रघुनाथ, पंकज के मौसी की बड़ी बहू का भाई है। रघुनाथ हँसमुख व्यक्ति हैं। चूँकि गरीबी सिर चढ़कर बोल रही थी इसलिए बेचारे रात-दिन, कोल्हू के बैल की तरह, काम में जुटे रहते। रघुनाथ के दो बेटी और एक बेटा है।

रघुनाथ बच्चों को पढ़ने नहीं भेजते, बल्कि अपने ही साथ खेती के कामकाज में लगाए रहते। बातों ही बातों में, रघुनाथ ने पंकज से कहा कि, "पढ़ाई में समय कांहे बरबाद करत हवुआ, अरे! कुछ काम-धाम करता, अपने माई, बाबू क हाथ बटवुता त कितना अच्छा रहत। कवन स कलेक्टर बन जईबा, पढ़लिख के भी त, करबा खेती-बाड़ी ही।"

रमेश तपाक से बोला, "अरे नाहीं भैया, पढ़ाई से समय थोड़े ही बरबाद होत है। पढ़ाई से डॉक्टर, इंजीनियर से लेकर कलेक्टर सबे बनत है। पढ़ाई करै से व्यक्ति क निर्माण होत है। सोच बदलत है। अच्छा-बुरा क ज्ञान होत है। तर्कशीलता बढ़त है। नौकरी के अलावा भी बहुत फायदा होत है, पढ़ाई का, जैसे दुकान डलिया में भी त हिसाब-किताब करय के होत है। धन-दौलत इकट्ठा करय के बजाय, बच्चन के पढ़ा देब ज्यादा अच्छा होय।"

रघुनाथ तैश में बोला, "हमार बाप दादा पढ़ले-लिखले ना रहनय, त, का सब बेवकूफ रहनय? खेती किसानी सब बढ़िया से करत रहनय, ईहाँ तक कि मौसम के बारे में इतना सटीक जानकारी देत रहनय कि मौसम विभाग भी फेल हव।"

रमेश बोला, "भैया वो लोग बेवकूफ नाहीं रहनय, लेकिन सोचा, अगर ऊ थोड़ा भी पढ़ले-लिखले रहल होतैं, त आवूर कितना जनतन। उनका, समाज और देश का कितना फायदा भयल होत?"

रघुनाथ बोला, "बात तो सही कहत हो रमेश, लेकिन पढ़ाई में पैसा भी लागत है, समय भी लागत है, और बाद में पता नाहीं कि फायदा का होई? हम तो पढ़ावै-लिखावै के हक में नाहीं हैं।"

रमेश बोला, "भैया, पढ़ाई क खिलाफत काहें करत हउआ? जबकि तोहूँ के पता हव कि चिट्ठी भी लिखय-पढ़य के खातिर, पढ़ले-लिखले आदमी क जरूरत होत है।"

रघुनाथ बोला, "अरे ! तो कौन सी रोज चिट्ठी-पत्री लिखय-पढ़य के है, तमाम लोग पढ़त हैं, केहू से लिखाय-पढ़ाय ला।"

रमेश बोला, "भैया, आप ठीक कहत हैं, लेकिन यही बात सोच के, अगर कोई ना पढ़े, तब का होय?"

रघुनाथ लम्बी साँस लेते हुए बोला, "समय और खर्चा त लगी।"

रमेश समझाते हुए बोला, "भैया, कक्षा पाँच तक तो स्कूल भी नजदीक होला और पैसा भी कुछ खास ना लगेला। इतना तो शुरुआत कर ही सकत हैं। कम-से-कम, ई लोग, आपन चिट्ठी त खुद ही पढ़ लिख लीहैं, दूसर केहू के पास त न जाए के पड़ी।"

रघुनाथ बुझे स्वर में बोला, "फिर भी, हम ना पढ़ा सकत हई।"

रमेश बोला, "भैया, एक बार फिर से सोचा, हो सकत है कि तू कुछ कर पावा। तू खर्चे के खातिर, ना पढ़ावत हउआ कि पढ़ावै से ही कोई दिक्कत है?"

रमेश थोड़ा रुककर पुनः बोला, "भैया, आखिर पढ़ाई ही त है जो हम इनसान को दूसरे जानवर से अलग पहचान देत है। एही लिए तो हमरे महापुरुष, सदैव ही पढ़ाई-लिखाई पर जोर देत रहनय ।"

आगे रमेश बोला, "जानत हवुआ, पहिले शिक्षा सबके लिए नाहीं रहय। कुछ लोगन खातिर ही रहय। मतलब कुछ लोग ही, पढ़-लिख सकत रहनय। पहिले पढ़ाई गुरुकुल में होत रहय, मास्टर ही निर्णय लेत रहै कि वो केके पढ़े दिहें। बगैर उनके चाहे, कोई ना पढ़ सकत रहै। हर मास्टर, अपने मन का रहै, वो जिसको चाहे पढ़ने दे या ना दे। महाभारत त जनबय करेला जिसमें द्रोणाचार्य ने बगैर शिक्षा देहले ही छल-कपट से गुरु-दक्षिणा

में एकलव्य के दाहिने हाथ का अँगूठा ही कटवा लेहले रहय। अईसे मास्टर आज भी हवुवन। बस अँगूठा के जगह, नम्बर कम देनय, या जान-बूझकर फेल कर देनय, भेदभाव खूब करत है लेकिन अच्छी बात है कि अब संवैधानिक व्यवस्था के कारण कोई शिक्षा से वंचित नाहीं कयल जा सकत है। फिर भी, आप रोज ही कहीं-न-कहीं मास्टर लोग क अत्याचार, सुनबय करत होइहैं। पता है, पहिले लड़कियों के पढ़ाई का तो और भी बुरा हाल रहा। पहले की व्यवस्था में, लड़की की पढ़ाई, एक अपराध रहे। सबसे पहिले वंचित समाज व लड़किअन के पढ़ाई के लिए महाराष्ट्र के ज्योतिबा गोविन्दराव फुले और उनकी पत्नी सावित्रीबाई फुले काफी लड़ाई लड़नय, तब जाके सबके पढ़य के मिलल। ज्योतिवा फुले आपन पूरा जीवन लड़की और वंचितों के पढ़ाई व लिखाई में लगा देहनय। उ सबसे पहिले लड़कियों के खातिर स्कूल पुणे में खोलले रहनय। उ पहिले अपने पत्नी सावित्रीबाई फुले के खुद ही पढ़उनय, फिर सावित्रीबाई फुले दूसरे लड़किन के पढउनी, एहि लिए उन्हें भारत क पहली अध्यापिका कहा जात है।"

रमेश आगे बोला, "ज्योतिवा फुले कहत रहे कि बिना विद्या के कुछ भी सम्भव नाहीं है...।"

रघुनाथ बात काटते हुए बोला, "देखा रमेश, ई सब हमरे समझ से बाहर है, हम कुछ भी ना सुनय चाहीं। दो अक्षर पढ़ का लिए हो, हमें लेक्चर देत हो।" रघुनाथ को रमेश की बात अच्छी नहीं लग रही थी।

रमेश अपनी ओर से रघुनाथ को बहुत समझाया लेकिन रघुनाथ तो पहले से ही मन बना चुका था कि, "पढ़ाई से कोई फायदा नहीं होगा, मतलब नहीं होगा और इतना ही नहीं, वह मान लिया था कि इससे समय और पैसा अलग से बरबाद होगा।"

आखिर रमेश खीझकर बोला, "भैया, जइसन तोहार मर्जी।" कहकर चारपाई से उठ खड़ा हुआ और पंकज को कुछ समझाकर, पेड़ के सहारे खड़ी साइकिल को सीधाकर आगे बढ़ा दिया और अपने दाहिने पैर को हवा में उठाकर, साइकिल के पीछे से घुमाकर, साइकिल के दूसरी तरफ बढ़ा दिया। साइकिल के सीट पर बैठकर, रघुनाथ को नमस्ते कर, पैडल पर पैर रखकर, जोर का झटका दिया और साइकिल चलने लगी। रघुनाथ के तरफ देखकर पुनः दाहिने हाथ को उठाकर "नमस्ते भैया" बोल चल पड़ा।

रघुनाथ कुछ सोचते हुए, हाथ हवा में उठाकर आशीष देते हुए, रमेश की ओर देखने लगा और तब तक देखता रहा जब तक कि रमेश, उसकी आँखों से ओझल नहीं हो गया।

रघुनाथ के यहाँ, शौचालय की व्यवस्था नहीं थी। शौच के लिए, खेत में ही जाना पड़ता था। शाम को पंकज, शौच से लौटकर, पढ़ने के लिए बैठा। अभी उसे पढ़ते हुए, कुछ ही समय हुआ था कि बिजली चली गई जिसके बाद वह लालटेन जलाकर, बरामदे में बैठ, पढ़ने लगा।

अभी वह पढ़ना शुरू ही किया था कि...

अरे ! यह क्या? लालटेन के चहुँ ओर कीट-पतंगे उड़ने लगे। रघुनाथ के घर के चारों तरफ झाड़-झंखाड़ बहुत थे। मच्छर के साथ-साथ कीट-पतंगो का भी बहुत प्रकोप था।

मच्छरों के झुंड का हमला होता रहा, कभी पंकज के पैर के खुले हिस्से पर तो कभी कान पर, कभी हाथ पर, तो कभी गर्दन पर। पंकज कभी पैर खुजलाता तो कभी कान। कभी मच्छर ललकारकर भिनभिनाते हुए हमला करते तो कभी चुपके से। मच्छरों और दूसरे कीट-पतंगों के काटने व भिनभिनाने से पंकज की पढ़ाई में बाधा उत्पन्न हो रही थी।

पंकज निम्न मध्यम वर्गीय परिवार का जरूर था लेकिन साफ़ सफाई का ध्यान पूरा रखता था। उसके घर के आसपास खर-पतवार, या पानी का जमाव नहीं होने दिया जाता था। जरा भी घास-फूस बढ़ने लगती तो रमेश उसे उखाड़ फेंकता। पंकज भी यह काम बखूबी निभाता। पानी के निकासी के लिए गाँव में जमीन की कोई कमी नहीं थी। अगर कोई दूसरी व्यवस्था नहीं हो सकती तो कम-से-कम पानी, अपने खेत में तो उतार ही सकते थे।

पंकज को परेशान देखकर, रघुनाथ ने मच्छरों को भगाने के लिए, सूखे घास-फूस लाकर जला दिया। ऐसा करने से मच्छर व कीट-पतंगों का हमला तो कम हो गया लेकिन धुँए से पंकज के आँख में जलन होने लगी, जो थोड़ी देर बाद कम हो गई और पंकज आराम से पढ़ने लगा।

पंकज कहने लगा, “भैया, कल इम्तहान से लौटकर, घास-फूस को जला देब मच्छर कम हो जहिहैं।”

रघुनाथ, कुछ नहीं बोला, बस ‘हूँ’ कहकर, चला गया।

रघुनाथ, रात में खाना खाने के बाद बिस्तर पर लेटे हुए सोचने लगा कि, “का रमेश ठीक कहत रहय?”

फिर खुद ही सोचता, "अरे ! ठीक है, वह पढ़ावत-लिखावत है तो उसका मन, हमके का? ओकर पैसा है, चाहे कूड़े में डाले, हमसे का मतलब? आजकल के लड़के, पता नाहीं, अपने को का समझते हैं? अरे पढ़ले-लिखले से केहू क भला भयल है, का? पैसा बरबाद करत हैं, वह अलग।"

पूरी रात, रघुनाथ को नींद नहीं आई। वह विचारों के मकड़ जाल में उलझा रहा। चिन्तन का फर्क इतना हुआ कि वह रमेश को भी अपने विचारों में जगह देने लगा। कभी वह अपने को सही ठहराता तो कभी रमेश को। रमेश उसके विचारों पर हावी होने लगा था। इसी उधेड़बुन में कब सुबह हो गई पता ही नहीं चला। वह तो झूरी, अपने बैलों को नाँद पर बाँधने लगा तो बैलों के गले में बँधी घंटी की 'टन - टन' की आवाज से रघुनाथ की तन्द्रा टूटी। कभी सबसे पहले उठकर अपने बैलों को नाँद पर लगानेवाले कि तन्द्रा, दूसरे के बैल के घंटी की आवाज से टूटी, कितना विचलित हुआ होगा, रघुनाथ !

खैर, रघुनाथ अपने बैलों को नाँद पर बाँधने के बाद, शौच से निवृत्त होकर, भैंस का दूध दुहने के बाद, खेत को चला गया।

सुबह पंकज ने नहाकर, नाश्ता किया तत्पश्चात परीक्षा-केन्द्र जाकर परीक्षा दिया। चूँकि केन्द्र, रघुनाथ के घर से बहुत पास था, इसलिए वह पैदल ही गया था। परीक्षा से लौटने पर वह खाना खाया और थोड़ा आराम करने के उद्देश्य से लेट गया।

कुछ देर आराम करने के बाद पंकज घास-फूस की सफाई करने लगा। यह देखकर रघुनाथ भी आ गया और पंकज से बोला, "इम्तहान कइसन भयल?"

पंकज बोला, "हाँ, पेपर त अच्छा भयल है, नम्बर भी ठीक आई।"

रघुनाथ बोला, "ठीक है, जाकर पढ़ाई करा, हम सफाई कर देब।"

पंकज बोला, "भैया कउनो बात नाहीं, थोड़े समय में ही सफाई हो जाई।"

रघुनाथ बोला, "ऊ त हव, लेकिन तू जाकर पढ़ाई करा, कल इम्तिहान है ना !"

पंकज बोला, "नाहीं, इम्तिहान परसों है।"

रघुनाथ पुनः बोला, "ठीक है, लेकिन अब जा और पढ़ाई करा !"

रघुनाथ के बार-बार कहने पर, पंकज वहाँ से चला गया।

रघुनाथ, अपने घर के आसपास की झाड़-झांखड़ को काटकर, आग में जला दिया। छोटे-छोटे गड्ढों को मिट्टी से भर दिया ताकि पानी का जमाव न हो।

उस शाम, मच्छर और दूसरे कीट-पतंगों का प्रकोप बहुत कम हो गया। रघुनाथ सोचने लगा कि, "ई काम त हम पहिले भी कर सकत रहली लेकिन हमरे दिमाग में ई बात काहें नाहीं आई? जबकि पंकज हमसे बहुत छोट है, उसके दिमाग में आ गईल, ऐसा कांहे? लागत है, यही पढ़ाई का कमाल होत है।" रघुनाथ को पढ़ाई का महत्त्व समझ में आने लगा और वह अपने बच्चों को भी स्कूल भेजने के बारे में सोचने लगा लेकिन अभी वह पूरी तरह से असमंजस से बाहर नहीं निकल पा रहा था।

पंकज की परीक्षा चल रही थी। प्रश्नपत्रों के बीच-बीच में अन्तराल भी था। किसी में एक दिन का अन्तराल था तो किन्हीं प्रश्नपत्रों के बीच एक सप्ताह तक का अन्तराल था।

जब अधिक दिनों का अन्तराल होता तो पंकज अपने घर चला जाता और एक दिन पहले वापस लौट आता। आते समय कमला के दिए हुए, भुने चने या गुड़ साथ लाता और सभी के साथ मिल बाँटकर खाता। मुनियाँ, रघुनाथ की सबसे छोटी लड़की, पंकज से काफी घुलमिल गई थी। वह पंकज का इन्तजार करती रहती। इम्तहान से वापस लौटते समय पंकज, अकसर, मुनियाँ के लिए टॉफी ले आता।

रघुनाथ को पंकज अच्छा लगने लगा। पंकज की शालीनता एवं व्यवहार-कुशलता उसे अच्छी लगती। उसे पंकज से अपनत्व-सा होने लगा और अब वह उसका ध्यान रखने लगा।

परीक्षा खतम हो गई। रमेश आया था, पंकज को घर ले जाने के लिए। पंकज, अब अपने घर जाने के लिए तैयार था, तभी रघुनाथ आकर कहने लगा, "पंकज, अगर हमरे ईहाँ पर कोई दिक्कत हुई हो तो बुरा मत मानना। हम अनपढ़ गँवार हैं, हो सकत है, अनजाने में कोई तकलीफ हुई हो।"

पंकज हाथ जोड़कर बोला, "भैया, हम त बहुत खुश हई, आप सब हमार बहुत ध्यान देहला, तू सबके, हम कभी नाहीं भूलब।"

रमेश अपने भाई के ठहरने के दौरान किए गए सहयोग के लिए धन्यवाद और आभार व्यक्त किया।

रघुनाथ बोला, "ई त हमार फ़र्ज़ रहल, हम कवन बहुत बड़ा कामकर देहले हई? नात रिश्तेदार के काम त आवै के ही चाही।"

पंकज और रमेश, रघुनाथ का पैर छूकर आशीर्वाद लिए और अपने गाँव के लिए चल दिए।

पंकज के जाने के बाद, रघुनाथ को कुछ अजीब-सा लगने लगा, बेचैन होने लगा। यद्यपि उसे स्पष्ट नहीं था कि उसे बेचैनी क्यों है? फिर भी दिन भर बेचैन था। काम में मन नहीं लगता था, चिड़चिड़ापन बना रहा। बच्चों को डाँट देता था। जहाँ पंकज बैठता था, सोता था, पढ़ता था। वह उन सभी जगहों पर नज़र डालता, जहाँ पंकज की निशानी थी।

कभी सोचता, "पंकज क दिमाग तेज काम करत है तो इसके पीछे पढ़ाई ही होई, कइसे हम मच्छर से तंग रहत रहली, लेकिन दिमाग में बात आई ही नाहीं कि उसे काटकर साफकर दें ताकि मच्छर खतम हो जायँ। तभी तो रमेश कहत रहा कि 'पढ़ाई बहुत काम आवे है' सही है, पढ़ाई जरूरी होवे है।"

रघुनाथ ने इसी उधेड़बुन में बेचैनी से रात काटी और रात्रि के आखिरी पहर में निर्णय लिया कि, "महेन्द्र और गीता के पढ़ाइब। महेन्द्र बड़ा त हो गयल है, लेकिन का भयल? देर से पढ़ी। पहिले बात नाहीं समझ में आइल, अब आ गइल है, अब से पढ़िहैं।"

अगले दिन रघुनाथ, महेन्द्र और गीता के साथ, गाँव के करीब में स्थित "प्राथमिक विद्यालय अशोक नगर" पहुँच गया। हेडमास्टर से अपने मन की बात कही।

हेडमास्टर खुश होकर बोले, "चलो देर आए, दुरुस्त आए, बहुत अच्छा सोचे हो, लेकिन नया सत्र जुलाई से शुरू होगा, तभी ए, आ सकेंगे।"

महेन्द्र और गीता से कुछ पूछताछ करने के बाद, हेडमास्टर साहब, नए सत्र से आने के लिए कहा।

हेडमास्टर ने महेन्द्र से कहा, "तुम्हारी उम्र ज्यादा है लेकिन अच्छे से पढ़ोगे तो बीच में ही आगे की कक्षा में कर दूँगा।"

हेडमास्टर साहब अपने आलमारी से एक किताब निकालकर महेन्द्र को देते हुए बोले, "स्कूल खुलने से पहले इसे पढ़ लेना, कोई दिक्कत हो आकर मुझसे पूछ लेना।"

महेन्द्र कुछ बोला नहीं, बस सिर झुकाए खड़ा था और गर्दन हिलाकर हामी भर दी।

गीता को भी समझाकर हेडमास्टर साहब घर जाने का निर्देश दिए।

पंकज को अब, परीक्षा-परिणाम का इन्तजार था। करीब दो महीने बाद परीक्षा परिणाम आने की सम्भावना बनी।

वह घड़ी भी आ गई, जिसकी सभी परीक्षार्थियों को बेसब्री से इन्तजार थी। परीक्षा-परिणाम आने की सूचना, जंगल में आग की तरह, चहुँ ओर फैल गई।

पंकज, अपने गाँव से करीब पाँच किलोमीटर दूर, मार्केट में कम्प्यूटर पर ऑनलाइन परीक्षा-परिणाम देखने गया।

जब इंटरनेट नहीं था, उस समय परीक्षा परिणाम, न्यूज़ पेपर में आता था, वह भी अलग से। लोगों को परीक्षा-फल जानने के लिए मार्केट जाना पड़ता था या गाँव का कोई तीसमार-जुगत लगाकर, पेपर की व्यवस्था कर लेता था और वह पूरे गाँव के बच्चों का भविष्य नियन्ता बन, सबका रिजल्ट बताता।

परीक्षार्थी अपना रोल नम्बर बताकर, साँस रोके, मन-ही-मन अपने आराध्य देव को, तब तक याद करता, जब तक कि उसके रोल नम्बर की उपस्थिति एवं परिणाम की पुष्टि नहीं हो जाती थी।

पूरे गाँव में एक-दो ही होनहार अपना रोल नम्बर दर्ज करा पाते थे। उस समय रिजल्ट प्रथम, द्वितीय और तृतीय श्रेणी में होते थे। जिनका रोल नम्बर पेपर में होता यानी पास हो गए हैं, उन्हें दो से तीन रुपए देने होते लेकिन जिनका रोल नम्बर नहीं होता उन्हें इस शुल्क से मुक्त रखा जाता था।

जो द्वितीय श्रेणी में पास हो जाते वे भी सम्मान की दृष्टि से देखे जाते। पचास प्रतिशत अंक बहुत अच्छा माना जाता था। प्रथम श्रेणी के अंकवालो की तो बात ही निराली थी। कई गाँवों में इस बात की चर्चा होती कि फलाँ का बेटा, भाई, बहन या बेटी फर्स्ट डिवीजन में पास हुए हैं। फिर स्वत: चर्चा आगे बढ़ती कि, "बहुत पढ़ता रहा होगा, बहुत दिमागवाला होगा।" आखिर, माध्यमिक शिक्षा परिषद, उ० प्र०, इलाहाबाद (यू०पी० बोर्ड) विश्व की सबसे बड़ी परीक्षा संस्था है और इसमें पास हो जाना, कोई खेल तो नहीं।

उस समय बहुत मुश्किल से नम्बर मिलते थे। सिलेबस बहुत ज्यादा था और अकसर, कोर्स खतम ही नहीं होता था। सीबीएसई बोर्ड या आईसीएसई बोर्ड गाँव के स्कूलों में नहीं था।

अब तो रिजल्ट नेट पर अपलोड हो जाता है, अंक तो ऐसे मिलते हैं जैसे रेवड़ियाँ बँट रही हों। एक सामान्य छात्र भी साठ प्रतिशत अंक पा जाता है। बावजूद इसके अभिभावक खुश नहीं। क्योंकि कुछ छात्र-छात्राएँ शत-प्रतिशत अंक लाते हैं। पहले छात्रों एवं अभिभावकों को कम तनाव रहता था लेकिन अब बहुत ज्यादा है । कारण वही, उसके जान-पहचान में, बहुत सारे बच्चे, बहुत अच्छे अंक पाए हैं। छोटे क्लास से ही ट्यूशन लगा दी जाती है, किसी-किसी बच्चे का तो पूरा दिन ही स्कूल और ट्यूशन सेंटर के बीच, बीत जाता है।

कहाँ गया बचपन?

स्कूलों की ओर से, कुछ अनुपयोगी पुस्तकें, रेफेरेन्स बुक के नाम पर, बच्चों के स्कूल बैग में जोड़ दिए जाते हैं, जिससे बच्चे के वजन से ज्यादा वजन का स्कूल बैग हो जाता है। जिसे ढोते हुए नौनिहाल बहुत कम उम्र में ही कमरदर्द, गर्दनदर्द और पीठदर्द की शिकायत करने लगते हैं।

अब रिजल्ट ऑनलाइन उपलब्ध हो जाता है जिसे खुद के मोबाइल पर या साइबर कैफे में देखा जा सकता है। चूँकि पंकज के गाँव में नेट, अच्छे से नहीं आता था, इसलिए वह पास के ही मार्केट के साइबर कैफ़े में अपना परीक्षा-परिणाम जानने आया।

पंकज साइबर मालिक से बोला, "भैया, मेरा रोल नम्बर...देखना।"

साइबर मालिक ने कहा, "ठीक है, अभी देखता हूँ।"

साइबर मालिक ने पंकज के रोल नम्बर सहित सभी इंट्री कर, इंटर बटन दबाया, पंकज उत्सुकता पूर्वक इन्तजार करने लगा। कुछ समय तक सर्फिंग होने के बाद फेल हो गया। इस क्रम को कई बार दोहराया गया लेकिन रिजल्ट नहीं देखा जा सका।

बच्चे संग अभिभावक परेशान हो गए। अब क्या किया जाए? ऐसा नहीं था कि सर्वर बिलकुल चला गया था बल्कि थोड़ी देर के लिए आता रोल नम्बर डाला जाता और सर्फिंग भी होती लेकिन फिर फेल्ड हो जाता।

देर रात में सर्वर ठीक हो पाया और पंकज अड़सठ प्रतिशत अंक के साथ पास हुआ।

बहुत खुशी की बात थी और चर्चाओं का दौर शुरू हो गया।

महादेव और कमला बहुत खुश थे। रमेश की क्या बात? वह तो खुद को परीक्षा में पास होने जैसा महसूस करने लगा। आखिर, फीस की व्यवस्था के साथ-साथ, हर पल उसका सहयोग जो था।

अब पंकज को आगे क्या करना है? इस बात की चर्चा थी। चूँकि पंकज ने गणित संग विज्ञान विषय में इंटर की परीक्षा दिया था इसलिए इंजीनियर बनना उसकी प्राथमिकता थी।

रमेश ने पूछा, "अब का करय चाहत हउआ?"

पंकज बोला, "भैया, इंजीनियरिंग के लिए तैयारी करय चाहत हई।"

रमेश बोला, "कैसे करबा?"

पंकज बोला, "कोचिंग सेंटर से करय चाहत हई।"

रमेश बोला, "कउनो सेंटर जानकारी में है का?"

पंकज बोला, " हाँ, कई सेंटर हैं।"

"सस्ता सेंटर ठीक रही।" रमेश ने अपनी ओर से कहा।

"लेकिन सस्ते सेंटर से, सेलेक्शन कम होला।" पंकज बोला।

"महँगे सेंटर के लिए फीस की व्यवस्था कईसे हो पाई?" रमेश चिन्तायुक्त होकर बोला।

"लेकिन तैयारी वहाँ से अच्छी हो पाई।" पंकज बोला।

"अच्छा, बाबू से बात करब।" रमेश कहकर चला गया।

रमेश, महादेव के पास गया, उस समय वे शान्त बैठे थे। रमेश के 'बाबू, बाबू' कहने पर महादेव की तन्द्रा टूटी और वे अचकचाकर बोले, "का भयल? काहें बुलावत हो?"

रमेश बोला, "पंकज बनारस जाकर पढ़ाई करय चाहत है।"

महादेव बोला, "पता चलल है, लेकिन फीस त बहुत ज्यादा होई, कईसे हो पाई इतने पैसे क बन्दोबस्त?"

रमेश बोला, "इहै तो हम भी सोचत हई।"

महादेव बोला, "इतना तो हम सब के बस के बाहर क बात है, ई बात पंकज कांहे नाहीं समझत है?"

रमेश बोला, "एहि बात का तो रोना है, वो पढ़ना चाहत हैं लेकिन हम लोग पढ़ा नाहीं सकत हैं। हमरे समय भी यही हुआ और इसके साथ भी यही होत है। लेकिन बाबू हम पंकज के साथ ऐसा होवे नाहीं देब।"

महादेव बोले, "फिर का करबा? कैसे पैसे की जुगाड़ करबा?"

रमेश बोला, "देखत हई !" कहकर ओसारे में रखी चारपाई पर बैठकर सोचने लगा। फिर उठकर चहल कदमी करने लगा।

"भैंस बेच देत हई" अचानक से उसके मुँह से निकला।

"लेकिन का उससे सब पूरा हो जाई? नाहीं, उससे तो बस थोड़ा ही काम हो पाई, फिर शहर में रहना, खाना, और दूसरे खर्च।" रमेश पुनः सोचने लगा।

रमेश यही सोचते हुए महादेव के पास गया और कहा, "पईसे क इन्तजाम त करही के पड़ी, चाहे भैंस बेचय के पड़ी, या खेत।"

महादेव बोला, "का बोलत हउआ? अरे ! खेत बेच देबा, त खइबा का?"

रमेश कहने लगा, "जमीन-जायदाद त फिर खरीद सकय ला लेकिन पढ़ाई-लिखाई का एक समय होला, उसके बाद तो कुछ नाहीं हो सकत है, कांहे न थोड़ा-सा खेत बेच दा या गिरवी रख कर्ज ले ला? या एक भैंस बेच दा।"

महादेव बोला, "नाहीं ए सब नाहीं होई, कुछ आउर सोचा।"

रमेश बोला, "दूसर कउनो उपाय नाहीं है। अगर बेचब ठीक नाहीं है, त गिरवी रख दा, फिर बाद में छोड़ा लेवल जाई।"

महादेव ने कहा, "अभी भैंस के बेचकर पैसा हो जाई, फिर बाद में देखल जाई। खेत गिरवी रखब त आसान हव लेकिन छुड़ाइब ओतनय कठिन।"

"निर्णय अनुसार भैंस बेचनी थी और जो पैसा मिलेगा उससे पंकज को कोचिंग सेंटर में दाखिला दिलवा दिया जाएगा।"

अब अगली समस्या, कोचिंग संस्थान का चयन। संस्थान ऐसा हो जो सस्ता, बजट में हो और अच्छे रिजल्ट की गारंटी दे। पंकज के दोस्त के मामा का लड़का रीतेश बनारस में रहकर दो साल से इंजीनियरिंग की तैयारीकर रहा था। उसका सेलेक्शन कुछ नम्बर की कमी से नहीं हो पाया था। उसका लक्ष्य आईआईटी है। वही मेहनतकर रहा है लेकिन कुछ नम्बर से चूक जाता है। फिलहाल वह महँगी कोचिंग सेंटर से तैयारी किया था और अब सेल्फ स्टडीकर रहा है।

पंकज अपने दोस्त ओमप्रकाश से बोला, "रितेश भैया से बातकर पता करो, मेरे लिए कौन-सा कोचिंग सेंटर ठीक रहेगा, सस्ता लेकिन अच्छा हो।" रितेश ने कुछ नाम सुझाए जो कम फीस में तैयारी कराते हैं, उसमें से कुछ नए हैं, जिनके रिजल्ट का अभी पता नहीं है। कुछ थोड़ा महँगे हैं लेकिन सेंटर का रिजल्ट ठीक रहता है।

पंकज ने रितेश से मिलने की इच्छा जाहिर की लेकिन रितेश बोला, "मेरा एग्जाम होनेवाला, मैं अभी नहीं मिल पाऊँगा। लिस्ट भेज दिया हूँ, स्वतः सेंटर देख लो।"

पंकज और रमेश ने वाराणसी के विभिन्न कोचिंग संस्थानों के चक्कर लगाए और अन्त में पहड़िया पर स्थित 'श्योर सक्सेस' कोचिंग सेंटर में एडमिशन करा लिए।

कोचिंग सेंटर के रिसेप्शन से बताया गया कि, "अगले हफ्ते से नया बैच शुरू होनेवाला है, आकर क्लास ज्वॉइन करें।"

पंकज "ठीक है।"

कोचिंग सेंटर से बाहर निकलकर पंकज, रमेश से बुदबुदाते हुए बोला, "रहूँगा कहाँ? रहने के लिए भी तो...।"

रमेश बोला, "हाँ, लेकिन जगह नज़दीक में हो ताकि आने-जाने में कोई दिक्कत न हो और समय भी बचे।"

माधोपुर के बगल के गाँव, मधुपुर के रामसमुझ, बनारस के पहड़िया पर ही एक इलेक्ट्रिक की दुकान पर नौकरी करते थे। संयोग ही था कि कुछ दिन पहले, वे अपने गाँव आए थे, तभी रमेश से मुलाकात हुई थी। वे पहड़िया के एक इलेक्ट्रिक की दुकान पर काम करने की बात बताए थे। रमेश को रामसमुझ की याद आने लगी। लेकिन किस दुकान पर, यह रमेश को पता नहीं था, फिर भी उन्हें ढूँढ़ने लगा।

रमेश एक इलेक्ट्रिक की दुकान पर पहुँच दुकानदार से बोला, "रामसमुझ आपके यहाँ काम करते हैं क्या?"

दुकानदार बोला, "कौन? रामसमुझ !"

रमेश बोला, "मधुपुरवाले।"

दुकानदार बोला, "कौन मधुपुर?"

रमेश बोला, "माधोपुर के पास।"

दुकानदार बोला, "क्या करते हैं?"

रमेश बोला, "दुकान पर काम करते हैं।"

दुकानदार ने पूछा, "किस दुकान पर?"

रमेश बोला, "इलेक्ट्रिक की दुकान पर, जहाँ इलेक्ट्रिक का सामान मिलता है।"

दुकानदार ने पूछा, "कितने दिन से काम करते हैं?"

रमेश बोला, "काफी दिन से।"

दुकानदार बोला, "मेरे यहाँ तो नहीं करते।"

रमेश बोला, "तो कहाँ करते होंगे?"

दुकानदार बोला, "एक ठो दुकान 'मॉडर्न इलेक्ट्रिक' चौराहे पर है, देख लो, शायद वहाँ हों।"

रमेश बोला, "ठीक है, वहाँ देखता हूँ।

"दरअसल यह बनारस का अपना स्टाइल है, वे रास्ता या पता बताने में ऊबते नहीं हैं, अगर उनसे किसी का पता पूछ लीजिए तो वे उसके आसपास का पूरा विवरण दे देंगे, और समय रहा तो घर तक छोड़ने भी चले जाएँगे।"

चौराहेवाले, मॉडर्न इलेक्ट्रिक पर पहुँच रमेश ने पता किया लेकिन रामसमुझ का कोई पता नहीं चला। एक सम्भावना 'पहड़िया इलेक्ट्रिक स्टोर' के बारे में बताया गया लेकिन रामसमुझ वहाँ भी न मिला।

इसी तरह तीन-चार दुकानों पर ढूँढ़ने की कोशिश किया लेकिन किसको पता कि रामसमुझ कहाँ रहते हैं? वह भी जो दुकान पर नौकर हो। पहड़िया पर एक दो दुकान तो है नहीं, जिस पर ढूँढ़ा जाय।

रमेश बोला, "चलो घर चलते हैं, वहीं से पता कर, वापस आते हैं।

घर वापस आकर, उसी दिन रमेश, सबसे पहले रामसमुझ के घर जाकर, उनका पूरा पता, मोबाइल नम्बर के साथ ले लिया, और मोबाइल से बात भी किया। अपनी समस्या बताकर सहयोग माँगा।

रामसमुझ बोला, "ठीक है, न्यू इलेक्ट्रिकल पर मिलब, आवा लोगन, पूरा मदद करब।

अगले दिन रमेश और पंकज पुनः वाराणसी वापस आकर रामसमुझ से मिले। रामसमुझ नेक इनसान था, उसने कहा, "ठीक है, अभी काम क समय है, मालिक से बात कर, दोपहर के बाद छुट्टी ले लेब, फिर कमरा ढूँढ़ल जाई, फिलहाल बगल में ही हमार कमरा है, वहीं चलकर, आराम करा, दोपहर बाद हम छुट्टी लेकर आइब, फिर कमरा देखल जाई।"

रमेश बोला, "कउनो बात ना है, जब खाली हो जायँ, तब ही चलल जाई।"

रामसमुझ बोला, "चला वहीं सुस्ता ला । का करबा यहाँ बईठ के? वैसे भी त हम अकेले ही रहिला, ये समय, वहाँ कोई दूसरा नाहीं है।"

रमेश बोला, "कउनो बात ना है, यहीं ठीक है, अभी यही रुक जात हई, जब आप चलिहे, तब साथ में ही चल लेब।"

रमेश और पंकज, वहीं पास में ही रखी बेंच पर बैठ बाहर का नज़ारा देखने लगे। इन्तजार करते करते व्याकुल हो गए। समय था कि कट ही नहीं रहा था। फिलहाल दोपहर बाद रामसमुझ छुट्टी लेकर चलने हीवाला था कि, दुकान के दूसरे साथियों से एक कमरे के लिए बात किया।

साथी मँगरू बोला, "हमरे बगल में एक ठो मकान है जिसमे कुछ लड़का लोग पढ़ाई करत हैं। बातकर बतावेंगे।"

साथी पाँचू बोला, "अरे वहाँ छोड़ो, मैं बहुत बढिया जगह बता रहा हूँ, बहुत सस्ता और बढिया। का पुरवाई बहती है? कोई पंखा का भी जरूरत नाहीं है, पूरी तरह खुली हवा पानी मिलेगी, लघुशंका या दीर्घशंका की भी झंझट नाहीं, मन हो तो खुले में ज़ाओ नाहीं तो घर में ही कर लो। पैसा भी मनमाफिक।"

रामसमुझ बोला, "पाँचू, लड़का, पढ़ने के लिए आवेगा ना कि शंका दूर करने। थोड़ा सुविधा तो होना ही चाही, का हो रमेश?"

रमेश हाँ में गर्दन हिलाते हुए बोला, "जी चाचा जी।"

पंकज कुछ नहीं बोला, बस लोगों की बात सुनता रहा।

रामसमुझ कई लोगों से बात किया। फिर पता चला कि, "एक कमरे में दो लड़के रहते थे लेकिन अभी एक लड़के की कहीं नौकरी लग गई है और वह चला गया है। इस समय जो लड़का अकेले रह, तैयारी कर रहा है, वह बहुत परेशान है क्योंकि उसे अकेले किराया देना पड़ रहा है। वह एक रूम पार्टनर की तलाश में है, जो साथ में रहे और आधा किराया खुद दे।"

रामसमुझ बोला, "यह तो और अच्छी बात है, खर्चा भी कम और एक तैयारी करयवाला लड़का भी साथ में, का हो रमेश, ठीक रहेगा न?"

रमेश बोला, "जी चाचा जी।"

बस क्या था? सभी पहुँच गए, मकान देखने।

दो-तीन गलियों का चक्कर लगाने के बाद सभी शहर के बाहरी हिस्से में स्थित, एक मकान पर पहुँच गए। यह इलाका, सम्भवत: पहले गाँव रहा होगा जो शहर के विस्तार के कारण शहर के अन्दर आ गया। देखने से लग रहा था कि पुराने मकान के बरामदे को, किसी तरह, छोटे-छोटे हिस्से में बाँटकर क्रम से पाँच कमरे और एक शौचालय बनाया गया था। कमरे में रोशनी के नाम पर बल्ब या जलती हुई मोमबत्ती ही थी। प्राकृतिक रोशनी और हवा का तो प्रवेश ही मानो वर्जित था। सभी के बीच, अँधेरे से युक्त एक ही शौचालय था, जिसका उपयोग उसके उपलब्धता पर निर्भरकरता था। सभी में होड़ लगी रहती कि कौन पहले जाएगा? कभी-कभी तो शौच के लिए लम्बा इन्तजार भी करना पड़ जाता। किचन, उसी कमरे में शेष सामान को समेटकर तात्कालिक उपयोग के लिए बना लिया जाता, बाकी समय, किचन नदारद।

फिलहाल किराया तय हो गया, कुछ एडवान्स देना था, शेष महीने के हिसाब से।

रहने की व्यवस्था हो जाने के बाद, रमेश ने चिन्तामुक्त हो रामसमुझ को धन्यवाद दिया और साथ ही पंकज की जिम्मेदारी भी सुपुर्दकर दिया, जिसे रामसमुझ ने सहर्ष स्वीकार कर लिया।

पंकज को समझाया कि, "यहाँ पर रामसमुझ चाचा ही अपने हैं।"

रामसमुझ बोले, "बेटा शहर में होशियारी से रहै के होत है, यहाँ हर कोई घात लगाए बैठल रहत है कि किसे हलाल करें। हमरे रहते तोहें कोई दिक्कत ना होई, मन लगाकर पढ़ाई करना। कोई दिक्कत हो, बेझिझक हमको बताना। बगल में ही त रहब।"

पंकज "जी चाचा जी।"

सभी रामसमुझ से विदा लेकर माधोपुर वापस आ गए। तैयारी होने लगी। कोचिंग क्लास शुरू होने से एक दिन पहले रमेश ढेरों सामान के साथ, पंकज को लिवाकर पहड़िया, उसके कमरे पर छोड़ने पहुँच गया।

बंशीलाल, मेडिकल की तैयारी, करीब तीन साल से उसी कमरे में रहकर करता है। मेहनत बहुत करता था लेकिन दुर्भाग्य से हर बार कोई-न-कोई दिक्कत आ ही जाती है और कुछ नम्बरों की कमी से उसका सेलेक्शन नहीं हो पाता। पिछले साल की ही बात है जब उसकी परीक्षा नज़दीक आ

गई, वह रात-दिन पढ़ाई में जुटा रहता, तैयारी भी अच्छी हो गई थी, उसी समय उसकी माँ बीमार हो गई। उसके पेट में हलका-हलका कई दिन से दर्द था, पास के मेडिकल स्टोर से दवा मँगाकर खाती रहती। एक रात उसके पेट में भयंकर दर्द होने लगा। उसे पास के डॉक्टर को दिखाया गया, भर्तीकर इलाज शुरू किया गया। आराम न मिलने पर उसे वाराणसी के लिए रेफरकर दिया गया। वाराणसी के सर सुन्दरलाल चिकित्सालय, बीएचयू के इमरजेन्सी वार्ड में भर्ती कराया गया जहाँ अल्ट्रासाउंड से पता चला कि पित्त की थैली यानी गाल ब्लैडर में पथरी है जिसके कारण पित्त की थैली में सूजन हो गई है और उसका इलाज, जल्द ऑपरेशन बताया गया। घरवाले, बंशीलाल को बताना नहीं चाहते थे लेकिन सीरियस होंने पर बताना ही पड़ा। माँ का इमरजेन्सी ऑपरेशन ! सुन, बंशीलाल बेसुध हो गया। घर के लोगों के लाख समझाने पर भी वह तैयारी के बजाय तीमारदारी करता रहा। परीक्षा देने के लिए भी वह अस्पताल से ही गया था। फिलहाल ऑपरेशन के पश्चात उसकी माँ ठीक हो गई। बंशीलाल को कोई पश्चात्ताप नहीं है। उसे खुशी है कि उसकी माँ, उसके पास है। उससे पहले, उसके पैर में चोट लग गई थी, तब उसे कई दिन अस्पताल में गुजारने पड़े थे।

पंकज और उसका रूम पार्टनर बंशीलाल, घर से दाल, चावल और आटा ले आते और खुद ही खाना बनाते। कभी दाल चावल, कभी सब्जी-रोटी तो कभी खिचड़ी-से काम चलाते। सब काम खुद ही निपटाते। दोनों, अपने घर की कमजोर आर्थिक स्थिति के हिसाब से व्यवस्था बनाकर तैयारी कर रहे थे। इन सब के बावजूद, उनका ध्यान केवल अपने लक्ष्य पर था। सच ही तो है "हौसलों की उड़ान को कभी कोई अभाव रोक पाया है, क्या?"

बंशीलाल घर नहीं जाता क्योंकि मिलनेवाला हर कोई पूछता, "का करत हो? सेलेक्शन हुआ कि नाहीं? कितना समय लगेगा? पढ़ते भी हो या बनारस के घाट पर बैठ लुका-छिपी करते हो, आदि।"

बंशीलाल परेशान हो जाता सबके सवालों का जबाब देते-देते। कभी-कभी उसे नींद नहीं आती, घबराहट भी होने लगती, ऐसे में वह अपनी कोई किताब ले पढ़ने लगता या टहलने लगता। वह सोचता, "जब तक मेरा सेलेक्शन नहीं हो जाता, मैं घर नहीं जाऊँगा।" ऐसा सोच वह जल्दी-से-जल्दी मेडिकल में सेलेक्शन के लिए रात दिन मेहनत कर रहा है।

एक साल तक संघर्षपूर्ण मेहनत करने के बाद जे.ई.ई.ई. और पॉलीटेक्निक की परीक्षा देने के बाद भी पंकज पढ़ाई में लगा रहा। घर नहीं गया क्योंकि उसे अपना लक्ष्य जो हासिल करना था।

दो महीने बाद जे.ई.ई.ई. का रिजल्ट घोषित हो गया। जरा से नम्बर से चूक गया, पंकज। उसे गवर्नमेंट कॉलेज में एडमिशन नहीं मिला, प्राइवेट कॉलेज में पेड सीट पर एडमिशन मिल रहा था लेकिन, क्या प्राइवेट कॉलेज में पढ़ाई करना आसान था? नहीं न। प्राइवेट कॉलेज की महँगी फीस और महादेव की जर्जर आर्थिक स्थिति। दोनों में मेल कहाँ सम्भव था?

महादेव बोला, "इतनी बड़ी रकम की व्यवस्था ना हो पाई, अगर खुद के भी गिरवी रख देईं तब भी इतना पैसा ना जुटा पाइब।"

पंकज, इसी असमंजस की स्थिति में था कि पॉलीटेक्निक का परीक्षा-परिणाम घोषित हो गया।

खुशी मन से रमेश भागते हुए महादेव के पास गया और बोला, "बाबू, पंकज पास हो गयल।"

महादेव ने पूछा, "नम्बर कइसा आयल है? का ओके सरकारी स्कूल में दाखिला मिल जाई?"

रमेश बोला, "बहुत अच्छा नम्बर आयल है, बाबू, बहुत अच्छे रैंक से सेलेक्शन भयल है। एडमिशन कउनो भी सरकारी कॉलेज में हो जाई।"

महादेव ने पूछा, "कितना फीस लागी?

रमेश बोला, "पचीस हजार रुपया त लगबै करी।"

महादेव बोला, "हम सबके लिए मुश्किल काम है, जवन परिवार इंटर क फीस भी ना जमाकर पावत, कोचिंग के लिए भैंस बेच के पैसा जुटावत है, भला उ पचीस हजार रुपया फीस क कइसे जुटाई।"

पैसे की व्यवस्था कैसे हो, एक यक्ष प्रश्न था। रमेश बोला, "खेत क कुछ हिस्सा बेच दिया जाय त पैसे की व्यवस्था हो जाई।"

महादेव बोला, "जमीन भी त बहुत ना हव, जेके बेच देवल जाय। खेत बेच देबा, त खईबा का? हर बार खेत बेचय कह देला, कुछ समझ के बोलल करा।"

रमेश बोला, "अगर बेचय ना चाहत हउआ त गिरवी ही रख दा और सही समय पर छुड़ा लेवल जाई।"

महादेव बोला, "हाँ, ई ठीक रही।"

"निर्णय लिया गया कि पंकज और परिवार का सपना पूरा करने के लिए खेत का कुछ हिस्सा गिरवी रख दिया जाय और रमेश शहर जाकर मेहनत-मजदूरी कर आगे के पढ़ाई का खर्च उठाएगा और व्यवस्था बन गई तो जमीन छुड़ा ली जाएगी।"

अगली समस्या, खेत कौन लेगा? अब एक ऐसे व्यक्ति की तलाश शुरू हो गई जो महादेव के खेत को गिरवी ले ले और उसके बदले पंकज के फीस के लिए तत्काल पैसा दे दे।

लेकिन कोई मिला नहीं।

रमेश बोला, "बाबू का करीं? कोई तैयार ना होत हव, अब जमीन के लेई? कोई मिली तब त, पहले कोई तैयार नाहीं, फिर कोई मिलत है तो तुरन्त पैसा नाहीं देत है या बहुत कम देत है। उतना पैसे से फीस जमा भी ना हो पाई।"

महादेव बोला, "हमहूँ, कई लोगन से मिलली, काम ना भयल।"

रमेश बोला, "फिर का कयल जाय?"

महादेव बोला, "बिहारी भइया से मिल के आवत हई, शायद काम बन जाय।" घर से निकल, गाँव के ही बिहारी से मिलने चला गया।

बिहारी से बोला, "बिहारी भइया, हमरे पंकज के, पढ़ाई के खातिर, लखनऊ भेजय के है, फीस जमा करै के है, आपसे मदद मिल सकत है का?"

बिहारी बोले, "कितना पैसा चाही?"

"भइया, यही करीब पचीस हजार।"

"महादेव इतना पैसा ! कितने दिन खातिर?"

"भइया समय तो लागे, कब तक? बता ना सकत हई।"

"तब फिर, कइसे इतना पैसा !"

"भइया, हम आपन खेत, गिरवी रख देब।"

"महादेव, फिर खईबा का? वैसे, ए उम्र में खेती-बाड़ी हमसे ! के करी?

"भइया, खेत हम ही जोतीं तब !"

"महादेव, तब ठीक है, फसल क आधा हिस्सा हमरे यहाँ तुमहीं को पहुँचाना पड़े।"

"ठीक बा, भइया।"

"पैसा कब तलक चाही, महादेव?"

" दस दिन के अन्दर, भइया।"

"लेकिन, इतना जल्दी, कइसे हो पाई? महादेव।"

"जल्दी ही चाही, नहीं त पंकज का दाखिला ना हो पाई, भइया।"

"अच्छा हम कोशिश करब, पैसा त है लेकिन बैंक में, निकालय के पड़ी, बैंक पैसा देवे में दिक्कत करत हव। अपना ही पैसा आसानी से नाहीं देत। बहुत दौड़ावत हैं। बैंक भी त दूर है।"

"भइया, रमेश चला जाई साथ में, अगर जरूरत होई त।"

"ठीक है, कल बैंक चलय के होई, रमेश के बोलिहा, सुबह दस बजे, साथ में चली।"

"ठीक है भइया, बहुत-बहुत धनवाद।"

महादेव घर आया और रमेश से बोला, "बात बन गईल, बिहारी भइया तैयार हो गइनै, खेती भी हम ही करब, आधा देवय के रही।"

"बहुत बढ़िया हो गयल बाबू, हम त बहुत परेशान रहली, कितने लोगों से सिफारिश कईली लेकिन कोई मदद नाहीं कर पाया।" रमेश उत्साहित होकर बोला।

महादेव बोले, "रमेश, तोहें सुबह दस बजे बिहारी भइया के साथ बैंक जाना है। समय से चले जाना, पैसा सँभालकर ले आवे के होई।"

रमेश बोला, "पैसा नाहीं लाना है, ड्राफ्ट चाही।"

महादेव बोला, "का? ड्राफट !"

रमेश बोला, "जैसे चेक होत है, वइसे ही ड्राफ्ट होत है।"

महादेव बोला, "अच्छा, ठीक है, टाइम से चल जहिया, नाहीं त, गड़बड़ हो जाई।

बैंक, गाँव से करीब तीन किलोमीटर की दूरी पर कस्बे में था। जहाँ पर बिहारी का बैंक एकाउंट था।

रमेश के साथ बिहारी बैंक गए और अपने एकाउंट से कॉलेज के नाम ड्राफ्ट बनवाने के लिए फॉर्म जमा किए। आज बैंक में पैसा था नहीं तो कई बार "पैसा नहीं है" कह दूसरे दिन आने को कहते लेकिन आज, करीब दो घंटे बाद ही ड्राफ्ट मिल गया। ड्राफ्ट के पीछे पंकज का नाम, रोल नम्बर, और इलेक्ट्रिकल इंजीनियरिंग लिख दिया गया।

पैसे की व्यवस्था हो जाने के बाद, पंकज का एडमिशन, लखनऊ के पॉलीटेक्निक कॉलेज में हो गया। वह मेहनत से पढ़ाई करने लगा। पहले साल बहुत अच्छे नम्बर से पास हुआ।

कॉलेज के छात्र व छात्राएँ बेरोकटोक घूमते। शराब व सिगरेट का सेवन करते। पार्टियाँ व मौजमस्ती करते। सभी छात्र पीते हों, ऐसा नहीं था, बल्कि न पीनेवालों की तादाद ज्यादा थी, लेकिन उन्हें हेय दृष्टि से देखा जाता। बैकवर्ड समझा जाता।

जब पंकज दूसरे सेमेस्टर में पढ़ रहा था, उसी समय उसकी जान-पहचान कुछ ऐसे ही बिगड़ैल बच्चों से होने लगी। वह जल्दी ही ऐसे दोस्तों के साथ घुल-मिल गया। पंकज, गाँव का सीधा-सादा लड़का, शहर के तामझाम, बनावट से अनजान जल्दी ही धूर्त जनों के रडार पर आ गया।

बिगड़ैल बच्चे सिगरेट पीने के अलावा शराब और ड्रग भी लेते थे। कुछ बड़े घर से थे जिन्हें पैसे की कोई कमी नहीं थी और उन्हें पैसे की कीमत भी कहाँ पता थी? पैसे की कीमत तो दो लोग ही जानते हैं, एक वह जो कमाता है और दूसरा वह जिसको जरूरत हो पर उसके पास हो ही नहीं। वहीं कुछ मध्यम वर्गीय परिवार के बच्चे थे, जिनको जरूरत के पैसे भी बमुश्किल से ही मिलते थे। ए मध्यम वर्गीय बच्चे भी, रईसों जैसे ठाठ-बाट, दिखावा और फ़िज़ूलख़र्ची करते। ज्यादा खर्च होने के कारण, पैसे की जरूरत भी ज्यादा होती लेकिन घर से मिल रहे पैसों से जरूरत की पूर्ति होना ही मुश्किल होती तो ऐशोआराम के लिए भरपाई कैसे हो पाती। ऐसे में पैसे कहाँ से आए? इसके लिए इन बच्चों ने तरीका ढूँढ़ लिया था जो कि गैरकानूनी तो था ही साथ ही खतरनाक भी। ए लड़के, चैन स्नैचिंग से लेकर ड्रग पेडलर तक का काम करते थे। कुछ मध्यम वर्गीय लड़के, धनी घर के बच्चे को फँसाकर अपने शौक को पूरा करते। केवल लड़के ही नहीं लड़कियाँ भी ऐसे ग्रुप की सदस्य होती। ए और कामों के अलावा जिस्मफरोशी का भी काम करती। ऐसे कामों को केवल मध्यम वर्गीय बच्चे ही अंजाम नहीं देते थे बल्कि रईसजादे भी इसका हिस्सा होते, कुछ अपनी अति विलासिता के लिए तो कोई अपने शौक के लिए। कई बार पकड़े भी जाते लेकिन अकसर कुछ रसूखदार, सफेदपोश, मामले को दबा देते और इन बिगड़ैल बच्चों को बचा लेते। जाहिर सी बात है कि मुख्य भूमिका में कोई और होता। बच्चे तो केवल मोहरे हुआ करते थे। असली खिलाड़ी तो पर्दे के पीछे थे।

ड्रग माफिया अमूमन पान के दुकान से लेकर बड़े-बड़े होटलों तक अपना जाल बिछाकर बैठे थे। सीधे-सादे बच्चों पर, उनके आदमी अपनी पैनी नजर गड़ाए रहते। बच्चों से दोस्ती करते, मिलना-जुलना करते और धीरे-धीरे अपने जाल में फाँस लेते। पहले अपनी ओर से गिफ्ट करते, फिर आदत डालते उसके बाद अपने मकसद के लिए पैसा ऐंठते। उन्हें तो पैसे से मतलब होता बच्चा या उसका परिवार बरबाद होता है तो हो अपने बला से। उन्हें क्या फर्क पड़ता है, बच्चे के माँ-बाप का क्या हाल होता है? बच्चे का भविष्य बरबाद हो जाता है, तो हो, पर उन्हें क्या? उन्हें तो केवल पैसे चाहिए जो उन्हें मिल रहें है, बस !

ड्रग माफिया व उनके संगठन से जुड़े लोग, नए-नए तरीके से, नए-नए शिकार ढूँढ़ते।

कई बार समाज में व्याप्त कुंठा भी बच्चों के मनोमस्तिष्क पर गलत असर डालती है और नशे की ओर धकेल देती है। आधुनिकता के इस दौर में जो सिगरेट या शराब न पीता हो उसे गँवार समझा जाता है यहाँ तक कि कई बार शाकाहारी होने पर भी मजाक उड़ाया जाता है। कहते हैं कि, "अरे घास-फूस कोई खाने की चीज है, बन्दर क्या जाने अदरक का स्वाद, खैनी खाय ना पयनी पीए, भला वो आदमी कैसे जीए" आदि आदि।

ऐसी परिस्थितियों में कई बार युवा आधुनिक दिखने के चक्कर में, नशाखोरों के चक्रव्यूह में, खुद ही फँस जाते हैं और अन्ततः उनके और उनके माता-पिता के सपने चूर-चूर हो जाते हैं। समाज चिंघाड़ उठता है, शादीशुदा जिन्दगी बरबाद हो जाती है, बच्चों का भविष्य बरबाद हो जाता है। मौज केवल ड्रग पेडलर या यूं कहें ड्रग माफिया करते हैं लेकिन बरबाद पूरा समाज हो जाता है।

शनिवार शाम को पंकज से उसका सहपाठी अरुण जो फैजाबाद का रहनेवाला था, बोला, "और दोस्त क्या हाल है?"

पंकज बोला, "ठीक है।" कहकर चुप हो गया।

अरुण स्वतः आगे बोला, "मैं भी बिलकुल मस्त हूँ।"

कुछ देर के सन्नाटे के बाद अरुण बोला, "आज शाम, क्या कर रहे हो?"

पंकज ने उत्तर देते हुए कहा, "पढ़ाई करूँगा।"

अरुण बोला, "पढ़ाई के अलावा भी जीवन में बहुत कुछ है, उसे भी कर लिया कर।"

पंकज बोला, "फिलहाल, अभी तो काम पूरा करना है, प्रेक्टिकल का काम बाकी है, मंडे को चेक कराना है।"

अरुण शातिराना अन्दाज में बोला, "यह समय फिर नहीं आएगा, मौज मस्ती भी कर लिया कर भाई।"

पंकज रुचि न दिखाते हुए बोला, "अच्छा, मैं चलता हूँ।"

अरुण बेरुखी से बोला, "चल भाई, तेरी जैसी मर्जी।"

पंकज कुछ बोले बगैर वहाँ से चला गया। अरुण अपने जाल में फँसाना चाहता था और उसे नशीले पदार्थों का आदी बनाना चाहता था। दरअसल, अरुण, सबसे छिपकर, पहले भी, कभी-कभी सिगरेट पीता था। कॉलेज में एडमिशन के बाद से, कुछ ज्यादा पीने लगा था। सिगरेट की तलाश में वह इधर-उधर भटकता रहता। वह अकसर, सिगरेट के लिए, कॉलेज के पास ही एक पान की दुकान पर जाया करता, जहाँ पानवाले ने, उसकी मुलाकात, मुकेश से कराई। दरअसल, मुकेश ही पान की दुकान पर, नशीले पदार्थों की सप्लाई करता था। मुकेश सब्जबाग दिखा, अरुण को अपने चंगुल में फँसाया। एक बिज़नेस का आईडिया दिया। आईडिया के तहत, अरुण को नए मेम्बर बनाने थे, और उन्हें गोपनीय तरीके से इसी पान की दुकान या दूसरे बताए हुए जगहों से, नशीले पदार्थों की सप्लाई करना था। जिसके एवज में उसे मोटी कमाई व साथ में खुद के लिए मुफ्त माल, का भरोसा दिलाया था। डील के अनुसार अरुण, नए-नए ग्राहक बना, ड्रग पेडलर का काम करता था। पंकज को भी वह नए ग्राहक के रूप में फँसाने की कोशिश कर रहा था, लेकिन वह असफल हो रहा था। पंकज उसके चंगुल से बहुत दूर जा रहा था। इसी बात में अरुण को बेचैनकर दी।

फिलहाल, अरुण सब्र के साथ, धीरे-धीरे की रणनीति पर कामकर रहा था। उसे पता था कि, कैसे और किसको जाल में फँसाना है?

अरुण व उसके दूसरे दोस्त रणनीति के तहत, पंकज को परेशान करने लगे। उन्हीं दोस्तों में सनोज था, जो अरुण का रूम पार्टनर भी था और उसका पहला शिकार भी जिसे अरुण ने अपने जाल में फँसा शराब और सिगरेट पीना सिखाया था। सनोज उसे बहुत मानता था। सनोज के लिए उसका सबसे प्रिय मित्र, अरुण ही था।

अरुण ने सनोज से कहा, "यार सनोज, पंकज बहुत ऐंठता है, पता नहीं वह अपने को क्या समझता है? भाव नहीं देता, उसे सबक सिखाने की जरूरत है।"

सनोज बोला, "क्या बात करते हो? तुमसे ऐंठ रहा है, मैं उसे बताता हूँ, उसे मैं ऐंठना सिखाता हूँ।"

अरुण बोला, "उसे तमीज सिखाना ही पड़ेगा।"

सनोज बोला, "यह काम मुझ पर छोड़ दो। मैं उसे तमीज सिखाता हूँ।"

अगले दिन साजिश के तहत, सनोज ने दरवाजे पर दस्तक दिया।

पंकज ने दरवाजा खोला। पंकज कुछ कहता, उसके पहले ही सनोज रूम के अन्दर दाखिल हो गया। सनोज अन्दर आकर, पंकज की किताब को उलटने पलटने लगा। पंकज संकोच वश कुछ नहीं बोला।

सनोज ने वार्त्तालाप को आगे बढ़ाया, "कैसा है तू दोस्त?"

पंकज अनमने से बोला, "ठीक हूँ, तुम कैसे हो?"

सनोज बोला, "ठीक हूँ, क्या पढ़ रहा है?"

पंकज ने कहा, "बेसिक इलेक्ट्रिकल इंजीनियरिंग, पढ़ रहा हूँ।"

सनोज ने पुनः पूछा, "कौन-सा चैप्टर?"

पंकज बोला, "चैप्टर दो, डी. सी. सर्किट्स।"

सनोज थोड़ा रुककर बोला, "तैयार हो गया है, क्या?"

पंकज ने कहा, "नहीं, अभी कर रहा हूँ।"

कुछ देर बात करने के बाद सनोज चला गया। अब वह, अकसर पंकज से मिलता और तरह तरह की बात करता। पंकज न चाहते हुए भी उसे मना नहीं कर पाता। समय गुजरता गया और सनोज करीब आता गया। सनोज, पंकज को जबर्दस्ती बाहर चलने की बात करता, खुद चाय भी ऑफर करता, और स्वतः पैसे देने की जिद करता। पंकज को वह भला लगने लगा। वह सोचता, "कौन इतना ध्यान रखता है, मेरे बगैर कहीं जाता तक नहीं और मेरा बिल, खुद ही चुकाने की जिद करता है, बहुत अच्छे दिल का है। मेरे लिये हमेशा उपलब्ध भी रहता है।"

पंकज के मन में सनोज के लिए दोस्ताना भाव जागने लगा और इतना ही नहीं बल्कि उसे वह बेस्ट फ्रेंड मानने लगा। सनोज ज्यादातर समय पंकज के रूम में या पंकज के साथ ही गुजारता और मौजमस्ती की बात करता। पंकज क्या करता? गदह वेला की उम्र थी, मन भौंरे की तरह चंचल,

मौजमस्ती की बातें उसको अच्छी लगतीं, कामेच्छा और विपरीत लिंग में रुचि भी जगने लगी। पंकज को पढ़ाई से ज्यादा महत्त्वपूर्ण, मौजमस्ती की बातें लगतीं।

सनोज बोलता, "जीवन, क्या केवल पढ़ने के लिए बना है? क्या यह समय फिर वापस आएगा? इस समय की मौजमस्ती पूरे जीवन भर की मस्ती से अलग होती है। कोई टेन्शन नहीं, केवल मौजमस्ती।"

सनोज खुद तो पढ़ाई कर लेता, लेकिन पंकज को डिस्टर्ब करता, उसके रूम में आकर मनोरंजन करता, मौजमस्ती की बातें करता। फिर वापस अपने रूम में आकर पढ़ाई करता। अब यही क्रम चलने लगा।

पंकज एक बार उसके रूम में मिलने गया।

पंकज ने दरवाजे पर दस्तक दिया, दरवाजा सनोज ने ही खोला। वह तुरन्त रूम के बाहर निकल आया और बोला, "अरे यार ! अरुण पढ़ रहा है, मुझ पर चिल्लाने लगेगा, अच्छा सुनो, तुम्हारे रूम पर ही चलते हैं।"

सनोज खुद भी पंकज के रूम पर आ गया और बोला, "दोस्त, मैं खुद ही तुम्हारे रूम पर आ जाया करूँगा, तुम्हें मेरे रूम पर, आने की तकलीफ नहीं उठानी है। अरुण ठीक नहीं है, वे तो रूम पार्टनर है। नहीं तो ! उसे बताता।"

ऐसे ही समय गुजरता गया और दूसरे सेमेस्टर की परीक्षा आ गई। पंकज पूरी तन्मयता से पढ़ाई करने की कोशिश करता लेकिन सनोज और उसके दूसरे दोस्त पंकज के पढ़ाई में खलल डालते । बारी-बारी एक-एक कर आते रहते और सिर्फ मौजमस्ती की बात करते। पंकज मन-ही-मन दुःखी भी होता लेकिन मौजमस्ती की बात सुनकर, उसे मजा भी आता। बहुत सी बातें उसके लिए नई थीं। सुनकर उसे अच्छा लगता। सनोज वगैरह की बात सही लगती और उसके मन में भी चाहत होती कि वह भी मौजमस्ती करे।

पंकज कई बार अपने लक्ष्य से विमुख होता, उसे भी सुहाने सपने अच्छे लगते। मौजमस्ती की बात गुदगुदाने लगती।

"कई बार सनोज और उसके मित्र आधुनिकता की बात करते। मापदंड तय करते, आधुनिक कौन है? उसकी परिभाषा बताते। क्या खाना चाहिए? क्या पीना चाहिए? कैसे आधुनिक लोग रहते हैं? आधुनिकता होती क्या है? मसलन सिगरेट और शराब न पीनेवाले बैकवर्ड होते हैं। सिगरेट और दारू

पीनेवाले ही श्रेष्ठ है, आधुनिक हैं। सिगरेट और शराब न पीए तो, जीवन का क्या मतलब? शराब की ब्रांड बताई जाती। सबसे महँगी ब्रांड कौन सी है। कौन सी प्रसिद्ध हस्ती, किस ब्रांड की शराब को पीती है, सभी का विस्तृत वर्णन होता।"

अरुण का जन्मदिन था, सभी मित्र बधाई देने अरुण के रूम पर एकत्रित हुए। केक काटकर बर्थडे मनाया गया, फिर सभी बैठ, अपने-अपने ढंग से बधाई दिए।

सनोज का नम्बर था, सनोज टेबल पर खड़ा हो गया और हाथ में जॉनी वॉकर की बोतल ले गाने लगा :

मय पीने, मैखाने गया, मिल गई सुन्दर बाला।
हाथ में उसके ज़ाम था, भरा था उसमें हाला।
मृगनयनी वह बाला, नयन जिसके कजरारे,
रूप ऐसा, जिसपे लाखों ने दिल हारे।
नैनों से नैन मिले, जैसे अधरों से मिले अधर।
बल खाती, चपलाती, साकीबाला से मिली नज़र।
नज़रों से ही पूछ लिया, क्या चाहिए तुमको हाला?
था, अनुभव शून्य, ना समझ सका, उसके नज़रों का पैमाना।
इतने में करीब आ गई, वह बाला, लिये मय का प्याला।
मुस्काई, मादकता फैलाई, जो खुद थी हाला।
कुछ दूरी बस शेष थी, प्याले पर लगती अधर।
वह कान में फुसफुसाई, सुरा है इधर।
प्याले को छोड़, पाया संग सुरा का ।
अधरों से मिला अधर, हुआ नाम शराबी का।
दौरे जाम चलता रहा, मदहोशी छाती गई।
वारुणी होंठ से लग, दिमाग में चढ़ती गई।
नशा तो दुगना यूँ ही हो गया, आसव जब पिलाए खुद बाला।
पीते रहे रात भर मैखाने में बैठ, जल्दी क्या, जब पास बैठी हो खुद हाला।
पीने के लिए बस साथ चाहिए। पिलाने के लिए हाज़िर है साकीबाला ।
मय का प्याला हो, और साथ बैठी हो सुरबाला।
और क्या चाहिए जीवन में, जब मिल जाए हाला ही हाला।

तालियों की गड़गड़ाहट गूँज उठी।

अरुण खड़ा हो गया और बोला, "यार काश एक छोटा ही पेग मिल जाए तो मज़ा दुगना हो जाए।"

सनोज तुरन्त बोला, " बिलकुल मिलेगा, सभी को मिलेगा, सबको पीना भी पड़ेगा। आखिर आज अरुण का जन्मदिन है।"

सभी एक स्वर में बोले, "बिलकुल पिलाओ, सभी पियँगे।"

थोड़ी देर बाद सनोज अपने हाथ मे जॉनी वॉकर की बोतल को खोलते हुए बोला, "इन्तज़ार खतम, एंज्वॉयमेंट शुरू।"

बोतल को खोल, गिलास में थोड़ा-थोड़ा शराब डाला, फिर उसमे थोड़ा-थोड़ा पानी डाला, अन्त में दो-दो आइस क्यूब डाल, डान्स करते हुए सनोज ने सबको एक-एक गिलास पकड़ा दिया।

पंकज को भी एक गिलास पकड़ाते हुए बोला, "ले पंकज, तेरे लिये छोटा पेग।"

पंकज ने संकोच करते हुए गिलास पकड़ लिया। लेकिन, तुरन्त, वापस दे दिया और कहा, "मैं शराब नहीं पीता।"

सनोज बोला, "क्या शराब नहीं पीते? अरे यार, मजा बिगाड़ दिया तूने, पंकज ! तुम भी ! कब तक बच्चे बने रहोगे और दकियानूसी बातें करोगे? खुली हवा में साँस लेकर देखो, फिर कहना। आज, अरुण का जन्मदिन है। उसका मन रखने के लिए, इतना तो कर ही सकते हो।"

पंकज बोला, "लेकिन मैं नहीं पीता, और पी नहीं सकता, सॉरी।"

सनोज बोला, "देख पंकज, सभी पी रहे हैं, तुम भी पियो, मजे करो, कब तक मम्मी बॉय बने रहोगे।" सभी जोर-जोर से हँसने लगे।

पंकज बोला, "देख सनोज, मैं नहीं पीता, तो नहीं पियूँगा, जबर्दस्ती न करो, प्लीज।" पंकज दृढ़ता से बोला।

अरुण बोला, "छोड़ सनोज, जबर्दस्ती क्यों कर रहे हो? जब इसका मन करेगा तभी --।"

सनोज बोला, "ठीक है यार, जैसी तेरी मर्जी। मैं जोर-जबर्दस्ती से थोड़े पिलाऊँगा, अरुण का बर्थडे है, सभी पी रहे थे इसलिए...।

पंकज बोला, "कोई बात नहीं। मैं कभी नहीं पिया और पीना भी नहीं चाहता।"

थोड़ी देर बाद पार्टी खतम हो गई, सभी चले गए। अरुण ने सनोज से कहा, "पंकज बहुत अड़ियल है, रूढ़िवादी है, उसे सबक सिखाने की जरूरत है। क्या वह कभी हाथ नहीं आएगा?"

सनोज बोला, "देखता हूँ, कब तक नहीं पीता?"

अरुण बोला, "देखे, कैसे बदतमीजी किया है, तुम्हारे साथ, तमीज सिखाना पड़ेगा।"

सनोज बोला, "बिलकुल सिखाना पड़ेगा।"

"अरुण जल्दी-से-जल्दी, पंकज को अपने बिज़नेस का मेम्बर बनाना चाहता था, लेकिन पंकज, उसके पहुँच से दूर निकला जा रहा था। यद्यपि, अरुण के असली मकसद को सनोज भी नहीं जानता था लेकिन दोस्ती को निभाने के लिए, अरुण का साथ दे रहा था।"

कुछ दिनों बाद सेमेस्टर की परीक्षा हुई और उसका रिजल्ट घोषित हुआ। पंकज मेरिट में बहुत पीछे चला गया। पंकज उस रात बहुत रोया था। उसे अपने आप पर बहुत गुस्सा आ रहा था, घरवालों के बारे में सोचने लगा कि कैसे उसे एक-एक पैसे जोड़कर, माई-बाबू आधा पेट खाना खाकर, पैसे बचाकर उसके लिए भेजते हैं। उसका भाई रमेश, शहर जाकर मेहनत कर पैसे की व्यवस्था करता है। और वह सही से पढ़ाई नहीं कर, दोस्तों के साथ मौजमस्ती कर रहा है और सबके सपने को चूर-चूरकर रहा है।

उस रात उसके पास कोई दोस्त नहीं था। अगर था तो केवल शून्यता। बिलकुल अकेला।

अरुण अपने दोस्तों के संग पार्टी में व्यस्त था।

कई दिन बाद, सनोज मिला और मज़ाकिया स्टाइल में बोला, "क्या? पढ़ाकू इस बार तो बहुत पीछे चले गए, तुमसे बहुत अच्छे नम्बर तो अरुण के हैं, जो पढ़ाकू भी नहीं है और पूरा मौजमस्ती भी करता है, इसलिए कहता हूँ मजे किया कर, दिमाग फ्रेश रहता है।"

पंकज को लगने लगा कि सनोज ठीक कह रहा है। इतनी मेहनत के बाद भी उसका परफॉर्मेन्स, अरुण-जैसे घुमक्कडों से कम है। बेचैन तो बहुत था लेकिन कुछ समझ नहीं पा रहा था कि क्यां करें?"

पंकज इसी उधेड़बुन में था कि अरुण और सनोज साजिशन उसके पास आए और बोले, "तू टेन्शन न ले, चल हमारे साथ, सब टेन्शन दूर हो जाएगा।"

पंकज ने कहा, "मैं ठीक हूँ, कोई टेन्शन नहीं है।"

सनोज बोला, "क्या कह रहे हो? टेन्शन तो तुम्हारे चेहरे पर झलक रहा है, आखिर मैं तुम्हारा दोस्त हूँ, तुम्हारा चेहरा पढ़ सकता हूँ। हमारे होते हुए, तुम इस हालत में नहीं रह सकते।"

पंकज बोला, "सॉरी, मैं कहीं नहीं जा रहा। तुम लोग जाओ।"

सनोज बोला, "तुम्हें क्या लगता है? तुम दुखी रहोगे और हम खुश रहेंगे ! ऐसा नहीं हो सकता है। हम तुम्हारे दोस्त हैं, तुम खुश होगे तभी हम खुश रहेंगे, इसलिए आओ चलें, घूमकर आते हैं।"

पंकज ने दृढ़तापूर्वक कहीं भी जाने से मना कर दिया। मुश्किल से आया मौका, हाथ से निकलता देख, सनोज ने आपा खो दिया, उग्र हो गया और बोला, "देख पंकज, तुम्हें तो चलना ही होगा, मैं तुम्हे ऐसे नहीं छोड़ सकता।"

अरुण बोला, "सनोज सही कह रहा है, पंकज, चलो, तुम्हें चलना ही होगा, तुम्हें सनोज के दोस्ती की कसम।"

पंकज कुछ देर शान्त रहा, फिर बोला, "अच्छा ठीक है, जब बात दोस्ती की है, तो चलो।" पंकज ने अनमने से कहा।

अरुण और सनोज अपने कामयाबी पर एक दूसरे की ओर देख मुस्कुराने लगे।

पंकज बेमन से धीरे-धीरे तैयार होने लगा, बहुत समय लग रहा था, सनोज बेचैन होने लगा, सोचने लगा, "कहीं इसका मूड चेंज न हो जाए।"

सनोज बोला, "अरे चलो भी, लड़कियों की तरह कितना सज-सँवर रहे हो।"

पंकज बोला, "बस, हो गया, अब चलो।"

सभी एक रेस्तराँ में गए, जहाँ पर लोग, नाच-गाने के साथ, डिनर का लुत्फ उठा रहे थे। एक काउंटर पर तरह-तरह के शराब का भी इन्तजाम था। सभी कार्नर के टेबल के पास कुर्सियों पर बैठ गए, सनोज आँखों ही आँखों में, अरुण से कुछ इशारा किया, फिर उठकर काउंटर पर चला गया। थोड़ी देर बाद वह, एक वेटर के साथ वापस आया, जो अपने हाथ में, रंगीन पेय से लबालब तीन गिलास रखे, एक ट्रे लिया हुआ था। अरुण और सनोज एक - एक गिलास उठा लिए। सनोज, पंकज से गिलास उठाने के लिए कहा। पंकज हिचकते हुए, गिलास उठाकर, गिलास की ओर इशारा करते

हुए, सनोज से पूछा, "यह क्या है?"

सनोज बोला, "खुद चखकर देख, मस्त हो जाएगा।" हँसते हुए कहा।

पंकज बोला, "फिर भी, बताओ तो सही, क्या है?"

अरुण बोला, "पहली बार देखे हो क्या? सचमुच तुम कितने बैकवर्ड हो पंकज।"

पंकज झेंपने लगा और बोला, "फिर भी, क्या है?"

अरुण और सनोज उसकी बात को अनसुना करते हुए गिलास को टकराते हुए "चियर्स" कह पंकज से गिलास को टकराने को बोले। पंकज को कुछ ठीक नहीं लग रहा था लेकिन सभी उसका मजाक न उड़ाएँ, इसलिए उसने भी चियर्स कहकर, गिलास को अपने मुँह से लगा लिया।

पंकज ने जैसे ही शिप किया, उसका टेस्ट थोड़ा कड़वा लगा। वह सनोज से पूछते हुए खड़ा हो गया, "यह क्या है? मुझे क्या पिला रहे हो? सॉरी मैं नहीं पियूँगा और मैं चल रहा हूँ।"

अपने हाथ से निकलते हुए पंकज को देख सनोज हड़बड़ाया और स्थिति को सम्हालते हुए बोला, "कुछ नहीं यार, एप्पल जूस है, तू तो ऐसे रिएक्ट कर रहा है जैसे हम तुम्हें जहर पिलाएँगे, विश्वास तो करो, तुम्हारे दोस्त हैं, दुश्मन नहीं, तुम्हारे भलाई के बारे मे ही सोचेंगे। लगता है, तू पहली बार कोई जूस पी रहा है। इसीलिए कहता हूँ, बाहर निकलकर दुनिया देखो, दुनिया कितनी रंगीन है। सब कुछ किताबों में ही नहीं मिलता। मेरे यार, मौजमस्ती भी कोई चीज है। मौजमस्ती अभी नहीं करोगे तो कब करोगे। शादी के बाद, सोचना भी मत। पढ़ाई लिखाई अपनी जगह है लेकिन दुनियादारी भी तो है।"

पंकज खुद पर शर्मिन्दा होने लगा कि ए मेरे बारे में क्या सोचते होंगे कि, "मैं कितना बेवकूफ हूँ?"

सम्हलते हुए पंकज बोला, ठीक है, मैं ने ऐसे ही पूछ लिया था, कहते हुए पूरा गिलास एक साँस में ही खतमकर दिया।

सनोज और अरुण खुश हो रहे थे, क्यूँ न हो? आखिर वे अपने मिशन में कामयाब जो हो रहे थे।

पंकज ने दुबारा पूछने की गलती नहीं की, और वह दिखाने की कोशिश करने लगा कि वह इसके बारे में न केवल पहले से जानता है बल्कि उसका उपयोग भी किया है।

लेकिन पंकज गलतीकर चुका था।

जिसे वह एप्पल जूस समझ, लगातार पी रहा था, असल में वह पानी मिली हलकी बियर थी। हलका ही सही लेकिन अधिक मात्रा में पीने से पंकज को हलका हलका सुरूर चढ़ने लगा। उसे मज़ा आने लगा और वह आपे से बाहर होने लगा। उसका व्यक्तित्व बदल गया, वह ज्यादा की डिमांड करने लगा। अब साजिशन, बिना पानी मिला हुआ बियर मिलने लगा और उसे, पंकज पीने लगा।

वह बहकने लगा।

उसके मन के सभी बन्धन टूट गए।

संकोच गायब होने लगा।

अब, वह, उन बातों को बोलने लगा, जिसे वह कभी नहीं कहता था।

पंकज कठिनाई के साथ बोला, "स-नो-ज तु-म मे-रे भा-ई हो, तु-म मे-रा कि-त-ना ख-या-ल र-ख-ते हो।"

"मैं न-शे में न-हीं हूँ, स-म-झा क-या?"

"अ-रु-ण ठी-क न-हीं है।"

सनोज मज़ाक उड़ाते हुए बोला, "तुम भी तो भाई हो।"

पंकज बोला, "औ-र ए-क गि-ला-स ए-प-ल जू-स दे दो, ब-हु-त टे-स-टी है भा-ई।"

अरुण बोला, "हाँ, ए लो, जितना मर्जी हो उतना पियो।"

पंकज बोला, "अ-बे, ते-रे सें कौ-न लेगा, मैं तो अ-प-ने भा-ई स-नो-ज से बो-ल र-हा हूँ।" गाली देते हुए बोला।

सनोज बोला, "कोई बात नहीं भाई, मैं देता हूँ, लो पीयो।"

पंकज बोला, "ला मे-रे भा-ई, तू मे-रा अ-स-ली भा-ई है।"

पंकज पीता रहा और सनोज तथा अरुण पिलाते रहे। पंकज ने धीरे-धीरे काफी पी लिया।

सनोज बोला, "अब बस करो अरुण, ज्यादा हो जाएगी, इसे धीरे-धीरे पिलाने की आदत डालनी होगी।"

अरुण बोला, "ठीक है, बस थोड़ा और, इसे पता तो चले, नशा होती क्या है?"

सनोज कुछ नहीं बोला।

अरुण पिलाता रहा।

अब पंकज को हिचकी आने लगी।

डकारें लेने लगा।

बोलने में अक्षम हो गया।

अचानक उसे उलटी होने लगी। पूरे रेस्तराँ में 'व्वो, व्वो' की आवाज गूँज रही थी और उसके मुँह से रुक-रुककर उलटी हो रही थी।

लोग उसे घूरने लगे लेकिन पंकज को कहाँ होश था? अगर होश में होता तो उसे खुद पर शर्मिन्दगी होती, लेकिन वह तो नशे में था। वह सातवें आसमान पर था। उसे कहाँ खबर थी? अपने आसपास की।

लोग व्यंग्य करते हुए कहते, "उतना ही पीना चाहिए न, जितना कि हज़म करने की औकात हो। पता नहीं कैसे- कैसे लोग हैं? लगता है, मुफ्त का पाया है इसलिए ज्यादा पिया है, अपनी लिमिट भूल गया है।"

कोई कहता, "ऐसे लोगों की वजह से सभी पीनेवाले बदनाम हो जाते हैं। उतना ही पीते, जितना हजमकर पाते। कहीं भी? कुछ भी कर जाते हैं।"

कोई कहता, "ऐसे लोगों के लिए कठोर कानून बने, जेल में ठूस दे, उसी में सड़ा देना चाहिए।"

कुछ लोग मैनेजर को बुलाकर विरोध भी करने लगे। मैनेजर समझाने की कोशिश करने लगा लेकिन लोग इतनी आसानी से कहाँ माननेवाले थे?

बढ़ते विरोध को देख, मैनेजर ने सनोज और अरुण को समझाया और उसे रेस्तराँ के बाहरी हिस्से में, बने कॉटेज में, ले जाने के लिए कहा।

अरुण और सनोज उसे लिये कॉटेज में जाते-जाते रुक गए, अपना विचार बदल, रेस्तराँ से बाहर निकल, हॉस्टल जाने लगे।

अरुण तो चाहता था कि पंकज को रेस्तराँ में ही छोड़ दे लेकिन सनोज ने ऐसा करने से मना किया और कहने लगा कि, "हम लोग लाएँ हैं इसे, कुछ हो गया तो हम सब पकड़े जाएँगे, दूसरी बात कि यह हमारे मकसद को जानकर, हमारे जाल में नहीं फँसेगा।"

पंकज नशे की हालत में था। उसका पैर जमीन पर ठीक से नहीं पड़ रहा था। वह लहराकर चल रहा था। उसकी आवाज स्पष्ट नहीं थी, उसे बोलने में कठिनाई हो रही थी। अरुण और सनोज सहारा दिये रेस्तराँ से बाहर ला रहे थे।

उलटी होने के कारण कुछ गन्दगी कपड़े पर भी लग गई थी। अरुण बहुत गुस्सा हो रहा था और बीच-बीच में झल्ला रहा था और कह रहा था, "कभी कोई चीज देखा नहीं है, शेखी बघार रहा था। अरे कम पीता। किसने कहा था? औकात से ज्यादा पियो।"

रेस्तराँ से निकलते समय पंकज का पैर अचानक से लड़खड़ा गया। अरुण और सनोज ऐसी स्थिति के लिए बिलकुल तैयार नहीं थे। वे पंकज को सँभाल नहीं पाए और वह गिर गया। उसका सिर रेस्तराँ के गेट से टकरा गया।

सनोज जोर से चीखते हुए बोला, "ठीक से पकड़ बेवकूफ को।"

अरुण को जैसे झटका लगा हो, बोला, "यार, हमें फँसाकर ही रहेगा।" कहते हुए पंकज को कसकर पकड़ा।

किसी तरह से उसे ऑटोरिक्शा में बैठा कर, हॉस्टल लाए।

पंकज का रूम पार्टनर कहीं गया हुआ था इसलिए रूम बन्द था।

"चाभी कहाँ है?" अरुण बोला।

नशे में पंकज को कहाँ पता होगा? "कहाँ है चाभी?"

वहीं दरवाजे पर छोड़ जाने को तैयार अरुण को फिर सनोज ने टोका, "क्या करते हो? हम फँस जाएँगे।"

अरुण बोला, "क्या करें? मज़ा बिगाड़ दिया गधे ने, गँवार कहीं का।"

सनोज ने कहा, "अभी शान्त रहो, बोला था न कि धीरे-धीरे आदत डालनी है लेकिन तुम्हें तो मेरी बात समझ में कहाँ आती है? अब मैनेज करना पड़ेगा।"

"ताला तोड़ दिया जाए" अरुण बोला।

"अभी रुको देखते हैं" सनोज बोला।

अभी सोच रहे थे कि पंकज का रूम पार्टनर विनोद आ गया। विनोद अपने रूम पार्टनर पंकज की हालत देख घबड़ा गया और सनोज से पूछा, "अरे ! इसे क्या हुआ?"

सनोज रूखेपन से बोला, "कुछ नहीं, अभी ठीक हो जाएगा, तुम पहले डोर खोलो।"

विनोद बोला, "लेकिन हुआ क्या?"

अरुण बोला, "फालतू बात न करो, पहले रूम खोलो।"

विनोद बगैर बोले जल्दी से अपने जीन्स से चाभी निकालकर ताले में लगाने लगा लेकिन हड़बड़ी में चाभी ताले के छेद में घुस नहीं रही थी। उधर अरुण और सनोज गुस्सा हो रहे थे, अरुण बुदबुदाते हुए बोला, "अरे! ताला भी नहीं खोल पा रहा है, दोनों एक से बढ़कर एक बेवकूफ हैं।"

ताला खुलते ही सभी अन्दर प्रविष्ट हो गए और पंकज को बेड पर लिटा दिये।

विनोद बोला, "इसे, क्या हुआ और कैसे हुआ? तुम्हारे ही साथ गया था और उस समय इसकी हालत ऐसी नहीं थी।"

अरुण बोला, "देखो विनोद, इसे अभी आराम करने दो, थोड़ी देर में ठीक हो जाएगा। हम जा रहे हैं, थोड़ी देर में आते हैं। ध्यान रखना।"

विनोद बोला, "ए बताओ, हुआ क्या है? गया तो तुम्हारे ही साथ था और वह ठीक भी था।"

सनोज बोला, "इतना ही समझो, अभी ठीक हो जाएगा, कुछ नहीं हुआ है इसे, केवल नाटक कर रहा है।"

इतना कहते हुए दोनों जल्दी से रूम से बाहर निकल गए और जाते हुए दरवाजा धड़ाम से बन्दकर दिये।

विनोद के समझ में कुछ नहीं आ रहा था कि वह क्या करे? तभी वह अपने बगल के रूम में रह रहे सहपाठी को पूरी बात बताया, "बेहोशी की हालत में है, पता नहीं क्या हुआ है? अरुण कुछ बता भी नहीं रहा। कुछ खिलाया तो नहीं है या फिर सिर में चोट वगैरह। इसका कोई विश्वास भी तो नहीं है।"

सिर की चोट की आशंका से सभी पंकज के सिर का परीक्षण करने लगे। सिर के दाहिने हिस्से पर सूजन पाकर सभी घबड़ा गए। उन्हें स्पष्ट हो गया कि पंकज के सिर में चोट लगी है। लेकिन कैसे? बहुत ज्यादा नहीं समझ पा रहे थे, समझें भी कैसे? अभी उम्र ही क्या थी? उन्होंने इससे पहले देखा भी क्या था? अभी तक, कभी ऐसी स्थिति का सामना नहीं किए थे, इसलिए अचानक से आई इस स्थिति से सभी घबड़ा गए।

सभी परेशान हो गए। उसके कपड़े पर बदबूदार धब्बे भी थे जिससे किसी धोखे की बू आ रही थी। किसी डॉक्टर को दिखाने की जरूरत थी, जो समझकर इलाज कर सके। ऐसे स्थिति में डॉक्टर प्रेम के गोमती नगर स्थित हॉस्पिटल पर पंकज को लिवाकर पहुँचे। समय लगभग, रात दस बज रहे

थे, उस समय डॉक्टर प्रेम की ओपीडी बन्द हो गई थी, और वे भर्ती मरीजों का राउंड ले रहे थे। पंकज के साथी काफी घबड़ाए हुए थे इसलिए रिसेप्शन पर पहुँच तत्काल डॉक्टर को दिखाने के लिए रिक्वेस्ट किए।

पंकज को इमरजेन्सी बेड पर भर्तीकर दिया गया। ड्यूटी डॉक्टर, पंकज को चेक कर डॉक्टर प्रेम को स्थिति से अवगत कराएँ। डॉक्टर प्रेम, बीच में ही राउंड रोककर, पंकज को देखने इमरजेन्सी वार्ड में आए। सिर में चोट का निशान स्पष्ट रूप से दिख रहा था और साथ ही पंकज के मुँह से शराब की बदबू भी आ रही थी। अब सवाल था कि पंकज की यह बेहोशी, ज्यादा शराब पीने के कारण है या चोट लगने की वजह से है। स्पष्ट करने के लिए सी. टी. स्कैन कराया गया। सी. टी. स्कैन के रिपोर्ट में एक छोटा हेमाटोमा (ब्लड क्लॉट) आया। इससे यह तो स्पष्ट था कि पंकज के सिर में चोट लगी है। लेकिन चोट कैसे लगी, अभी भी एक पहेली थी।

"पंकज बेहोशी की हालत में है और उसे रुक-रुककर उलटी हो रही थी। उसे ग्लूकोज तथा कुछ इंजेक्शन दिया गया है। रात बीत गई सुबह होने को आई लेकिन पंकज अभी भी बेहोश है। बस, इतना ही फर्क पड़ा कि वह पहले जैसे बेहोशी की हालत में नहीं है, बल्कि थोड़ा-थोड़ा होश में आने लगा है। कुछ बोलने भी लगा है लेकिन स्पष्ट रूप से नहीं बोल पाता। अभी भी बोलने में कठिनाई हो रही है।"

करीब सुबह के नौ बजे होंगे जब डॉक्टर प्रेम राउंड के लिए आए। पंकज को बुलाए, "पंकज, आँख खोलो।"

पंकज ने आँख नहीं खोला। डॉक्टर प्रेम उसके कान के नीचेवाले हिस्से को हल्का-सा दबा दिये, पंकज आँख खोलकर देखने लगा और उसके मुँह से 'उह' निकला।

डॉक्टर प्रेम बोले, "अब क्या हाल है?

पंकज कुछ नहीं बोला

डॉक्टर प्रेम ने पूछा, "पानी पियोगे?"

पंकज बोला, "न--ही।"

डॉक्टर प्रेम ने पूछा, "अब तबियत कैसी है?"

पंकज ने उत्तर दिया, " ठी...क...न...हीं हूँ, सि-र द-र्द से फ-ट र-हा है।"

डॉक्टर प्रेम ने पुनः कहा, "उठकर बैठो।"

पंकज बोला, "नीं...द आ र-ही है।"

डॉक्टर प्रेम बोले, "पहले उठो तो।"

पंकज, सुस्त पड़ा रहा।

पंकज को, मुँह से कुछ भी खिलाने या पिलाने से मना कर दिया गया।

दोपहर के बाद, पंकज होश में आ गया और खाने के लिए माँगने लगा लेकिन ड्यूटी डॉ. ने अभी कुछ भी देने से मना कर दिया और बोला, "थोड़ा और होश में आने के बाद ही दिया जाएगा।"

शाम तक पंकज काफी बेहतर महसूस करने लगा और डॉक्टर प्रेम के राउंड के समय, खाने की इच्छा जाहिर की। उसे बैठाकर पानी पिलाया गया। उसने खाने की माँग की तो उसे बिस्किट खिलाया गया। डॉक्टर प्रेम ने कहा, "जो भी खाना चाहें, खिला सकते हैं, लेकिन बैठाकर।"

विनोद बोला, "सर, छुट्टी कब हो सकेगी?"

डॉक्टर प्रेम बोले, "सुबह हो जाएगी।"

अगले दिन सुबह राउंड के समय डॉक्टर प्रेम ने पंकज से पूछा, "तबियत कैसी है?"

पंकज बोला, "ठीक हूँ, सर।"

डॉक्टर प्रेम ने पुनः पूछा, "क्या हुआ था?"

पंकज कुछ नहीं बोला, सिर झुकाए, बेड पर बैठ, एकटक, नीचे देखता रहा।

डॉक्टर प्रेम ने उसके सिर पर हाथ फेरते हुए कहा, "ऐसा कोई काम नहीं करो, जिसके लिए सिर झुकाना पड़े। पढ़ने के लिए आए हो, तो पढ़ाई करो। अपने साथ-साथ, अपने माँ और पिता जी का, सपना भी तो पूरा करना है। नशा व्यक्तित्व के साथ-साथ, पूरे परिवार और समाज को तबाह कर देता है। शौक से शुरू किया गया नशा, बाद में आदत बन जाता है और सब कुछ बरबाद कर देता है, इसलिए पहले से ही दूरी बनाकर रहना चाहिए।"

डॉक्टर प्रेम की बात ने पंकज के मन को झकझोर दी, वह सुबकने लगा और बोला, "सर, मैं कभी भी नशा नहीं करता, धोखे से मुझे पिलाया गया है।"

डॉक्टर प्रेम ने कहा, "अब आगे से ध्यान रखना, सतर्क रहो ताकि दुबारा ऐसा न हो और विश्वसनीय लोगों के साथ ही रहना चाहिए। धोखेबाज़ों से दूर रहें। दोस्त हमेशा अच्छे चरित्रवाले होने चाहिए।"

विनोद पूछने लगा, "सर, डिस्चार्ज कब तक होगा?"

डॉक्टर प्रेम बोले, "आज ही छुट्टी हो जाएगी।"

करीब दो घंटे बाद, पंकज को हॉस्पिटल से डिस्चार्ज कर दिया गया और वह हॉस्टल आ गया। अब तक अरुण और सनोज का कहीं भी पता नहीं था लेकिन जैसे ही पंकज हॉस्टल पहुँचा, सनोज हाज़िर हो गया।

सनोज स्वतः बोला, "अरे यार, ऐप्पल जूस में कुछ मिलावट थी क्या? पता नहीं, मुझे क्या हो गया था? सिरदर्द हो रहा था, अभी भी सिर भारी लग रहा है। पता नहीं, क्या मिलाया था? आज जाकर कम्प्लेन करता हूँ, मैनेजर से। आज तक, ऐसा कभी भी नहीं हुआ था। ऐसा पहली बार हुआ है।"

पंकज कुछ नहीं बोला।

थोड़ी देर बाद, अरुण भी आ गया और बेड पर बैठते हुए बोला, "सिर बहुत भारी लग रहा है, यार। मैं तो बेसुध पड़ा था। आज कुछ बेहतर महसूस कर रहा हूँ।"

पंकज कुछ बोलता, उसके पहले विनोद बोला, "सफाई क्यों दे रहे हो? चोर के दाढ़ी में तिनका, तुम्हारे साथ गया था और इसे अस्पताल में भर्ती होना पड़ा, लेकिन, तुम्हें तो कुछ नहीं हुआ।"

सनोज बोला, "देखो, सबकी अपनी क्षमता होती है।" दिक्कत हमें भी हुई है, लेकिन इसको ज्यादा हो गई थी, मेरा विश्वास करो।"

पंकज बोला, "कोई बात नहीं विनोद, ए सही बात नहीं स्वीकार करेंगे।" थोड़ा रुककर सनोज की ओर देखकर बोला, "अब, तुम लोग यहाँ से जाओ।"

अरुण और सनोज समय की नजाकत को देखते हुए वहाँ से निकलना ही बेहतर समझे।

जाते-जाते सनोज बोला, "पंकज, तुम्हें ऐसे छोड़कर जाने का दिल तो नहीं करता, लेकिन, तुम्हारे कहने पर, तुम्हारे लिए, हम जा रहे हैं।"

पंकज कुछ नहीं बोला लेकिन उसके हावभाव से स्पष्ट था कि उसे सनोज और अरुण का आना, बिलकुल भी अच्छा नहीं लगा।

एक-एक कर सभी मिलनेवाले चले गए, अगर रह गया तो वह था, रूम पार्टनर विनोद।

विनोद कहने लगा, "अरुण और सनोज अच्छे लड़के नहीं हैं। उनसे बचकर रहा करो। वे दोस्त नहीं हैं, तुम्हारे।"

पंकज बोला, "हाँ, सही कह रहे हो, अब मैं पहचान गया हूँ, अब इनसे सजग रहूँगा।"

रात में पंकज, खाना खाकर, सोने के लिए बिस्तर पर लेट गया। लेकिन नींद नहीं आ रही थी। वह सोने की कोशिश करने लगा। लेकिन नींद, उसे अपने आगोश में लेने के बजाय, खुद उससे कोसों दूर होती जा रही थी। जैसे-जैसे पंकज सोने की कोशिश करता, नींद और दूर होती गई।

बेचैनी बढ़ती गई।

उसकी आँखों के सामने, साल भर पहले की, वह तसवीर तैरने लगी; जब पॉलीटेक्निक का रिजल्ट घोषित हुआ था और उसमें उसका नाम था। रिजल्ट देखकर, उसका भाई रमेश बहुत खुश हुआ था। उसी ने अपने पिता और माँ को बताया था, "बाबू, पंकज पास हो गयल है।"

महादेव, "बहुत अच्छा भयल। कहाँ है पंकज?" भावुकता में कँपकँपाते होंठ से, बस इतना ही बोल पाया था, महादेव।

रमेश बोला, "अबहीं आवत होई।"

तभी पंकज आया और सबका पैर छूकर आशीर्वाद लिया।

महादेव बस उसे देख रहा था। कमला तो नजर उतारने लगी, और बोली, "सबसे ज्यादा नज़र त, माँ-बाप क लगय ले।" उसके ऊपर थुथकारने लगी।

गाँव में चहुँ ओर चर्चा होने लगी कि, "महादेव का लड़का पंकज त, इंजीनियर बन गयल। बहुत अच्छा लड़का है। महादेव क नाम रोशन कइले बा। अब त महादेव क का पूछै के है?" तमाम लोग यह बात कहते हुए, सुने जाते थे। बहुत सारे लोग महादेव के घर मिलने आने लगे।

महादेव के घर बैठने तक की जगह नहीं थी। संकोच वश महादेव कह नहीं पाता। चारपाई और मचिया जो कि अपने जर्जर हालत में थी, वही आज सबका स्वागत कर, धन्य हो रही थी।

ऐसा नहीं था कि सभी लोग पंकज की इस उपलब्धि पर खुश थे, कुछ लोग ऐसे भी थे, जिनका दाना-पानी हराम हो गया था। उनके गले से पानी नहीं उतर रहा था और नींद गायब हो गई थी। उन्हें महादेव के बेटे पंकज संग, पूरे परिवार का चमकता भविष्य दिख रहा था, उसकी मिटती गरीबी, दिख रही थी, उसका होता सम्मान दिख रहा था। वे लोग बहुत परेशान थे, अपनी समस्या भूलकर, महादेव के बारे में ही दिन-रात सोच रहे थे।

"महादेव का हमसे ऊपर हो जाई?"

"कब और कहाँ कॉलेज मिली?"

"कितना फीस लगी?"

"महादेव पैसे क व्यवस्था कइसे कर पाई?"

"कैसे दाखिला से रोकल जाय?"

"इंजीनियर बनने के बाद, पंकज कितना कमाई? ऊपरी आमदनी कितनी होई?"

महादेव से नाखुश केवल गैर ही नहीं थे, अलबत्ता उसके अपने भी थे। सही कहा गया है कि "इनसान अपने दुख से उतना दुखी नहीं होता, जितना कि वह दूसरे के सुख से, दुखी होता है, और वह भी जिसे अचानक से ख़ुशी मिली हो।"

कुछ दिन बाद कॉउन्सिलिंग हुई, और पंकज को राजकीय पॉलीटेक्निक कॉलेज, लखनऊ मिला। पन्द्रह दिन बाद फीस जमा कर दाखिला लेने की सलाह दी गई है। यह भी बताया गया है कि, "निर्धारित तिथि में फीस जमा कर एडमिशन की प्रक्रिया पूर्ण न की गई तो, उसका दाखिला रद्द कर दिया जाएगा।"

किसी तरह पैसे की व्यवस्था, बिहारी काका की मदद से खेत गिरवी रखकर, हो गई।

पैसे की व्यवस्था होना, पंकज के इम्तहान से भी कठिन था। यह परीक्षा उसके घरवाले, खास तौर से रमेश की थी। खैर पंकज अपने परीक्षा में पास हुआ और उसके घरवाले अपने।

घरवालों को, पंकज के लखनऊ जाने की सोच, बेचैनी होने लगती, "घर से दूर जाई, अकेले कइसे रही, कइसे खाई पिई, के उहाँ ध्यान राखी?" कमला बार-बार यही कहती।

महादेव कहता कुछ नहीं, अपने मनोभाव को सबके सामने प्रकट नहीं करता लेकिन अन्दर ही अन्दर बहुत व्याकुल होता, माँ की ममता और पिता के पितृत्व में यही तो अन्तर है। माँ अपने मन के भाव को दबा नहीं पाती, उसे सबके सामने प्रकट कर देती है, रो कर मन को हलका कर लेती है, लेकिन पिता ऐसा नहीं करता। चाहे जितना विचलित हो लेकिन सबके सामने जाहिर नहीं करता, बच्चे के सामने तो बिलकुल भी नहीं। उसे डर होता है कि कहीं उसका बच्चा और पत्नी कमजोर न

पड़ जाएँ। महादेव अकेले में अपने नम आँखों को, सबके नज़रों से बचा कर पोंछ लेता।

केवल घरवाले ही नहीं, पंकज भी परेशान होता कि, "शहर में कौन होगा अपना, सब तो दूर-दूर के होंगे, कोई जान-पहचान तो होगी नहीं। फिर माई और बाबू नहीं होंगे, भैया भी नहीं होंगे, कैसे मैं रहूँगा।"

"यद्यपि जब वह वाराणसी तैयारी के लिए गया था, तब भी ऐसा ही माहौल था लेकिन तब बात अलग थी। बनारस नज़दीक था और जब चाहे घर चला आता था, और रमेश बीच-बीच में आता-जाता रहता, कभी खाने-पीने की सामान लेकर तो कभी केवल देखने और उसका हालचाल जानने। उसके अलावा रामसमुझ थे, जिनकी निगरानी में वह सुरक्षित था । लखनऊ दूर भी है और जब छुट्टी होगी तभी वह घर आ सकेगा। सबसे ज्यादा दिक्कत वहाँ रामसमुझ जैसा, कोई अपना नहीं है।"

फिर पंकज सोचता और अपने आप से कहता, "सभी लड़के तो दूर से ही आए होंगे, जैसे सब रहेंगे वैसे मैं भी रह लूँगा। कोचिंग के समय भी तो घर से दूर ही था।" वह अपनी उपलब्धि पर खुश हो, रोमांचित भी होता और फिर स्वत: बोलता, "लखनऊ से डिप्लोमा ! वाह कितना अच्छा है, सबसे अच्छा पॉलिटेक्निक कॉलेज। जगह-जगह के लड़के होंगे, बहुत कम्पटीशन भी होगा, शुरू से मेहनत से पढ़ाई करूँगा, अच्छे नम्बर से पास हो, अपने लोगों का मान बढ़ाऊँगा।"

रमेश समझा रहा था, "देख पंकज, पढ़ाई करय जात हो, पढ़ाई मन लगाकर करीहा, दुसरे के चक्कर में मत पड़ीहा, अपने काम से काम रखीहा । खाए पीए क ध्यान रखिहा, समय से खा-पी लीहा, चिन्ता मत करिहा, बाकी के लिए, हम लोग हई। पहले भी बाहर रहे हो लेकिन तब वहाँ चाचा जी, तोहरे पास रहनय, देखभाल के लिए। ए लिए हमें चिन्ता नाहीं थी लेकिन अब तू अकेले रहबा।" थोड़ा रुककर पुन: बोला, "परेशान होवे की कोई बात नाहीं है काहें से कि, तोहरे जईसा तमाम लड़का होहिहैं जो अपने घर से दूर रहीहैं, और उहाँ उनका भी कोई नाहीं होई।"

रमेश ही पंकज को दाखिले के लिए लाया था। पहले उसके सभी सर्टिफिकेट को जाँचा-परखा गया, सही पाए जाने पर, फीस की रकम, ड्राफ्ट के रूप में जमा की गई। दाखिला हो गया। "पन्द्रह दिन बाद क्लास शुरू होगा, उसके, एक दिन पहले आना होगा।" अधिकारी ने बताया।

पंकज के घर वापसी पर सभी बहुत खुश थे। साथ ही, उसके जाने की तैयारी होने लगी। "इस बार पंकज ज्यादा दिन के लिए जाएगा" ऐसा सोचकर ही महादेव और कमला का बुरा हाल हो जाता। कमला तो खाना भी अच्छे से नहीं खाती, बस पंकज को ही देखती रहती।

"पंकज खाया कि नाहीं? कहाँ है?" कमला सोचती और उषा से बार-बार पूछती।

उषा, रमेश की पत्नी, उच्च गुणों और संस्कारो से युक्त, सौम्य, सुशील महिला। उसमें बस एक कमी थी, और वह थी, उसका अनपढ़ होना। वैसे उसके माँ-बापू की आर्थिक स्थिति ससुराल से अलग न थी। वह दो बहन और एक भाई में सबसे बड़ी थी। माँ और बापू की अनुपस्थिति में, भाई-बहन का ख्याल रखना, उसी की जिम्मेदारी होती, मानो वही उनकी माँ हो। नहलाने-धुलाने से लेकर खाना-पीना तक। अगर पेशाब या लैट्रिन कर, चढ्ढी बनियान खराब कर दिए तो उसकी सफ़ाई अलग। उषा चल नहीं पाती थी, तब भी अपने छोटे भाई को गोद में लेकर चला करती थी। अपनी बहती नाक भले ही न पोंछ पाती हो लेकिन अपने से छोटे भाई की बहती नाक, जरूर पोंछ देती। बच्ची के उम्र में ही मानो माँ बन गई थी। फिर उसकी छोटी बहन का अवतरण हुआ, तब तक, उषा भी बड़ी हो गई थी और समझदार भी। पहले उसकी माँ, चौका बरतन व खाना बनाकर, खेत पर काम करने जाती थी लेकिन समय के साथ, यह काम भी उषा ने अपने हाथों में ले लिया, या यूँ कहें उसे सौंप दिया गया।

उषा, गाँव के बच्चों को स्कूल जाते देख, खुद भी जाने को सोचती लेकिन घर की जिम्मेदारियों के चलते, जा न सकी। भाई-बहन की परवरिश करते हुए बड़ी हुई थी, माँ बापू की लाड़ली। बड़ी होने लगी, रूप निखरने लगा। अभी पूर्ण यौवनता से दूर, कली ही थी कि गाँव के कुछ मनचले, भौंरे, उसपे मँडराने लगे। मनचले गाँव के दबंग से ताल्लुक रखते थे इसलिए उनसे लड़ पाना और उषा को सुरक्षित रख पाना उसके माँ-बापू के लिए मुश्किल हो रहा था। इसलिए उषा के हाथ पीले करने की सोच, उसके बापू महावीर, अपने रिश्ते में कई जगह बात चलाए, लेकिन बात नहीं बनी। इसी सिलसिले में उन्होंने सोहन से बात की।

सोहन ने बताया कि, "मेरे रिश्ते में एक लड़का है, किसी दिन चलकर बात की जाय।"

महावीर ने कहा, "जब कहें?"

सोहंन ने कहा, "अगले हफ्ते चला जाय।"

अगले सप्ताह जाने की बात तय हो गई। तय समय पर महावीर, अपने गाँव से पहले सोहन के घर गया फिर दोनों गन्तव्य स्थान पर पहुँचे। वह लड़का ही, रमेश था।

बात रखी गई और बात बन गई। उषा और रमेश की शादी, शुभमुहूर्त्त देखकर हो गई। अब उषा तन-मन से रमेश की ही होकर रह गई।

"ससुराल आकर उषा खुश है, सबका ध्यान रखती है और सभी उसका ध्यान रखते हैं। कमला की लाड़ली बहू है, पंकज की प्यारी भाभी है और रमेश की तो सब कुछ।"

"पंकज जाने को तैयार है। सभी खुश भी हैं और मोहपाश में जकड़े भी। सभी अपने-अपने ढंग से पंकज को सुझाव दे रहे हैं। एक ही सुझाव, एक ही नसीहत कई कई बार, जैसे, समय से खाना, ध्यान रखना, फ़ोन करना, पढ़ाई में ध्यान लगाना, फ़ालतू पचड़े में मत पड़ना आदि आदि।"

तभी पंकज अपने सोच से बाहर निकला और उसे अपने घरवालों के चेहरे दिखने लगे, मानो वे कह रहे हों, "इतना समझावे के बाद भी ना समझला आख़िर गलत संगत में पड़ ही गइला। का यही खातिर, भेजे रहे हम सब? इतना कर्ज लेकर यही खातिर गए हो? का ऐसे ही हम सबका सपना पूरा होई?"

घड़ी की सूई 'टिक-टिक' करती अपने निर्धारित रफ्तार से लगातार आगे बढ़ रही थी। पंकज, बिस्तर पर करवट बदलता रहा, जबकि नींद उसकी आँखों से, कोसों दूर थी। वह बेचैनी में रात काट रहा था तो वहीं बगल के बिस्तर पर उसका रूम पार्टनर विनोद, गहरी नींद में खर्राटे ले रहा था। गलत रास्ते पर जाने का इतना बड़ा दंड !

नींद न आने और अपराध-बोध से बेचैन पंकज आखिरकार, बिस्तर से उठा और चहलकदमी करने लगा। उसे पता ही नहीं चला कि वह कब हॉस्टल से बाहर निकल गया? और सुनसान सड़क पर आगे बढ़ने लगा। उसको ध्यान तब आया, जब वह हाईकोर्ट के पास, एक रिक्शे के पास खड़ा था, और कुछ सड़क छाप कुत्ते भौंक रहे थे। यद्यपि यह बात स्पष्ट नहीं थी कि कुत्ते, पंकज को देखकर भौंक रहे थे या रिक्शेवाले को। पंकज, रिक्शेवाले को गौर से देखने लगा। दुबला-पतला करीब बीस-बाईस साल

का लड़का। उसे, अपना भाई रमेश दिखने लगा और वह मन-ही-मन बोला, "भैया भी तो शहर में ऐसे ही मेहनत कर, उसके लिए पैसे की व्यवस्था करते होंगें। पता नहीं क्या करते होंगे? आज तक, मैं ने पूछा भी तो नहीं ! क्या पूछता? हो सकता है इसी तरह से...नहीं-नहीं ऐसा नहीं करते होंगे। फिर सोचता, तो फिर क्या करते होंगे? बहुत पढ़े-लिखे तो हैं नहीं, जो कोई आराम की नौकरी मिल गई होगी। बेचारे करते तो मेहनत का ही काम होंगे और वह भी मेरे लिये।"

कुछ लोग वहीं फुटपाथ पर लेटे हुए थे, देखकर लग रहा था कि, शायद भिखारी हों। तभी पंकज को याद आया, जब एक बार, वह अपनी पुस्तक पढ़ रहा था जिसमें लिखा था कि, "एक बहुत गरीब ब्राह्मण था, वह दिनभर भिक्षा माँगता और देर शाम घर लौटता। जो वह भिक्षा पाता, उसी से उसकी पत्नी खाना बनाती तभी उसका पूरा परिवार खाना खा पाता।" इसको पढ़, पंकज ने कई बार दोहराया था तब रमेश बोला था, "तू एक ही लाइन कितनी बार पढ़ोगे।"

तब पंकज बोला, "भइया, अगर ई गरीब ह, त कोई काम काहें ना करत? मेहनत काहें ना करत, भीख काहें माँगत है। भीख भी कम ही मिलत है, गरीब भी है और इसके परिवार में खानेवाले भी बहुत हैं। फिर भी केवल यही, वह भी, भीख माँगकर पेट पालत है। कष्ट में भी हव। गरीब हम लोग भी त हई लेकिन हम लोग मेहनत करत हई, भीख थोड़े माँगत हई। भीख माँगना त, गलत है न।"

रमेश ने कुछ भी उत्तर नहीं दिया था, क्योंकि इसका उत्तर उसके पास था ही नहीं, बस पंकज की ओर देख, वहाँ से चला गया।

आज पंकज के मन में वे तमाम भिखारी दिख रहे थे, जो रोज, चौराहे पर, गलियों में और सड़कों पर तरह-तरह के भेष बदलकर, भीख माँगने के लिए, तमाम हथकंडे अपनाते हैं। आजकल भिक्षा माँगने के लिए भी गैंग है, जो छोटे-छोटे बच्चों का अपहरण कर, इसी पेशे में लगा देते हैं और उनका भविष्य खराब कर देते हैं। गैरसंवैधानिक कार्य करते हैं। कानून में तो भिक्षावृत्ति को अपराध घोषित किया गया है लेकिन कुछ कारणों से यह बदस्तूर जारी है। हद तो तब हो गई जब, एक संगठन से जुड़ा नेता, भिक्षा को रोजगार बोल देता है, फिर भी उसका कोई विरोध नहीं होता। जब सरकार से जुड़े लोग भिक्षावृत्ति को रोजगार कहेंगे तो देश के युवाओं

के भविष्य के बारे में, उनके दिमाग में चल रहे योजना के बारे में पता चलता है।

फिर रमेश का चेहरा, पंकज के सामने आ गया और उसने निश्चय किया कि, “मैं एक जिम्मेदार की तरह पढ़ाई करूँगा और सबके सपने को साकार करूँगा।”

वह अपने लोगों के बारे में सोचते हुए, वहाँ से मुड़कर हॉस्टल वापस लौटने लगा और खुद से प्रतिज्ञा किया कि, “मैं इस प्रकार के, गलत कार्यों से, अपने को दूर रखूँगा, और केवल अपनी पढ़ाई के बारे में ही सोचूँगा।”

“आखिर मेरी, इस स्थिति के लिए अरुण और सनोज ही जिम्मेदार हैं।” ऐसा सोचकर पंकज को, उन पर बहुत गुस्सा आ रहा था। लेकिन अपने मन को सँभाले आगे की पढ़ाई के बारे में सोचने लगा।

इस घटना के बाद से पंकज में बहुत बदलाव आया। वह सभी से दूर रहने लगा। सिर्फ अपने काम से काम रखता। अब उसकी दिनचर्या, क्लास से हॉस्टल और लाइब्रेरी तक सिमट गई थी। इस बार हुए सेमेस्टर परीक्षा में पंकज ने सबसे बेहतर प्रदर्शन किया। अरुण और सनोज का प्रदर्शन बहुत बुरा रहा। उनका दो विषयों में, बैक पेपर भी लग गया।

अच्छे लड़के थे लेकिन नशे और द्वेष के कारण; खुद को बरबाद कर लिये। पंकज का उनके जाल से निकल जाने व ज्यादा नम्बर पाने के कारण अरुण और सनोज अवसादग्रस्त हो गए और नशे का ज्यादा ही सेवन करने लगे।

नशे की सामग्री के लिए उन्हें भटकने की जरूरत नहीं थी क्योंकि वे पहले से ही इस क्षेत्र के मँजे हुए खिलाड़ी थे और खुद, गैंग के सदस्य थे। उन्हें सब पता था कि कौन-सा मादक पदार्थ कहाँ और कैसे मिलेगा?

दिन पर दिन उनका नशा, बढ़ता जा रहा था। वे जो भी नशा उपलब्ध होता, वही ले लेते। उनका व्यक्तित्व बदलने लगा था।

उनका रेस्तराँ व बार में जाने का सिलसिला बढ़ने लगा तथा शराब व दूसरे नशीले पदार्थों की आदत लगातार बढ़ती जा रही थी। खर्च पूरा नहीं पड़ रहा था। आदत बन चुकी शौक को कम तो कर नहीं सकते, फिर उसे पूरा करने के लिए आय बढ़ाने की जरूरत पड़ी। कुछ गैरकानूनी तरीके से आमदनी बढ़ाने लगे। ड्रग पेडलर का काम करते ही थे, फिर चैन स्नैचिंग करने लगे।

'ड्रग पेडलर से लेकर चैन स्नैचिंग तक' इनके आय का अतिरिक्त स्त्रोत। आखिर 'बकरे की माँ कब तक खैर मनाती' एक दिन, चैन स्नैचिंग के लिए गलती से, पुलिस अधिकारी की पत्नी को निशाना बना लिए। फिर क्या था? मामला पुलिस अधिकारी के पत्नी का था, पुलिस महकमे में खलबली मच गई कि आखिर वह कौन है? जो मैडम पर ही हाथ मार दिया। आनन फानन में पुलिस की कई टीमें गठित की गईं और मुखबिर के सूचनाओं के आधार पर, दोनों को पुलिस ने हॉस्टल से गिरफ्तार कर लिया।

"यदि पुलिस इतनी ही चुस्ती, दूसरे मामले में दिखाती तो अपराध पर अंकुश लग जाता और सभी को न्याय मिल जाता। लेकिन आम जनता के मामले में सच्चाई कुछ और ही होती है। आम जन को तो एफआईआर लिखवाने के लिए ही, एड़ी चोटी का जोर लगाना पड़ जाता है। पुलिस की गालियाँ खानी पड़ती हैं, वह अलग से। यदि एफआईआर लिख लेते हैं तो आगे कार्यवाही नहीं होती। लेकिन जहाँ बड़े नेता या अधिकारी का मामला हो, मामला एक-दो दिन में ही पर्दाफाश हो जाता है। भले ही कोई लीड हो या न हो। भला, ऐसा कैसे सम्भव हो जाता है? यह यक्ष प्रश्न है।"

इसीलिए, कहा जाता है, कानून सिर्फ कमजोर असहाय को डराने-धमकाने के लिए है। अमीर या सामर्थ्यवान के लिए कानून, एक सुरक्षा कवच के समान होती है। ताकतवर के घर की चौकीदारी करती है, कानून। कानून हमेशा से ही पक्षपाती रही है। उसी अपराध पर किसी को जेल भेज दिया जाता है तो किसी को सिर्फ चेतावनी दी जाती है। कहीं-कहीं तो अपराधी को महिमामंडित भी किया जाता है। बलात्कारियों को संस्कारी तक बता दिया जाता है। यह सब निर्भरकरता है, अपराध किसने किया है? किस स्तर के व्यक्ति द्वारा किया गया है? आरोपी किस धर्म और जाति से है? सरकार के साथ, उसका सम्बन्ध कैसा है? सभी को पैसे और रसूख पर न्याय मिलता है। न्याय बिकता है। कभी-कभी तो जज साहब, समय के बाद भी, कोर्ट में बैठ, अपराधी का इन्तजार करते हैं। यह आम जनमानस के लिए दुर्भाग्यपूर्ण है, लेकिन यही सच है। संविधान में व्यवस्था, सभी को न्याय दिलाने की है लेकिन मिलता कहाँ है?

अरुण और सनोज जेल में बन्द हो गए। अब तो भांडा फूट चुका था। सभी सफेदपोश अपने को पर्दे के पीछे रख, सक्रिय हो गए थे। ऐसा नहीं था कि उन्हें अरुण या सनोज से हमदर्दी थी, बल्कि उन्हें अपना नाम व

चरित्र छिपाना था। लेकिन मामला पुलिस अधिकारी की पत्नी से जुड़े होने के कारण, वे भी मुश्किल में थे। सफेदपोश अपने एड़ी-चोटी का जोर लगा रहे थे, अपने सभी सम्बन्धों का इस्तेमाल कर रहे थे लेकिन कामयाब होते हुए नहीं दिख रहे थे। सफेदपोशों का नाम उजागर न हो जाए इसलिए वे सनोज और अरूण से सम्बन्ध खत्म कर लिए।

इधर थाने से अरुण और सनोज के अभिभावकों के पास फ़ोन गया और उन्हें तुरन्त थाने में बुलाया गया।

कॉलेज प्रशासन भी हरकत में आया, आखिर कॉलेज के इज्जत का मामला बन गया था। बदनामी हो रही थी। शहर के सभी प्रमुख समाचार-पत्रों में घटना पर रोज सम्पादकीय लेख, लोगों की प्रतिक्रिया और समाज में, खासतौर से युवाओं में बढ़ती हुई नशाखोरी व अपराध विषय पर भिन्न-भिन्न क्षेत्रों के तथाकथित सम्मानित व्यक्तियों के इंटरव्यू छपते। इलेक्ट्रॉनिक मीडिया की बात ही अलग है, पुलिस अधिकारी, नेता, सामाजिक कार्यकर्त्ता, धार्मिक गुरु का कार्यक्रम में जमावड़ा, गरमागरम बहस, सबकी छद्‌म चिन्ताएँ।

गिरफ्तारी हॉस्टल से हुई थी इसलिए वार्डन सहित प्रधानाचार्य महोदय भी, थाने का चक्कर लगा रहे थे।

घर से अभिवावकों में अरुण के पिता और सनोज का बड़ा भाई मनोज आया था। सनोज के पिता बिज़नेस के सिलसिले में बाहर गए थे। अरुण के पिता का अयोध्या के पास दर्शन नगर में इलेक्ट्रिक के उपकरण का कारोबार था। अच्छा काम था। क्षेत्र में इलेक्ट्रिक सामानों के लिए माना-जाना स्टोर था। उसके पिता लालबहादुर का काफी सम्मान था। हलाँकि वे खुद बहुत पढ़े-लिखे नहीं थे। वे मात्र हाई स्कूल फेल थे लेकिन जमाने को देखते हुए और शिक्षा के महत्त्व को जानते हुए, अपने बेटे अरुण को ज्यादा पढ़ाने का मन बनाए थे। अरुण पढ़ाई में, शुरू से ही, अच्छा नहीं था। लालबहादुर तो उसे इंजीनियरिंग की पढ़ाई, नामी कॉलेज से कराना चाहते थे लेकिन वह इसमें दाखिला नहीं ले सका। उसके पिता, प्राइवेट कॉलेज से इंजीनियरिंग नहीं कराना चाहते थे, इसलिए पॉलीटेक्निक कॉलेज से ही, डिप्लोमा कराने की सोचे।

सनोज, बहराइच के नानपारा का रहनेवाला था। उसके पिता हंसलाल प्रॉपर्टी डीलर का काम करते थे। काम अच्छा चल रहा था। उसका बड़ा

भाई मनोज भी अपने पिता के बिज़नेस में हाथ बँटाता था। नानपारा बाईपास बनने से उनकी बंजर जमीन जो नाले के पास थी, सड़क निर्माण के लिए अधिग्रहीत हो गई, जिसके लिए सरकार से काफी पैसा मिला। पैसे का इस्तेमाल रियल इस्टेट में कर, खूब पैसा व नाम कमाए और अब नए-नए प्रोजेक्ट पर काम कर रहे हैं। हंसलाल कहीं बाहर गए थे, ऐसे में मनोज ही गाजीपुर थाने पहुँच गया। थाने पहुँच कर मनोज, पुलिस स्टेशन का दृश्य देखकर, हतप्रभ रह गया। उसका भाई, लॉकअप रूम में, एक दूसरे लड़के के साथ, जमीन पर बैठा था और चेहरा सूजा हुआ था। देखकर साफ़ लग रहा था, रातभर सोया नहीं है और पुलिसिया पूछताछ भी हुई है। साथ में बैठा लड़का और कोई नहीं बल्कि उसका दोस्त अरुण था। भाई को देखते ही सनोज भावुक हो गया और भावुकता में, आँखों में आँसू छलक आए, उसे दुःख भी था, पश्चात्ताप भी। मनोज, थाना इनचार्ज से मिलकर मामले को जानने की कोशिश की। उसके पैरों से मानो जमीन ही खिसक गई, जब उसे पता चला कि सनोज चैन स्नैचिंग मामले में गिरफ्तार हुआ है।

मनोज थोड़ा गुस्से में भी था। उसने सनोज से पूछा, "क्या यही करने भेजा गया है? खूब नाम कर रहे हो। अच्छा हुआ पापा बाहर हैं, अन्यथा क्या होता? कभी तूने सोचा है कि क्या कर रहे हो? क्या हम पैसा नहीं देते हैं जो तुम्हें चैन स्नैचिंग करनी पड़ी, पैसा चाहिए था तो मुझे बताते, लेकिन चैन स्नैचिंग तो नही करते। जितना तुम माँगते हो, उससे ज्यादा पैसा, देता हूँ, कई बार तो पापा जी को बगैर बताए देता हूँ फिर भी तुम ऐसी घटिया हरकत कर हम सभी को शर्मिन्दा कर अपने को संकट में डाल लिये हो।"

सनोज कुछ नहीं बोला बस शिद्दत से रोने लगा। सिर झुकाए बहुत ही धीमी आवाज़ में बोला, "भैया मुझे बचा लो, मैंने कुछ नहीं किया है।"

मनोज बोला, "देख सनोज, तुम चैन स्नैचिंग में पकड़े गए हो, तुम्हारे साथ एक और था। दारोगा साहब कह रहे थे। सही बताओ, क्या बात है?"

सनोज सिसकते हुए बोला, "मैंने कुछ नहीं किया, बस साथ में था।"

मनोज घूरते हुए बोला, "मतलब तो वही है न।"

सनोज गिड़गिड़ाते हुए बोला, "भैया गलती हो गई, प्लीज मुझे यहाँ से निकाल लो, अब ऐसा दुबारा नहीं होगा। ए लोग मुझे बहुत मारे हैं।"

मनोज भाई है, वह भी सगा, क्या करता? सनोज का हाथ पकड़ सहलाने लगा और खुद के आँखों से निकल रहे आँसू को छिपाने लगा।

मनोज दारोगा से मिलकर अनुनय-विनय करने लगा। उसे भटका हुआ बताने लगा।

मनोज कहने लगा, "सर, मेरा भाई ऐसा बिलकुल नहीं है, किसी ने जरूर उसे, फंसाने की कोशिश की है।

दारोगा बोला, "मौके वारदात से पकड़ा गया है, तुम्हारा यह मासूम भाई। हिम्मत तो देखो, हमारे साहब के मेम साहब पर ही हाथ डाल दिया। इसकी तो मैं ऐसी खातिरदारी करूँगा कि फिर कभी ऐसा करने के बारे में सोचकर भी, इसकी रूह काँप उठेगी।"

मनोज हाथ जोड़े कहने लगा, "साहब, फिर दुबारा नहीं करेगा।"

दारोगा थोड़ी तेज आवाज में बोला, "अरे ! जब दुबारा करने लायक रहेगा तब तो, करेगा !"

मनोज ने फिर कहा, "साहब इसे छोड़ दीजिए, माफ कर दीजिए।"

दारोगा कुटिल मुस्कान के साथ बोला, "कैसे छोड़ दूँ इसे, अरे ! आखिर हमारे मेम साहब पर हाथ मारा है। हमारे साहब के साथ-साथ पुलिस की इज्जत पर ही हाथ डाल दिया है। अब पुलिस भी सुरक्षित नहीं रही, क्या इज्जत रह गई हमारी? घर में भी हम मुँह दिखाने लायक नहीं रहे, बीबी ताना मार रही है, कहती है, 'जब तुम्हारी मेम साहब भी सुरक्षित नहीं हैं तब मैं कहाँ से सुरक्षित हूँ?' तुम्हारे इस मासूम भाई के कारण यह बुरा हाल हो गया है पुलिस का। हमारी कोई इज्जत न रही, जिधर जाओ, लोग मजे ले रहे हैं। लोग कहते फिर रहे हैं कि 'जब इनकी मेम साहब ही सुरक्षित नहीं हैं तो जनता की सुरक्षा कहाँ से करेंगे?' खातिरदारी तो बनती है, इतना बहादुरी का काम जो किया है।"

जैसे-जैसे दारोगा मनोज को धमकाता, पास में ही मौजूद सनोज डर से काँप जाता। दारोगा अपने पूरे फार्म में था और सनोज, डर से थर-थर काँप रहा था। थाने में मौजूद सभी सिपाही भी तरह-तरह की बात करते हुए मनोज और सनोज का मखौल उड़ातें।

अभी मनोज सोच ही रहा था कि क्या करूँ? तभी अरुण के पिता लालबहादुर आ धमके। उनके साथ सरकार में भागीदार पार्टी के नेता भी थे। नेता बड़े नहीं थे लेकिन थे, पार्टी के ही। उन्होंने मामले को रफा-दफा करने का दबाव बनाया, लेकिन मामला पुलिस अधिकारी की पत्नी से जुड़ा

सुनते ही, नेता जी ने खिसक लेने में ही अपनी भलाई समझी। फिलहाल नेता जी, लालबहादुर को आश्वासन देना नहीं भूले कि, "हाई कमान से बात करता हूँ।"

मनोज बोला, "आप किस सिलसिले में आएँ हैं।"

लालबहादुर बोला, "मेरा बेटा, इसी थाने में है, पुलिस कहत है कि वह चैन स्नैचिंग में पकड़ा गया है। लेकिन मुझे विश्वास नहीं है। तुम किसलिए?"

मनोज बोला, "मेरा भाई, इसी तरह के वारदात में बन्द है।"

लालबहादुर बोला, "का लागत है, पुलिस सही कह रही है, या इन्हें फसा रही है।"

मनोज बोला, "दोनों हो सकता है।"

लालबहादुर बोला, "ऐसा, कैसे कह सकत हो?"

मनोज बोला, "सनोज ने माना है, और दोनों एक ही केस में पकड़े गए हैं।"

लालबहादुर बोला, "लेकिन अरुण, ऐसा नाहीं है।"

मनोज बोला, "सनोज भी ऐसा नहीं था लेकिन अब है। अब इन्हें यहाँ से निकालने के बारे में सोचना है।"

लालबहादुर बोला, "लेकिन कैसे?"

मनोज बोला, "यही तो प्रॉब्लम है। हॉस्टल से अरेस्ट किया है, इसलिए एक बार प्रिन्सिपल साहब से मिलते हैं, शायद कोई रास्ता निकल आए।"

दोनो ने कॉलेज प्रधानाचार्य से मिलकर बच्चों को जेल से बाहर निकालने की गुहार लगाई।

प्रधानाचार्य महोदय बिफर गए और बोले, "पता है, इनकी वजह से कॉलेज की कितनी बदनामी हो रही है? आज तक इस कॉलेज को, सबसे ज्यादा अनुशासनवाला कॉलेज माना जाता था, किसी ने कभी अँगुली नहीं उठाई लेकिन अब ! पहले अभिभावक यहाँ बच्चों का एडमिशन कराकर चिन्तामुक्त हो जाते थे, लेकिन अब ! कॉलेज की प्रतिष्ठा ही दाँव पर लग गई है। सब बरबाद हो गया। पता है न, एक ही मछली पूरे तालाब को गन्दा कर देती है और यहाँ तो दो-दो हैं। सभी पैरेंट्स परेशान हो रहे हैं, कि यहाँ क्या हो रहा है? देखो मामला हाई प्रोफाइल हो चुका है, अभी तो खतम होने का कोई आसार नहीं लगता।"

थोड़ा रुककर प्रिन्सिपल साहब बोले, "आपको क्या लगता है? हम कोई प्रयास नहीं कर रहे हैं। पूरा प्रयास कर रहे हैं लेकिन बात नहीं बन रही है, इन दोनों ने काम ही ऐसा किया है। सबको शर्मशार कर दिए हैं।"

प्रिन्सिपल साहब के चुप होते ही कमरे में सन्नाटा पसर गया जो काफी देर तक यूँ ही बना रहा। फिर सन्नाटे को तोड़ते हुए सहमी आवाज में मनोज बड़ी हिम्मत से बोला, "सर, रास्ता तो आप ही बताएँगे, हमें तो कुछ मालूम नहीं। गलती तो किए हैं लेकिन सुधरने का एक मौका तो मिलना चाहिए न सर।"

प्रिन्सिपल साहब झल्लाते हुए बोले, "मैं क्या रास्ता बताऊँ? ए तो खुद मुझे परेशान कर दिए। मेरे पूरे करियर में आज तक ऐसी वारदात नहीं हुई। अरे पढ़ाई करने आते हैं या चैन स्नैचिंग।"

थोड़ा शान्त होने के बाद बोले, "सॉरी, मैं खुद दो बार पुलिस स्टेशन हो आया हूँ, वार्डेन तो, कई बार गए लेकिन मामला गम्भीर है, इसलिए दिक्कत ज्यादा हो रही है। फिलहाल हम कोशिश कर रहे हैं कि इनका करियर बरबाद न हो, हलाँकि इन्होंने खुद को बरबाद करने में कोई कोर-कसर नहीं छोड़ी है। अब आप लोग बाहर बैठिए या पुलिस स्टेशन चलिए, मैं भी वार्डेन के साथ वहीं पहुँच रहा हूँ।"

प्रिन्सिपल साहब के आश्वासन के बाद मनोज और लालबहादुर को थोड़ी राहत महसूस होने लगी। सभी पुनः पुलिस स्टेशन पहुँच गए और इस बार थाना प्रभारी से मुलाकात हुई।

प्रिन्सिपल साहब ने कहा, "सर, बच्चों ने गलती की है लेकिन एक सुधरने का मौका दे दीजिए। हम वादा करते हैं कि दुबारा ऐसा नहीं होगा।"

थाना प्रभारी ने कहा, "गलती ! अरे ! अभी यह हाल है तो बड़े होकर क्या करेंगे? बहुत बड़े अपराधी बनेंगे। अभी से लगाम लगाना चाहिए अन्यथा अपने परिवार के साथ-साथ समाज को बहुत नुकसान पहुँचाएँगे। इन्हें कठोर दंड मिलना चाहिए।"

प्रिन्सिपल साहब, पुनः विनय करते हुए कहने लगे, "इन्स्पेक्टर साहब, इन लड़कों का रिकॉर्ड अच्छा रहा है, इसलिए हम कह सकते हैं कि इन्हें सुधरने का एक मौका देना चाहिए।"

थाना प्रभारी ने कहा, "अब तो मामला कोर्ट में ही तय होगा, कम-से-कम एक साल के लिए तो जेल होगी। करियर बरबाद होगा, सो अलग।"

प्रिन्सिपल साहब नतमस्तक होते हुए बोले, "हमें इसी बात की चिन्ता है कि देश का भविष्य बरबाद न हो जाए। युवा ही देश का भविष्य है, उसे बरबाद होने से बचाइए। आप ही बचा सकते हैं। कोई उपाय है, जिससे कोई हल निकल सके।"

थाना प्रभारी ने मुस्कान बिखेरते हुए बोला, "हाँ, अब सही बात किए हो प्रिन्सिपल साहब। मैडम से ही मदद मिल सकती है। उनसे मिलकर माफी मँगवा दीजिए, अगर उन्होंने माफ़ कर दिया, तब समझो सब माफ़ नहीं तो, समझे, क्या समझे?"

प्रिन्सिपल साहब ने एक लम्बी साँस छोड़ी और उठते हुए बोले, "ठीक है, मैडम से माफ़ी माँगेंगे आखिर बच्चों के भविष्य का सवाल है। क्या पता? माफ़ी मिल जाए? और इन बच्चों का भविष्य नष्ट होने से बच जाए।"

थाना प्रभारी ने कहा, "बिलकुल मिलेगा, मैडम दिल की बहुत अच्छी हैं लेकिन बहुत विनम्र होकर, अपनी बात रखना। अगर मैडम कन्विन्स हो गईं तो समझो मामला खतम लेकिन ध्यान रखना मैडम नाराज़ न होने पाएँ, अन्यथा मामले को कोई सुलझा न पाएगा।"

थाना प्रभारी ने एक पर्ची पर नाम सहित पता लिख कर दे दिया "2/202, विपुल खंड, गोमती नगर, लखनऊ।"

सभी उक्त पते पर पहुँचने के लिए चल दिए। वहाँ पहुँचने से पहले कुछ तैयारी करना उचित समझ, प्रिन्सिपल साहब ने मनोज और लालबहादुर को समझाया कि वहाँ पर क्या करना होगा?

आलीशान बँगला, बँगले के बाहर गॉर्ड रूम में बैठे सिपाही, सामने खड़ी सरकारी और प्राइवेट गाड़ियाँ। चहलकदमी करते पुलिसकर्मी। यह नजारा मैडम के मकान के आसपास का है जिनकी चैन स्नैचिंग अरुण और सनोज ने किया था, अगर उन्हें पता होता कि जिसको ए शिकार बनाने जा रहे हैं, वह कौन है? तो वे सपने में भी यह गलती नहीं करते। लेकिन अब क्या कर सकते हैं? घटना को अंजाम दे चुके थे और पकड़े भी जा चुके हैं।

मनोज और लालबहादुर की स्थिति तो ऐसी नहीं थी कि वे खुद कुछ पूछ सकें। ऐसे में, प्रिन्सिपल साहब ही इनके लिए पतवार साबित हो रहे थे। वे ही आगे बढ़े और गॉर्ड से मिले।

प्रिन्सिपल साहब बोले, "मैं पॉलीटेक्निक का प्रिन्सिपल हूँ, मैडम से मिलना है।"

गॉर्ड पूछा, "किसलिए?"

प्रिन्सिपल बोले, "कुछ काम है।"

गॉर्ड बोला, " ठीक है, अभी बताता हूँ।"

गॉर्ड ने इंटरकॉम से बात किया और सभी को अन्दर बैठने के लिए कहा।

थोड़ी देर के इन्तजार के बाद कुछ लोग एक दरवाजे से बाहर निकले तत्पश्चात गॉर्ड, प्रिन्सिपल साहब, मनोज और लालबहादुर को उसी दरवाजे से अन्दर जाने के लिए बोला।

सभी ने जैसे ही हॉल में प्रविष्ट किया, वहाँ एक तेज तर्रार, मध्यम कद काठी की महिला सोफे पर पहले से ही विराजमान थी, महिला की रोबदार आवाज उनके कानों से टकराई, "बैठिए, क्या बात है? मुझसे क्यों मिलना है?"

प्रिन्सिपल साहब का इशारा पाकर, मनोज और लालबहादुर लगभग दौड़ते हुए महिला के पैर को पकड़, फर्श पर पड़ी कालीन पर लेट गए। ऐसा अचानक होने के कारण महिला हतप्रभ रह गई।

महिला बोली, "क्या हुआ? क्यों कर रहे हो ए सब?"

मनोज और लालबहादुर कुछ बोले बगैर, पैर पकड़ कालीन पर लेटे रहे। प्रिन्सिपल साहब, महिला के थोड़ा करीब आए।

महिला उनसे पूछी, "कौन हैं ए? ऐसा क्यों कर रहे हैं?"

प्रिन्सिपल साहब, हाथ जोड़, सिर झुकाकर बोले, "आपके गुनहगारों के भाई और पिता।"

महिला बोली, "मेरे गुनहगार ! क्या मतलब?"

प्रिन्सिपल साहब ने पूरे मामले को संक्षेप में बताया, "मैडम आपका चैन स्नैचिंग...।" जैसे-जैसे प्रिन्सिपल साहब मामले को बता रहे थे, महिला के चेहरे का भाव बदलता जा रहा था ।

गुस्से में महिला बड़बड़ाने लगी, "दूर हटो, यहाँ आने की हिम्मत कैसे हुई?"

गॉर्ड को बुलाकर डाँटने लगी, "क्यों भेजे हो इन्हें? पूछना चाहिए था, भेजने से पहले।"

गॉर्ड सिर झुकाए बोला, "इन्होंने आपसे मिलने के लिए कहा था, मैडम।"

प्रिन्सिपल साहब, साहस कर बोले, "मैडम, बच्चों के भविष्य का सवाल है, बरबाद हो जाएँगे, आप ही उन्हें माफ़ कर, बचा सकती हैं। उन्हें माफ़ कर दीजिए, बच्चे हैं, एक बार सुधरने का मौका दे दीजिए। आप बहुत दयालु हैं, आपके दयालुता की चर्चा पूरे शहर में है। उनके भाई और पिता आपके पैरों में सिर रखकर, आपसे दया की भीख माँग रहे हैं। माफ़ करने में आपका बड़प्पन है। बच्चों को जो सजा आप देना चाहें, दे दीजिए लेकिन उन्हें पुलिस और कोर्ट के चक्कर से बचा लीजिए।"

महिला रूखे भाव से बोली, "पहले पैर छोड़ो।"

लेकिन मनोज और लालबहादुर टस से मस नहीं हुए बल्कि पैर उसी तरह पकड़े रहे।

महिला बोली, "ठीक है, पहले पैर छोड़ो, फिर सोचती हूँ।"

अभी भी दोनों महिला का पैर यथावत पकड़े रहे।

महिला, प्रिन्सिपल साहब से बोली, "इनसे बोलो, नाटक करना बन्द करें, अब बहुत हुआ, क्या मज़ाक बना रखा है? सुनते नहीं हैं।"

प्रिन्सिपल साहब बोले, "उठो, मैडम माफ़ करने के लिए बोल रही हैं, इन्हें धन्यवाद करो। कितनी महान हैं मैडम? उन सबसे भी माफी मँगवाना।"

मनोज और लालबहादुर, महिला का पैर छोड़कर कुछ दूरी पर, हाथ जोड़ खड़े हो गए।

महिला घूरते हुए बोली, "क्यों? खर्चे के लिए पैसा नहीं दे सकते तो पढ़ा क्यों रहे हो? क्या पॉकेटमारी सिखा रहे हो !"

लालबहादुर बोला, "माफ़ कर दीजिए, साहब।"

मनोज भी तुरन्त बोला, "जी मैडम, माफ़ कर दीजिए।"

महिला बोली, "लेकिन !"

प्रिन्सिपल साहब, लालबहादुर और मनोज की ओर देख बोले, "मैडम का पैर छूकर माफ़ी माँगो, और बोलो ऐसी गलती फिर कभी नहीं होगी।"

महिला बोली, "आगे फिर ऐसा नहीं करेंगे, इसकी क्या गारंटी है?"

लालबहादुर बोला, "फिर जो आप चाहें।

महिला बोली," ठीक है, मैं बात करूँगी। अब यहाँ से जाओ।"

लगभग माफ़ी मिल गई थी, इसलिए सभी वहाँ से निकलना ठीक समझे। प्रिन्सिपल साहब वैसे बहुत नाराज़ थे लेकिन छात्रों के करियर और

कॉलेज की प्रतिष्ठा को बचाने के लिए अथक प्रयास किए, जिसका फल प्राप्त होने हीवाला था।

दूसरे दिन पुलिस स्टेशन से लालबहादुर और मनोज को फोन आया, "हेलो, मैं गाजीपुर पुलिस स्टेशन से बोल रहा हूँ। तत्काल थाने पहुँचें।"

मनोज और लालबहादुर थाने पहुँचे। उन्हें आश्चर्य हुआ कि प्रिन्सिपल साहब और वार्डेन पहले से ही वहाँ मौजूद थे।

थाना प्रभारी ने बताया कि, "मैडम ने केस वापस ले लिया है और इन्हें माफ़ कर दिया है, लेकिन ऐसी गलती दुबारा नहीं होनी चाहिए अन्यथा डंडा घूँसा के...छट्ठी का दूध याद दिला दूँगा।"

केस रफा-दफा जानकर, बहुत राहत मिली। प्रिन्सिपल साहब के चेहरे पर बहुत खुशी नहीं थी। सभी को अपने चैम्बर में आने को बोल, पुलिस स्टेशन से बाहर आ गए।

मनोज और लालबहादुर सशंकित मन से प्रिन्सिपल साहब के चैम्बर में प्रविष्ट हुए। यह क्या? प्रिन्सिपल साहब बुरी तरह बिफर गए।

"पता है? और क्या गुल खिला रहे हैं? ए आपके होनहार।" प्रिन्सिपल साहब व्यंग्यात्मक लहजे में बोले।

लालबहादुर आश्चर्य से बोला, "और, का किया इन्होंने, सर?"

अभी बताता हूँ, कहकर अपने टेबल पर रखे कॉलबेल बटन को प्रिन्सिपल साहब ने दबा दिया, एक घनघनाहट की आवाज गूँज गई। एक चपरासी अन्दर आया।

"चौकीदार, रामसहाय को बुलाकर लाओ" प्रिन्सिपल साहब ने रूखेपन से कहा।

"जी सर" चपरासी कहते हुए बाहर चला गया और चन्द मिनटों बाद रामसहाय के साथ वापस लौट आया।

"ठीक है, तुम बाहर जाओ" चपरासी की ओर देखकर प्रिन्सिपल साहब ने कहा।

चपरासी बिना कुछ बोले बाहर चला गया।

प्रिन्सिपल साहब, "हाँ तो गॉर्ड, अरुण और सनोज के बारे में क्या जानते हो? सच सच बताओ।"

रामसहाय चुपचाप नीचे देख रहा था।

प्रिन्सिपल साहब दुबारा तेज आवाज़ में बोले, "सुनाई नहीं दे रहा है, कुछ पूछ रहा हूँ। साँप सूँघ गया है क्या? कुछ बोलते क्यों नहीं?"

रामसहाय धीमे आवाज़ में कहना शुरू किया, "साहब, मुझे माफ़ कर दीजिए, मैं बहुत गरीब हूँ, मेरे छोटे-छोटे बच्चे हैं। साहब मैं सच कह रहा हूँ। ए लोग कोई नशा खाते हैं। लेकिन क्या खाते हैं? पता नहीं है। कभी-कभार दारू पीकर, रात में आते हैं। मैं ने कहा था साहब, लेकिन मुझे मारने की धमकी देकर, डरा दिए थे। मैं डर गया था। एक साहब इनके साथ बड़ी गाड़ी में आते हैं, उनके साथ और भी कई लोग रहते हैं। उन्होंने भी मुझे धमकाया था। कुछ लड़कियाँ भी रहती हैं।" एक साँस में कह दिया।

प्रिन्सिपल साह़ब पुनः बोले, " क्या, वे लोग हॉस्टल के अन्दर जाते थे?"

रामसहाय बोला, "कभी-कभी जाते थे।"

प्रिन्सिपल साहब ने पूछा, "यह सब, कितने दिन से चल रहा है?"

रामसहाय बोला, "करीब आठ महीने से।"

प्रिन्सिपल साहब झल्लाते हुए बोले, "बताए क्यों नहीं?"

रामसहाय बोला, "नेता जी धमकाए थे।"

प्रिन्सिपल साहब, "कौन नेता?"

रामसहाय बोला, "इनके साथ जो आते थे।"

प्रिन्सिपल साहब ने पूछा, "तुम जानते हो उसे?"

रामसहाय बोला, "नहीं, मैं नहीं जानता।"

प्रिन्सिपल साहब, गॉर्ड को बाहर जाने के लिए कहा। गॉर्ड के बाहर जाते ही, प्रिन्सिपल साहब अपनी कुर्सी से खड़े हो गए और लालबहादुर की ओर देखकर बोले, "पता चला, क्या गुल खिला रहे हैं?"

लालबहादुर और मनोज चुपचाप खड़े रहे और प्रिन्सिपल साहब के अगले वाक्य का इन्तजार करने लगे।

प्रिन्सिपल साहब बोले, "इनको तीन महीने के लिए, कॉलेज से निष्कासित कर दिया गया है, इन लोगों ने कॉलेज का माहौल खराब कर दिया। जो पहले कभी नहीं हुआ वह काम आपके दुलारे किएं हैं।"

मनोज बोला, "सर् एक मौका सुधरने का दे दीजिए।" इतना कह लालबहादुर के साथ खुद प्रिन्सिपल साहब का पैर पकड़ लिया।

दोनों ने बहुत—अनुनय विनय किया, हारकर प्रिन्सिपल साहब बोले, "पहले इनका इलाज कराओ ताकि दुबारा इस तरह की हरकत न करें और दूसरे बच्चों पर दुष्प्रभाव न पड़े और ठीक होने के बाद ही, पुनः दाखिला मिल सकेगा।"

लालबहादुर बोला, "सर, किसलिए इलाज, कोई बीमारी है, का?"

प्रिन्सिपल साहब बोले, "बीमारी ! यह बहुत बड़ी बीमारी है, यह बीमारी है, नशा की। नशा भी कौन सा, शराब, अफीम, चरस का। यह जीवन खराब कर देती है। परिवार और समाज को तहस-नहस कर देती है। भविष्य खराब हो जाता है। तमाम जटिल बीमारियों से भी जटिल है, नशे की बीमारी। इसका इलाज भी होता है, इनका इलाज समुचित ढंग से नशामुक्ति केन्द्र में हो सकेगा इसलिए इन्हें वहाँ ले जाओ और इलाज कराओ, ठीक होने का मेडिकल सर्टिफिकेट लाओ, तभी इन्हें कॉलेज में प्रवेश करने की अनुमति मिल सकेगी।"

लालबहादुर आँख फाड़े कौतूहल से प्रिन्सिपल साहब की ओर देख रहा था और फुसफुसाया, 'नशामुक्ति केन्द्र !'

प्रिन्सिपल साहब बोले, "हाँ, नशामुक्ति केन्द्र, जहाँ ऐसे लोगों का इलाज होता है।"

मनोज बोला, "सर, इसके बारे में कुछ और बताएँगे?"

प्रिन्सिपल साहब, सहज भाव से बोले, "नहीं, इससे ज्यादा मैं नहीं जानता। किसी नशामुक्ति केन्द्र के डॉक्टर से सम्पर्क कर पता करें। हाँ, अभी इनको यहाँ से ले जाएँ और पूर्ण इलाज के बाद ही इन्हें पुनः प्रवेश दिया जाएगा, समय चाहे जितना लगे।"

थाने से रिहा हो, अरुण और सनोज हॉस्टल पहुँचे जहाँ उन्हें अपने तीन महीने के निष्कासन के आदेश की जानकारी मिली, दोनो बहुत विचलित थे। परेशान तो मनोज और लालबहादुर भी थे लेकिन अरुण और सनोज किसी से आँख मिलाने की स्थिति में भी नहीं थे, न तो अपने परिजनों से और न ही अपने सहपाठियों से।

पंकज और दूसरे सहपाठियों को यह बात पता चली। पंकज मिलने आया। उसे देखते ही, सनोज ने गर्दन झुका लिया और अरुण दूसरी तरफ देखने लगा। पंकज आगे बढ़कर मनोज से बोला, "मैं पंकज, इनके साथ ही पढ़ता हूँ।"

मनोज ने कोई प्रतिक्रिया नहीं दिया। तब पंकज, लालबहादुर से मुखातिब हो बोला, "अंकल, मैं इनके साथ ही पढ़ता हूँ, अभी-अभी मुझे पता चला कि आप लोग इन्हें लेकर घर जा रहे हैं।"

अरुण जोर से चिल्लाते हुए बोला, "हाँ, जा रहा हूँ, तुम्हें क्या? तुम तो खुश होगे, तुम्हें भी तो हमने नशा दिया था, दारू पिलाया था, तुम्हें चोट भी लगी थी लेकिन तुम बच गए, अच्छा होता तुम भी हमारे साथ होते। अभी हमारा मजाक उड़ा रहे हो, तुम यहाँ आए ही क्यों?"

पंकज बहुत ही शालीनता से बोला, "मैं तुम्हारा मजाक, उड़ाने नहीं आया हूँ, बल्कि तुम्हारी मदद करने आया हूँ।"

अरुण चिल्लाते हुए बोला, "मदद ! और तुम, कितना घटिया मज़ाक कर रहे हो। तुम क्यों करोगे मेरी मदद? जबकि तुम, हमसे नफरत करते हो।"

पंकज, अरुण की बात का जबाब दिये बगैर, लालबहादुर का हाथ पकड़कर बोला, "अंकल, मुझे पता है कि आप दुखी हैं। दिक्कत की बात तो है, लेकिन इसका उपाय है। दरअसल मैं भी इनका शिकार हो गया था और मैं समय रहते, इन नशीले पदार्थों से छुटकारा पा लिया हूँ। जब से, ए इस केस में फँसे हैं, तब से मैं इनकी मदद करने के लिए सोच रहा हूँ। इसके लिए मैं ने कई जगह बात भी किया है।"

पंकज ने आगे कहा कि, "जब नशे के कारण मेरे सिर में चोट लग गई थी, और मुझे हॉस्पिटल में भर्ती होना पड़ा था उस समय मेरा इलाज डॉक्टर प्रेम ने किया था। उन्हीं से मैं पुनः मिला था। उनसे कुछ खास जानकारी प्राप्त हुई है।"

लालबहादुर बोले, "का जानकारी मिली है?"

पंकज ने कहा कि, "डॉ. प्रेम ने बताया कि नशामुक्त भारत अभियान के तहत सरकार, गैर सरकारी संगठनों के साथ मिलकर नशा उन्मूलन का कार्य कर रही है। मादक पदार्थों के सेवन का खात्मा करने के उद्‌देश्य से सरकार ने एक वेबसाइट भी लांच किया है। कार्यक्रम का लक्ष्य है कि देश नशे से मुक्त हो। लखनऊ में कुछ सरकारी अस्पताल जैसे नूर मंजिल, मेडिकल कॉलेज का मनोरोग चिकित्सा विभाग इस तरह के मरीजों का इलाज पहले से ही कर रहे हैं। प्राइवेट में भी तमाम नशा उन्मूलन केन्द्र चल

रहे हैं। उक्त अस्पतालों में भर्ती होकर या ओपीडी में परामर्श लेकर समुचित इलाज कराया जा सकता है।"

पंकज ने अपनी बात जारी रखा और बोला, "अंकल, मैं खुद एक ग्रुप बनाकर डॉक्टर प्रेम के सहयोग से जागरूकता अभियान चला रहा हूँ। जब मेरा इलाज, डॉक्टर प्रेम के पास चल रहा था उस समय, डॉक्टर साहब ने मुझे बहुत समझाया था कि नशा कितना नुकसान पहुँचा सकता है। अब मैं, सभी को, खासतौर से युवाओं को, नशा से दूर रखना चाहता हूँ।"

मनोज व्यंग्य में बोला, "और क्या बताए हैं तुम्हें? तुम्हारे डॉक्टर प्रेम।"

पंकज ने बताया कि डॉक्टर प्रेम ने कहा कि, "मादक पदार्थों के सेवन से, व्यसनी व्यक्ति, परिवार और समाज के एक बड़े वर्ग पर विनाशकारी प्रभाव पड़ता है। युवा देश का भविष्य है और युवा ही नशे में लिप्त हैं। भला, ऐसे में देश का विकास कैसे सम्भव है? देश और समाज के ऊपर कितना दबाव है। जिस देश का युवा पढ़ाई कर व्यक्ति निर्माण, परिवार, समाज और देश निर्माण के बजाय नशे में लिप्त हो, उस समाज, उस देश का विकास कैसे हो पाएगा? ऐसे में वह देश विश्व गुरु कैसे बन सकता है?"

सनोज बोला, "प्रवचन भी करते हो क्या?"

"नहीं, मैं प्रवचन नहीं दे रहा हूँ, सच्चाई बता रहा हूँ और तभी से मैं उनके मार्गदर्शन में एक ग्रुप बनाकर, अभी अपने ही साथियों को सजग कर रहा हूँ।" पंकज सफाई देते हुए बोला।

लालबहादुर उत्सुकता वश पूछने लगे, "का करते हो जागरूकता के लिए?"

पंकज धीरे से बोला, "ऐसे लोगों की कहानियाँ बताते हैं जो नशे के कारण बरबाद हुए हैं, और उनके बारे में भी जो नशे की लत से बाहर निकलकर बगैर नशे के सामान्य जीवन जीते हुए अपने मकसद में कामयाब हुए हैं। मोरल बूस्टिंग कर उनके अन्दर नशे का त्याग करने के लिए दृढ़ इच्छाशक्ति पैदा करते हैं। "

लालबहादुर पूछने लगे, "ऐसे मरीजों का इलाज कैसे होता है?"

पंकज बोला, "मनोचिकित्सक की देख-रेख में इलाज किया जाता है।"

मनोज कुछ सोचते हुए बोला, "क्या पूर्णत: ठीक हो जाते हैं?"

पंकज बोला, "काफी हद तक, लेकिन निर्भरकरेगा कि व्यक्ति खुद कितना नशामुक्त होने के लिए गम्भीर है।"

मनोज कहने लगा, "क्या तुम, हमारे साथ इनके इलाज के लिए चलोगे?"

पंकज बोला, "बिलकुल चलूँगा। यही तो हमारा मिशन है।"

मनोज बोला, "हॉस्टल खाली करने का निर्देश मिला है, अभी हम हॉस्टल खाली कर, घर जाएँगे, फिर लौटकर दिखाते हैं।"

पंकज बोला, "पहले इन्हें डॉक्टर को दिखा लीजिए फिर जैसा वह कहे, वैसा करिए। हो सकता है, बगैर भर्ती के इलाज सम्भव हो जाए। डॉक्टर दवा ओपीडी में ही लिख दे, जिन्हें घर खिलाने के लिए बोलें।"

मनोज बोला, "ठीक है, लेकिन हॉस्टल तो खाली करना ही पड़ेगा।"

पंकज बोला, "एक बार वार्डन सर् से मिल लीजिए, हो सकता है कुछ समय दे दें, औ़र इसी बीच इनको दिखा लें।"

मनोज और लालबहादुर वार्डन से मिले और बोले, "सर, अगर दो दिन का समय मिल जाता तो इनको नशा उन्मूलन केन्द्र में दिखा लेते।"

वार्डन ने क़हा, "ठीक है लेकिन केवल दो दिन।"

मनोज खुश हो गया और अब पंकज को तबज्जो देने लगा, उसकी समझ में आने लगा कि पंकज अच्छा लड़का है और ठीक सलाह देगा।

अगले दिन, सभी सुबह आठ बजे 'मनोरोग विभाग, मेडिकल कॉलेज लखनऊ' पहुँच गए।

"मानसिक रोगियों का अस्पताल ! मनोरोग विभाग' तरह-तरह से अजीबो वो गरीब हरकत करनेवाले मरीजों से खचाखच भरा हुआ है। कोई मरीज गाली-गलौज कर रहा है तो कोई बिलकुल शान्त, शून्य में खोया हुआ, किसी से कोई मतलब नहीं। कुछ बड़बड़ाते हुए अचानक हँसने लगते हैं तो कुछ अपने से ही बात करते हैं। एक मरीज तो ऊपर आसमान में देखते हुए अदृश्य व्यक्ति से बात कर रहा था। त्रहीं एक मरीज बस चिल्लाए जा रहा था कि, "हमके पुलिस पकड़ने आ रही है। बचावा बचावा, हमरा कउनो दोष नाहीं है । हमरे दुश्मन, पुलिस के हाथों मुझे मरवाना चाहते हैं।"

एक मरीज बार-बार बोलता, "सभी शान्त रहो, मैं भगवान से बात कर रहा हूँ, डिस्टर्ब न करो। तुम्हें जो चाहिए, सब मिलेगा, यह मेरा वादा है। मुझसे कुछ भी माँग सकते हो।"

एक मरीज अचानक चिल्लाने लगा, "साँप, ए देखो साँप, बचाओ, बचाओ।" एक जमीन पर पड़ी रस्सी की ओर इशारा करते हुए, बचाने का गुहार लगाने लगा।

वहीं एक व्यक्ति चिल्ला रहा था, "देखो, जमीन पर गन्दगी बिखरी पड़ी है, लाशें ही लाशें, हटाओ, जल्दी हटाओ।"

एक मरीज अपने को विश्व का सर्वशक्तिमान व्यक्ति बता रहा था, कहने लगा, "मैं विश्व का सर्वश्रेष्ठ व्यक्ति हूँ, मुझसे बड़ा कोई नहीं। मैं जब चाहूँ, जो चाहूँ, कर सकता हूँ।"

एक मरीज अपने को अमेरिका के प्रेसिडेंट का खास बता रहा था, अपने दाहिने कान के पास, दाहिने हाथ को रख, कह रहा था, "मिस्टर प्रेसिडेंट, आई एम योर फ्रेंड, स्पीकिंग फ्रॉम लखनऊ, सिटी ऑफ नवाब। आर यू ओके?

योर फ्रेंड,...एस एस, यू आर राइट।''

"हाऊ आर यू?"

"ओ के, नाइस।"

"एस आई टू।"...

एक मरीज रोए जा रहा था कि, "मेरे पड़ोसी मुझे सता रहे हैं। मुझे मारना चाहते हैं। वे मुझे देखते ही मेरे बारे में बात करते हैं। उनकी साठ गाँठ दूसरे लोगों से है, वे मेरी हर पल की जानकारी उसे देते हैं, मुखबिरी करते हैं।" वह लोगों से अपने बचाव के लिए गुहार भी लगा रहा था।

वहीं खड़ा एक मरीज बड़ी-बड़ी बातें करता फिर कुछ देर बाद जोर-जोर से रोने लगता।

बहुत ही कोलाहलपूर्ण माहौल था। अरुण और सनोज के साथ उनके परिजन हॉस्पिटल परिसर में दाखिल हुए। दोनों नशा जरूर करते थें लेकिन मानसिक रोगी तो नहीं थे। वे डरने लगे। ऐसे माहौल में कोई भी डर सकता था।

अरुण बोला, "पंकज, कहाँ लिवा आए हो? देख लो, बहुत बुरा होगा। तुम हमें, पागलखाने क्यों लाए हो? तुम हमे पागल समझते हो। बुरा होगा, बहुत बुरा, देख लेना।"

सनोज बोला, "तुम हमसे बदला ले रहे हो लेकिन याद रखना, परिणाम अच्छा नहीं होगा।"

पंकज समझाते हुए बोला, "सुनो, न तो मैं तुम लोगों से बदला ले रहा हूँ और न तुम लोग पागल हो और नहीं तुम्हें पागल बोल रहा हूँ। मैं तुम लोगों के नशामुक्ति में सहयोग कर रहा हूँ। यह निश्चित तौर पर मानसिक रोगियों का अस्पताल है लेकिन यहाँ पर नशा उन्मूलन का भी कार्यक्रम चलता है।"

अरुण बोला, "नहीं यह पागलों का अस्पताल है, माना कि हम नशा करते हैं, लेकिन, जितना तुम पढ़े हो, हम भी उतना पढ़े हैं, अलबत्ता तुम आजकल जिस नशे के स्कूल में पढ़ाई कर रहे हो, हम वहाँ के प्रिन्सिपल हैं। जितना तुम्हारे पास इस फील्ड का ज्ञान है, उससे ज्यादा ज्ञान हम बाँट चुके हैं।"

सनोज अचानक से पंकज को पीटने लगा औंर बोला, "हमें पागल और बेवकूफ समझ रहे हो।"

मनोज को भी भला-बुरा कहने लगा।

बहुत समझाने पर दोनों शान्त हुए।

हॉस्पिटल में सभी मरीज सीरियस हों, ऐसा नहीं था। कुछ को केवल घबड़ाहट, बेचैनी, अनिद्रा, किसी से बात करने का मन न होना, शान्त रहना, काम में मन न लगना आदि की समस्या थी।

श्रीकान्त अपने मरीज के बारे में बता रहा था कि, "उसका भाई, सफ़ाई बहुत ज्यादा करता है। बार-बार हाथ धुलता है फिर भी उसे यही लगता है कि उसका हाथ अभी भी साफ नहीं है, उसमें कुछ गन्दा लगा रह गया है। बार-बार नहाता है, बल्कि नहाता ही रहता है। कोई व्यक्ति, दरवाजे या दूसरे सामान को छू दे, तो वह उसे तुरन्त साफ करने लगता है और उसे लगातार, बार-बार साफ करता है। दरवाजा बन्द करके बार-बार चेक करता है कि सही से बन्द हुआ या नहीं, ताला लगाने के बाद बार-बार निरीक्षण करता है कि सही से बन्द हुआ है या नहीं। याददाश्त भी कमजोर हो रही है।"

वहीं कुछ को शराब, गाँजा, भाँग, या नशीली दवाओं की लत है, उससे निजात दिलाने के लिए परामर्श लेने आए हैं। कुछ मरीजों को भर्ती करने की सलाह दी जा रही है तो किसी को 'बेड उपलब्ध नहीं है' इसलिए बाद में आने की सलाह दी गई। ज्यादातर मरीजों को ओपीडी से दवा देकर घर भेज दिया गया।

पंकज ओपीडी का रजिस्ट्रेशन कराने चला गया। उन्हें क्रमश: पैंतालीस और छियालीस नम्बर मिला। रजिस्ट्रेशन कराने के उपरान्त सभी निर्धारित ओपीडी कक्ष के पास प्रतीक्षालय में बैठकर अपने नम्बर का इन्तजार करने लगे। काफी इन्तजार के बाद टोकन नम्बर पैंतालीस बुलाया गया। अरुण के साथ लालबहादुर और पंकज अन्दर गए। पहले उसका परीक्षण जूनियर डॉक्टर द्वारा किया गया। फ़ाइल बनाई गई। मरीज के बीमारी की हिस्ट्री लिखी गई। तत्पश्चात उसे सीनियर डॉक्टर द्वारा देखा गया।

सीनियर डॉक्टर ने कहा कि, "अभी हलका ही एडिक्शन है, दवा से काम चल जाएगा, भर्ती की कोई जरूरत नहीं है। लेकिन दवा रेगुलर लेना होगा और नशे से दूर रहना होगा।"

लालबहादुर खुश था कि, "अभी नशे की आदत हलकी ही है, ज्यादा होती तो दिक्कत थी।"

अरुण के साथ लालबहादुर डॉक्टर के चैम्बर से निकलकर वहीं बेंच पर बैठ गए।

छियालीस नम्बर बुलाया गया और यह नम्बर सनोज का था। सनोज को जूनियर डॉक्टर के परीक्षण के उपरान्त सीनियर डॉक्टर ने जाँचा-परखा फिर सनोज को बाहर भेज कर मनोज से बोले, "भर्ती करना पड़ेगा, मामला गम्भीर है, तभी ठीक हो सकता है।"

मनोज भर्ती के लिए तैयार हो गया लेकिन यह क्या, "अभी बेड खाली नहीं है।" मनहूस शब्द कानों में सुनाई दिया।

मनोज बोला, "सर, फिर कैसे इलाज हो सकेगा?"

डॉक्टर साहब ने कहा, "अभी दवा लिख रहा हूँ, आज खिलाओ, कल पुन: आ जाना बेड खाली हुआ तो भर्ती कर लेंगे।"

मनोज बोला, "ठीक है सर, बगैर भर्ती के भी फायदा हो सकता है, क्या?"

डॉक्टर साहब बोले, "हो सकता है, लेकिन भर्ती करना पड़ेगा, हालत इसकी ठीक नहीं है। एडिक्शन ज्यादा है। फिलहाल अभी दवा दीजिए, एक-दो दिन दवा खिलाकर देखिए, पता चल पाएगा।"

मनोज बोला, "सर, पहले सनोज ऐसा नहीं था, फिर ऐसा कैसे हो गया।"

डॉक्टर बोले, "ऐसी उम्र में, गलत संगत और अभिभावकों का ध्यान न रख पाना, परिवेश में बदलाव आदि कारण हो सकते हैं।

डॉक्टर साहब अपनी बात खतम कर कॉल बेल बजा दिए, जिसके बाद सैंतालीस नम्बर के मरीज को बुलाया गया।

मनोज और सनोज चैम्बर से बाहर निकल गए और सभी दवा लेकर हॉस्पिटल से बाहर आ गए।

दूसरे दिन सनोज को लिवाकर मनोज, मनोरोग विभाग निर्धारित समय पर पहुँच गया। आज इत्तफाक से बेड खाली मिल गया। सनोज को भर्ती की बात मालूम नहीं थी। जैसे ही उसे भर्ती के बारे में पता चला, गुस्सा हो गया, रोने लगा।

सनोज कहने लगा, “क्या मैं पागल हूँ? जो मुझे भर्ती करवाओगे। मैं कसम खा रहा हूँ कि मैं नशे को फिर कभी हाथ नहीं लगाऊँगा। प्लीज भैया, मुझे घर ले चलो। मुझे यहाँ नहीं रहना है। अगर मैं यहाँ रहा, तो सचमुच पागल हो जाऊँगा।”

मनोज समझाने लगा, “भर्ती हो जाओगे, डॉक्टर की देखरेख में रहोगे, तो जल्दी अच्छा हो जाओगे, भैया। मैं भी यहीं रहूँगा।”

सनोज जिद करने लगा, “नहीं, मुझे यहाँ नहीं रहना है, प्लीज मुझें यहाँ से ले चलिए।”

सनोज भागना चाहता था, मनोज उसे पकड़ने की कोशिश करने लगा। सनोज तेज धक्का देकर, मनोज को गिरा दिया और भागने लगा, तभी दो हृष्ट-पुष्ट वार्डबॉय आए और सनोज को उठाकर वार्ड में ले कर चले गए।

मनोज भी पीछे पीछे वार्ड तक गया। वार्ड की इनचार्ज सिस्टर ने मनोज से कहा, “आप कम-से-कम तीन दिन तक, उससे नहीं मिलेंगे।”

मनोज बोला, “खाने-पीने का सामान तो ला सकूँगा।”

सिस्टर इनचार्ज बोली, “नहीं, उसकी जरूरत नहीं पड़ेगी, खाने-पीने का पूरा इन्तजाम यहाँ हो जाएगा। किसी बात की कोई चिन्ता नहीं करना। यहाँ लोग हैं, ध्यान रखने के लिए।”

मनोज बोला, “हालचाल कैसे मिलेगा?”

सिस्टर इनचार्ज बोली, “यहाँ आना, हम बताते रहेंगे और अगर सही होने लगेगा तो मिलवा भी देंगे।”

कुछ बिल भुगतान करने की हिदायत दी गई।

“सनोज रुकने के लिए तैयार नहीं था, वह रोने लगा, लेकिन, उसे ठीक भी तो कराना था इसलिए मनोज ने उसे मनोरोग विभाग में भर्ती करा दिया।”

मनोज वहाँ से चला गया, जाते हुए उसकी आँख भर आई। याद करने लगा बचपन की बातें। छोटी-छोटी शरारतें, लड़ने-झगड़ने की बातें। छोटी-छोटी बातों पर, बड़ी-बड़ी तकरार, फिर तुरन्त एक हो जाने की बात। समय गुजरता गया, दोनों के व्यवहार भी बदलते गए। अब लड़ाई की जगह प्यार ने ले लिया है। अब आपस में एक दूसरे पर जान छिड़कते हैं। कभी पापा गुस्सा हुए तो एक दूसरे को बचाने का काम करते। मनोज बी. ए. करने के बाद, पढाई बन्द कर, पिता के काम में हाथ बँटाने लगा। कारण कि कारोबार ठीक चल रहा था और पिता जी की तबीयत ठीक नहीं रहती थी। मनोज ने काम सँभाल लिया जिससे उसके पिताजी को काफी राहत मिली और शरीर को आराम मिलने तथा समय से खान-पान करने से तबीयत में भी सुधार होने लगा।

मनोज चाहता था कि सनोज खूब पढ़े, नामी इंजीनियरिंग कॉलेज से पढ़ाई करे लेकिन सनोज पढ़ने में बहुत अच्छा नहीं था। खैर, पॉलीटेक्निक में एडमिशन कराकर सभी खुश थे कि इंजीनियर तो बन ही जाएगा। अपने रियल एस्टेट के काम को मदद मिल जाएगी और सभी मिलकर कारोबार को बढ़ाने का काम करेंगे। बड़ी खुशी से भेजा था पढ़ने लेकिन यहाँ आकर बिगड़ गया।

मनोज खुद से बोला, “शायद हम ही ध्यान नहीं रख पाए आखिर छोटी जगह से आया था, बड़े शहर में। चकाचौंध बर्दाशत नहीं कर पाया। हमें उसे समझाने की आवश्यकता थी।”

सनोज जिस वार्ड में भर्ती था, वह जनरल वार्ड था। मनोज प्राइवेट रूम तो चाहता था लेकिन उसकी उपलब्धता नहीं थी। मनोज को आश्वासन मिला था कि जैसे ही प्राइवेट रूम खाली होगा, सनोज को उसमें शिफ्ट कर दिया जाएगा। प्राइवेट रूम का चार्ज ज्यादा था, लेकिन यह मनोज के लिए कोई मायने नहीं रखता था। प्राइवेट वार्ड में तीमारदार को भी रुक कर देखभाल करने की सहूलियत थी जबकि जनरल वार्ड में अस्पताल के कर्मचारी ही देखभाल करते, तीमारदार के रुकने का परमिशन नहीं था।

सनोज के बगल के बेड पर, गोंडा जिले का रहनेवाला, जगदीश नाम का युवा भर्ती था, उम्र कोई तीस वर्ष की होगी। जगदीश के व्यवहार के बारे में कुछ भी कहना सम्भव न था। कभी बहुत शान्त रहता, अच्छे से व्यवहार करता तो अगले ही पल आक्रामक हो जाता। कुछ देर पहले तक शान्त ही

था कि अचानक सामान फेंकने लगा। गाली-गलौज करने लगा। डॉक्टर और कर्मचारियों को भी भद्दी भद्दी गालियाँ देने लगा। अतिआत्मविश्वास में सबको धमकाने लगा, "मुझे जानते हो, मैं कौन हूँ, एक-एक कर सभी को यहाँ से निकलवा दूँगा।"

कर्मचारी और डॉक्टर उसकी बात का बिलकुल भी बुरा नहीं मानते, अलबत्ता वे मुसकराते हुए, उससे बात करते।

जगदीश के पिता रामभुवन वार्ड के बाहर, प्रतीक्षा-कक्ष में रखे स्टूल पर चुपचाप, सिर पर हाथ रखकर, बैठे थे।

वे जगदीश से मिलने गए और जैसे ही उसकी नजर अपने पिता पर पड़ी, वह चिल्लाने लगा, "खुश तो बहुत होंगे मुझे यहाँ भर्ती कराकर, मुझे इस तकलीफ में देखकर, मुझसे छुटकारा जो मिल गया लेकिन ऐसा होने नहीं दूँगा। मैं कभी भी, दूर नहीं होने दूँगा।"

रामभुवन बोले, "अरे नाहीं बेटवा, तोहार तबियत खराब है, ऐसे में हम का खुश होवेंगे, बस जल्दी से ठीक हो जाओ तो, हम खुशी-खुशी घर चलें।"

जगदीश बोला, "काहे झूठ बोलत हो, भला यहाँ लाकर हमें कौन-सा सुख देत हो।"

रामभुवन बोले, "बेटा, बस ठीक हो जाओ।"

जगदीश बोला, "कैसे ठीक हो जाऊँ, ऐसे मुझे जानवरों की तरह बाँधकर ! वाह ! का उपाय है? वैसे मुझे हुआ का है? मैं बीमार हूँ, नहीं न, फिर ए सब ! किस जन्म का बदला ले रहे हो। अरे ! बाप हो, या कसाई।"

रामभुवन बोले, "बेटा, जो जी में आवे, कह ले, लेकिन, बस ठीक हो जा, बाप का दिल ही जाने है कि उ अन्दर से कितना तड़पत है।"

बात करते-करते, जगदीश अचानक शान्त हो गया फिर कहने लगा, "कैसे हैं? घर पर सब ठीक है न। देखें ! कब तलक छुट्टी होती है।"

रामभुवन सोचने लगे, "का हुआ, अचानक शान्ति? ठीक से बात करत है।" खुद जगदीश की हालत पर दुःखी हो, अपने आँख के पलकों पर आ गए आँसू को, अपने गमछे के किनारे से पोंछने लगे। उनसे अब बेटे का और दुःख न देखा गया तो, वार्ड से बाहर निकल, चहलकदमी करने लगे।

जगदीश उत्तेजित हो बोला, "का हुआ? कहाँ चल दिए? मैं जिन्दा हूँ।"

रामभुवन बोला, "यहीं हूँ बेटा।"

खड़े-खड़े रामभुवन भूतकाल की बात सोचने लगे "बचपन में जगदीश ऐसा कहाँ था? कितना मिलनसार, हँसमुख और खुशहाल रहा लेकिन समय के साथ व्यवहार में बदलाव आवे लगा। पहले, हमरे पॉकेट से बीड़ी निकालकर पीयत रहा। कितनी बार हम डाटे रहे। हमरे लिए या घर आए बड़े बुजुर्गों के लिए कभी-कभार हुक्का तैयार करने के बहाने, एक-दो बार, खुद ही पी लेत रहा। दुर्भाग्य तो यही रहा कि अपने हमारे ही नशे से, नशे की शुरुआत किया। अगर, मैं ने यह समझ, समय पर खुद का नशा बन्द कर दिया रहा होता तो इसे नशे का चसका नाहीं लगा होता। लेकिन का करता? मैं, इसको तो मना करत रहा लेकिन खुद तो पीयत ही रहा। मैं बड़ा होने के साथ-साथ उसका बाप होने का दम्भ भरता रहा, अपना अधिकार समझकर खुद ही पीता रहा। यह कितना गलत था कि बाप पिए तो ठीक, बेटा पिए तो गलत। आखिर यह दोहरा मापदंड हम बड़े लोगों ने ही तो बना रखा है। जबकि होना तो उलट चाहिए था, बड़ा ही नाहीं पिए। लेकिन मैं ने खुद के बारे में कभी नाहीं सोचा। यह सब उसी का तो नतीजा है। सच ही तो कहा जात है, पूत बाढ़हिं पिता के धरमे, खेती उपजे अपने करमे। हमार बेटा, हमरे ही नशा से शुरुआत कर बरबाद होत रहा और मैं खुद नशा करता रहा। यह बात अलग रही कि मैं बीड़ी, सिगरेट और तम्बाकू के अलावा कोई दूसरा नशा नाहीं किया लेकिन जगदीश बीड़ी, सिगरेट से बहुत आगे चला गवा और आज इस हालत में आ गवा है कि उसका इलाज करावे के पड़त है।"

रामभुवन सोचते जा रहे थे, "बीड़ी, सिगरेट, गुटका, पान मसाला से होत, वह दारू पर आ गया। पहले छिपकर पीयत रहा और देर रात घर आवत रहा, फिर दिन में ही पीकर आवे लगा, शायद उसके मन से संकोच और डर चला गवा। फिर घर में ही, सबके सामने पीयत रहा। गाली-गलौज करत रहा, सो अलग। कभी-कभी लोगों से अनायास लड़ाई करत रहा तो कभी चुपचाप रहता जैसे किसी से कोई मतलब ही नाहीं, सुन्न-सा दीन दुनिया से बेखबर, तो कभी लोगों से बड़े प्यार से बात करत रहा और अगले ही पल लड़ाई कर लेत रहा। किसी को कुछ नाहीं पता कि अगले पल उसका व्यवहार कैसा होगा? मजबूर होकर ही तो यहाँ !" इतना सोचते ही उनका गला भर आया। गला साफ कर, रामभुवन अपने आप से सवाल करने लगे, "कौन, माँ-बाप अपने बच्चे को यहाँ भर्ती करवावेगा? मजबूरी

ही तो होवे, बच्चे के भविष्य का सवाल होवे, ठीक तो कराना ही होवे। भविष्य के खातिर वर्तमान को तपाना ही होवे।"

सुबह, राउंड के समय डॉक्टर ने पूछा, "जगदीश क्या हाल है?"

जगदीश बोला, "ठीक हूँ।"

डॉक्टर बोले, "नाश्ते में क्या लिये?"

जगदीश शालीनता से बोला, "ब्रेड और मक्खन था।" डॉक्टर खुश थे और कुछ दवा बदलने का सुझाव देकर कुछ दिनों में डिस्चार्ज का भरोसा दिये।

रामभुवन ने डॉक्टर साहब से पूछा, "साहब ऐसी हरकत कांहे करत है? आखिर का बीमारी है इसे?"

डॉक्टर साहब बोले, "इसे स्प्लिट पर्सनालिटी डिसऑर्डर कहते हैं। ऐसे मरीजों का व्यवहार बदलता रहता है और अगले पल क्या करेंगे, कुछ भी निश्चित रूप से नहीं कह सकते। फिलहाल यह दिमाग की बीमारी है। शराब ऐसे मरीजों के लिए और भी तकलीफदेह हो जाती है। उनकी समस्याएँ और बढ़ जाती हैं।"

रामभुवन मन-ही-मन बोला, "आजकल किसी के भी बारे में कहाँ कह सकत हैं कि वह का करनेवाला है? लोग सोचत कुछ हैं, कहत कुछ और हैं फिर करत कुछ और ही होवें। लेकिन बीमार तो यही है।"

अब बारी थी सनोज की। डॉक्टर साहब ने सनोज से पूछा, "कैसे हो?"

सनोज ने जबाब दिया, "पहले से बहुत अच्छा हूँ, सर।"

डॉक्टर पुनः पूछे, "नींद आ रही है !"

सनोज बोला, "जी सर, पहले से ठीक आ रही है।"

डॉक्टर पूछे, "भूख कैसी लग रही है?"

सनोज बोला, "ठीक लग रही है।"

डॉक्टर बोले, "कोई उलझन, घबराहट तो नहीं है।"

सनोज बोला, "कोई उलझन या घबड़ाहट अब नहीं है।" आत्मविश्वास के साथ उत्तर देता रहा।

भर्ती के समय जहाँ सनोज बहुत घबड़ाया हुआ था, ठीक से जवाब नहीं दे पा रहा था, वहीं अब उसमें बहुत परिवर्तन दिख रहा है। बहुत शालीनता से आत्मविश्वास के साथ हर सवाल का जवाब दे रहा था। डॉक्टर अपने

असिस्टेंट को कुछ दवाएँ कम करने का सुझाव देने के पश्चात दूसरे मरीज को देखने लगे।

एक सप्ताह तक सनोज अस्पताल में भर्ती रहा। पहले इंजेक्शन दिया जाता रहा। शुरू में उसे नींद ज्यादा आती थी, यहाँ तक कि उसे दिन-रात तक का होश नहीं रहता, फिर धीरे-धीरे नींद कम हो गई और दवाएँ भी इंजेक्शन की जगह टैबलेट और सिरप हो गई। फिर एक दिन राउंड पर डॉक्टर साहब ने कहा, "तुम्हें हॉस्पिटल से एक-दो दिन में डिस्चार्ज कर दिया जाएगा।"

सनोज खुश होकर बोला, "थैंक यू सर । क्या अब मैं बिलकुल ठीक हूँ?"

डॉक्टर ने कहा कि, "हाँ, अब ठीक हो लेकिन इलाज काफी दिन तक चलेगा। बीच-बीच में आकर दिखाते रहना और लगातार दवा खाते रहना। याद रहे, शराब या कोई भी नशीली दवाएँ नहीं खानी हैं।"

सनोज बोला, "जी सर।"

उन्हीं दिनों, अस्पताल में एक संगोष्ठी का आयोजन किया गया था, जिसका विषय था 'मादक पदार्थों के सेवन से होनेवाली समस्याएँ और उनका निदान' जिसमें, लखनऊ के अलावा, देश-विदेश से विशेषज्ञ डॉक्टर आए थे। कुछ केस प्रेजेंटेशन भी होना था। हॉस्पिटल में भर्ती और ओपीडी से चुनिन्दा मरीजों व उनके रिश्तेदारों को कार्यक्रम में बुलाया गया था। सनोज व मनोज भी संगोष्ठी में उपस्थित थे।

कार्यक्रम की शुरुआत लखनऊ के डॉक्टर साहब के उद्बोधन के साथ हुआ, जिसमे वे बता रहे थे कि :

"नशा सिर्फ एक आदत नहीं, मानसिक रोग भी है। इस रोग की शुरूआत, बेशक छोटी-मोटी परेशानियों से होती है, लेकिन धीरे-धीरे, वह पूर्ण रूप से गिरफ्त में ले लेती है। नशा और मानसिक रोगों का असर इनसान के केवल मन:स्थिति पर ही नहीं पड़ता बल्कि उसके शिक्षा, स्वास्थ्य, व्यवसाय सहित पूरे परिवार, समाज और अन्ततः देश पर भी पड़ता है। नशे में लिप्त युवा, जो देश और समाज का भविष्य है, बरबाद हो जाता है। कुछ लोग शौकिया तौर पर नशा शुरू करते हैं, बाद में वही शौक उनकी आदत और मजबूरी बन जाती है। नशा और तनाव का गहरा नाता है। वर्तमान में, भागदौड़ भरी जिन्दगी में लोग छोटी-छोटी बातों को दिल

से लगा लेते हैं। युवाओं को महँगे गेजेट्स चाहिए, बच्चों को अच्छे मार्क्स लाने हैं, वहीं शादीशुदा व्यक्तियों को परिवार के लिए अधिक से अधिक धन संग्रह करने की चिन्ता सताती है। इच्छाओं की पूर्ति न होने पर लोग तनावग्रसित हो जाते हैं। फिर तनाव को मिटाने के लिए नशे का सहारा लेने लगते हैं। तनाव किसी भी बात से हो सकती है। तनाव से सिरदर्द एवं चक्कर आना, इनसोमनिया यानी नींद न आना, चिन्ता, भय, घबराहट, डिप्रेशन, याददारत की समस्या, बच्चों एवं बड़ों में व्यावहारिक एवं साइकोलॉजिकल समस्याएँ इत्यादि उत्पन्न हो सकती हैं।"

दिल्ली के मशहूर मानसिक रोग विशेषज्ञ, बता रहे थे कि, "नशे से मुक्ति के लिए, दिमाग से नशे की तलब को दवाइयों तथा मरीज एवं उसके परिवार के साथ काउन्सिलिंग के सहयोग से छुड़ाया जा सकता है। अगर मरीज, अस्पताल आने में असमर्थ है, तो फैमिली काउन्सिलिंग के जरिये भी नशे से छुटकारा पाना सम्भव है। नशे से छुटकारे के लिए दो चरण में ट्रीटमेंट दिया जाता है, पहले चरण में मरीज को दवाइयों के जरिए शराब के चंगुल से छुड़ाया जाता है तो वहीं दूसरे चरण में फेमिली काउन्सिलिंग की जाती है, ताकि मरीज दोबारा नशे की तरफ आकृष्ट न हो सके। इसके अलावा नशे के चलते उत्पन्न हुए मानसिक तनाव और शारीरिक बीमारियों का भी उपचार किया जाता है। साथ ही फेमिली काउन्सिलिंग के जरिये यह ट्रेनिंग दी जाती है कि मरीज के साथ कैसा व्यवहार करना है, उसे कैसे नशे से दूर रखना है?"

मुम्बई के मशहूर मानसिक रोग विशेषज्ञ बता रहे थे कि, "किशोरावस्था सच में कहा जाए तो 'समस्या काल' होता है। किशोरावस्था जन्म के समय 'शैशवावस्था' और बाल्यावस्था के बाद मानव विकास की तीसरी अवस्था है, जो कि बाल्यावस्था की समाप्ति के बाद शुरू होती है और प्रौढ़ावस्था के पहले समाप्त हो जाती है। किशोरावस्था को मनुष्य के जीवन का वसन्तकाल माना गया है। यह काल सामान्यत: बारह से उन्नीस वर्ष तक रहता है। यह काल सभी प्रकार की मानसिक शक्तियों के विकास का समय है। भावों के विकास के साथ-साथ बालक की कल्पना का विकास होता है। यह पूरी तरह अनिश्चित और अस्थिरता का काल है। अस्थिरता के इस काल में व्यक्ति बचपन की आदतों को छोड़कर परिपक्व व्यवहार की ओर अग्रसर होता है। इसी प्रकार, वह बाल्यावस्था की अभिवृत्तियों में परिवर्तन

करने लगता है। अभिवृत्ति का मतलब, किसी मनोवैज्ञानिक विषय (अर्थात् व्यक्ति, वस्तु, समूह, विचार, स्थिति) के प्रति सकारात्मक या नकारात्मक भाव की उपस्थिति है। तीव्र शारीरिक वृद्धि के कारण, इस काल में किशोर-किशोरियों के मानसिक जीवन में भयंकर उथल-पुथल होती है। इस अवस्था में अभिभावकों की जिम्मेदारी ज्यादा हो जाती है और बच्चों को सँभालने की जरूरत होती है।"

चंडीगढ़ के नशा उन्मूलन कार्यक्रम से जुड़े डॉक्टर साहब का कहना था, "अकसर सीधे-सादे बच्चे किशोरावस्था में गलत संगत में पड़ने के कारण, नशीले पदार्थों के चक्कर में फँस जाते हैं। किशोरावस्था की यही तो खूबी है, किशोर व किशोरियाँ बाल्यकाल से जैसे ही किशोरावस्था में प्रवेश करते हैं, अतिउत्साही और ऊर्जावान हो जाते हैं। यह सब हार्मोन के कारण होता है। अपने को स्वतन्त्र रूप से स्थापित करने की जिद होती है। नसीहत और प्रवचन बुरा लगता है। कई बार गलत रास्ता, उन्हें सही लगने लगता है। बस ऐसे ही होती है, बच्चों के गलत रास्ते पर जाने की शुरुआत।"

संगोष्ठी का कार्यक्रम दो दिन तक चला, कई विषयों पर अपने विचार व्यक्त कर, विशेषज्ञ चले गए। अब हॉस्पिटल में पूर्ववत दिनचर्या चलने लगी।

तीसरे दिन सनोज की हॉस्पिटल से छुट्टी हो गई।

काउंसिलिंग और दवाओं के सेवन से, कुछ दिन में ही, अरुण और सनोज ठीक होने लगे। तीन महीने के बाद, पुनः कॉलेज में प्रवेश मिल गया। छह महीने तक अरुण का इलाज चला जिसके उपरान्त उसे पूर्ण रूप से स्वस्थ घोषित किया गया लेकिन सनोज को इसके लिए एक साल तक डॉक्टर के इलाज में रहना पड़ा। दोनों अच्छे से पढ़ाई करते हुए, बैक पेपरवालों के साथ डिप्लोमा का कोर्स पूर्ण किए।

कॉलेज का आखिरी दिन था, जब सभी अपने घर जाने के लिए तैयार थे। इसके बाद, कौन, कहाँ होगा? पता नहीं। सभी को रोजी-रोटी के लिए भागम भाग जो करनी थी। क्या पता किसको? कब और कौन सी नौकरी, कहाँ मिले? मिलेगी भी या नहीं, यह भी किसको पता है? जो अभिन्न मित्र थे वे एक दूसरे से गले मिल रहे थे और भविष्य की शुभकामनाएँ देते हुए सम्पर्क में बने रहने का सुझाव दे रहे थे तो वहीं कुछ ईर्ष्या वश एक दूसरे से नज़र बचाते दिख रहे थे। धीरे-धीरे सभी एक दूसरे की आँखो से ओझल होते गए।

भाग दो

उम्मीद थी कि पढ़ाई खतम होते ही, नौकरी मिल जाएगी, जैसे खुद नौकरी पलकें बिछाए इन्तजार कर रही होगी। लेकिन हकीकत कुछ और ही थी। यह क्या? कई सीनियर अभी तक नौकरी की तलाश में भटक रहे हैं, तब उन्हें कहीं सच्चाई का पता चला।

"क्या जो कर्ज लिया गया है? ऐसी ही पढ़ाई के लिए ! मैं कैसे और कब, कर्ज चुका पाऊँगा? कैसे बन्धक रखा खेत छुड़ाऊँगा? बाबू और भैया कब तक कोल्हू के बैल की तरह पिसते रहेंगे? आखिर, मैं इनका सहारा कब बन पाऊँगा?" ऐसे ही तमाम सवालों से घिरा पंकज बेचैन होता, लेकिन कर भी क्या सकता था? अगर कर सकता था तो वह था, केवल प्रयास। सरकारी नौकरी की भर्ती निकले तभी तो नौकरी मिलेगी।

सरकारी नौकरी की वेकेन्सी नहीं आई तो मजबूरन वह प्राइवेट में ही जॉब ढूँढ़ने लगा और अन्ततः एक कम्पनी में नौकरी मिल गई।

कुछ दिन प्राइवेट सेक्टर में नौकरी करते हुए बीता था, जब इलेक्टिक विभाग में जे ई की पोस्ट के लिए विज्ञापन निकला, पंकज ने आवेदन किया और अन्तोगत्वा, उसे नौकरी मिल गई।

पंकज को अभी केवल नौकरी मिली है, पोस्टिंग नहीं हुई है, होगी भी कैसे? मेरिट लिस्ट में गड़बड़ी को लेकर कुछ कैंडिडेट कोर्ट चले गए। करीब चार महीने हो गए लेकिन अभी तक कोर्ट का निर्णय नहीं आया है। निर्णय के बाद ही जॉइनिंग हो सकेगी। ज्वाइनिंग न होने से, पंकज के साथ ही उसके घरवाले भी परेशान हैं।

महादेव बोले, "का हो पंकज, तोहरे नौकरी क का भयल?"

पंकज बोला, "केस चलत है बाबू, देखें, कब तक मामले क निपटारा होला?"

पंकज न तो नौकरी मिलने का जश्न मना पा रहा था और न ही दूसरे एग्जाम की तैयारी कर पा रहा था, प्राइवेट नौकरी छोड़ दिया था, सो अलग। खैर, अदालत में लम्बे संघर्ष के बाद निर्णय आया और पोस्टिंग की प्रक्रिया शुरू हुई। लम्बे इन्तजार के बाद पंकज की पोस्टिंग गाजीपुर जिले के, सैदपुर तहसील के, सुदूर ग्रामीण अंचल में हुई। क्षेत्र बिलकुल उसके, अपने गाँव माधोपुर जैसा, पगडंडी जैसे टेढ़े-मेढ़े रास्ते, हरे-भरे लहलहाते खेत, बौर से लदे आम और बहुत कुछ समानता थी। बोली भी लगभग अपने गाँव जैसी ही थी। उसका ऑफिस एक कस्बे से लगा हुआ था। कस्बे में जरूरत के सभी सामान मिल जाते थे। उसी कस्बे में, उसने एक बड़े मकान का, एक कमरा, किराए पर ले लिया। कमरा ऊपरी मंजिल पर था, जहाँ पहुँचने के लिए, एक पतले घुमावदार जीने से होकर ऊपर जाना पड़ता था। जीने की चढ़ाई भी ज्यादा थी। कमरे से लगा हुआ, एक ओर किचन तो दूसरी तरफ, छोटा-सा बाथरूम जिसमें संयुक्त रूप से नहाने और फ्रेश होने की व्यवस्था। बस मन की तसल्ली के लिए दोनों हिस्सों के बीच, एक तीन फीट ऊँची, तीन इंच पतली सी ईंट की दीवार थी। बाथरूम बस उतना ही बड़ा था, जितने में एक व्यक्ति किसी तरह से नहा-धो सके, जरा सी लापरवाही पर सिर फूटने की पूरी सम्भावना। कितना तंगे हाल रहा होगा बाथरूम?

किचन भी विशेष रूप से तैयार किया गया था, कोई खिड़की नहीं, कोई रोशनदान नहीं। जैसे कालकोठरी ! दिन में भी हवा और रोशनी के आवागमन की मनाही। दरअसल यह हिस्सा बाद में, किराएदार को ध्यान में रखकर बनाया गया था। चूँकि उपयोग किराएदार को करना है तो मापदंड की क्या जरूरत? किसी भी तरह जगह बन जाए, किराएदार के लिए, बस।

पंकज अपनी ड्यूटी ईमानदारी से करता था। कमरे पर कम ही रहता। कई बार जरूरत पड़ने पर, बगैर ड्यूटी के भी ऑफिस चला जाता। लोगों की पूरी मदद करता। अभी युवा है, जोश है, पूरी ईमानदारी कूट-कूटकर भरी है, आदर्शवादी भी है और जमीन से जुड़े होने के कारण अकर्मण्यता अभी पास नहीं आई थी। दूसरे, वह अकेले रहता था, कोई परिवार नहीं, समय कैसे कटे? बोरियत होने लगती थी। मकान मालिक के यहाँ केवल किराया देने के लिए ही जाता। उसके पास समय ही समय था जिसे वह जनता के लिए देता। क्षेत्र के लोग भी उससे जुड़ने लगे। लोगों को सुविधा, बगैर सुविधा शुल्क के मिलने लगा। कई बार तो पंकज खुद ही, कर्मचारियों

के साथ पहुँच जाता। मोबाइल नम्बर के व्हाट्सएप पर भी लोग उससे अपनी समस्याएँ बताते, पंकज उसे दूर करने की भरसक कोशिश करता। बाबू और अधिकारी नाखुश रहने लगे। ठेके के कर्मचारी अलग नाराज़, कमाई जो सबकी बन्द हो गई थी।

पंकज कहता, "जो हम वेतन पाते हैं, उसे सरकार देती है, सरकार के पैसे जनता के पैसे हैं। जनता के टैक्स के पैसे हैं। जब हम वेतन ले रहे हैं, तो घूसखोरी क्यूँ?"

बाबू बोलता, "इस तनख्वाह से, इस महगाँई के दौर में भला कैसे गुजारा होगा?"

पंकज बोलता, "नौकरी तो सब जानकर, सोच-समझकर, अपने मर्जी से कर रहे हो, या कोई जबर्दस्ती करवा रहा है?"

बाबू बोलता, "अभी अकेले हो, बीबी-बच्चे होंगे तब पता चलेगा, आटे-दाल का भाव !"

पंकज कुछ न बोलता, बस अपना काम करता।

अनबन होती रहती, काम चलता रहता, जनता पंकज को चाहती और पंकज जनता को।

ठेकेदार अलग परेशान रहते क्योंकि अब काम तय मापदंड के अनुसार करना पड़ता, ठेकेदार की भी कमाई कम हो गई थी।

ठेकेदार और अधिकारी मिलकर पंकज का ट्रान्सफर अन्य ऑफिस में करवा दिए। वहाँ काम कम था। एक तरह से कहा जाए तो उसे अच्छा काम करने का दंड दिया गया। ऑफिस से अटैच्ड कर दिया गया, जहाँ सामान का लेखा-जोखा रखना भर था, शुद्ध बाबूगीरी। कुछ ही दिन में पंकज परेशान हो गया, सोचता "काम करनेवाला व्यक्ति अब समय काट रहा है।"

कुछ समय बाद लोकल टेंडर निकलनेवाला था। टेंडर प्रक्रिया में पंकज को मुख्य अधिकारी बनाया गया था। टेंडर प्रक्रिया में बदलाव कर पुराने टेंडर को अब ई-टेंडर कर दिया गया। ई-टेंडरिंग को साफ-सुथरा कहा जाता था लेकिन जो अधिकारी इसका संचालन करता, उसे सब कुछ मालूम रहता कि किसने, क्या रेट दिया है? शर्तों में बदलाव या निविदाओं की स्वीकृति या अस्वीकृति कर और अपने चहेते को रेट का खुलासा कर टेंडर लेने में मदद कर सकता था । अभी पंकज के सामने पहली बार ई- टेंडर प्रक्रिया चल रही थी।

पंकज के मोबाइल पर कॉल आया।

पंकज - "हेलो"

"हेलो ! जे ई पंकज से बात करनी है।" दूसरी ओर से आवाज आई।

"हाँ बोलिए, मैं बोल रहा हूँ।" पंकज ने कहा।

"मैं त्रिभुवन बोल रहा हूँ, एम.एल.ए. साहब का प्रतिनिधि।" कॉलर ने अपना परिचय दिया।

पंकज - "बताएँ ! मैं क्या कर सकता हूँ।"

त्रिभुवन- "मैं टेंडर के बारे में बात करना चाह रहा हूँ। माननीय एम.एल.ए. साहब ने ठेका राज कम्पनी को देने के लिए बोला है, ठेका राज कम्पनी को ही मिलना चाहिए।"

पंकज - "ई-टेंडर में, यह सब सम्भव नहीं है।"

त्रिभुवन - "दिमाग तो सही है, नौकरी करनी है कि नहीं। टेंडर राज को मिलना चाहिए बस...अन्यथा सिस्टम को तो जानते ही होंगे।"

पंकज - "पहले आसान था लेकिन ई-टेंडर ने हमारे हाथ बाँध दिये हैं।"

त्रिभुवन - "हमें सब मालूम है। प्रक्रिया कैसे होती है? न तो तुम पहले हो और न हीं आखिरी टेंडर निकालनेवाले। हमें बता रहे हो, कि टेंडर कैसे पड़ता है?"

पंकज बोला, "मैं सही कह रहा हूँ, पहले जैसा नहीं है।"

त्रिभुवन बोला, "अच्छा तो यह बताओ, रेट तुम्हें पता चलता है या नहीं। कम्प्यूटर तो तुम्हीं खोलते और देखते हो। तो रेट बताओ ताकि हम उसे मैनेज कर सकें।"

पंकज बोला, "मैं ऐसा नहीं कर सकता।"

त्रिभुवन बोला, "नौकरी करनी है या नहीं।"

पंकज बोला, "क्यों नहीं? बिलकुल करनी है।"

त्रिभुवन बोला, "तो पानी में रहकर मगरमच्छ से वैर करोगे, भला यह कोई बात हुई। नौकरी भी करनी है और विधायक जी का काम भी न करोगे। कम्पनी विधायक जी के बेटे की है, सोचिए जरा, विधायक जी का करेंगे?"

पंकज बोला, "फिलहाल मैं आपकी कोई मदद नहीं कर पाऊँगा, टेंडर प्रक्रिया में कोई धाँधली नहीं होगी।"

त्रिभुवन बोला, "अच्छा ! जे ई साहब, हम तोहें बताइब कि धाँधली का होत है?" कहकर फ़ोन काट दिया।

अभी कॉल कटा ही था कि फिर एक नए नम्बर से कॉल आ गई। जैसे ही कॉल रिसीव किया -

"हेलो" पंकज ने कहा।

"मैं पार्टी जिला अध्यक्ष बोल रहा हूँ, जो टेंडर प्रक्रिया चल रही है, उसे बलवन्त को देना है, देख लेना, कैसे करोगे? लेकिन मिलना बलवन्त को ही चाहिए।" दूसरी ओर से बगैर लाग-लपेट के आदेश दे दिया गया।

पंकज कुछ कहता, कॉल कट गया।

करीब एक घंटे बाद पुनः एक कॉल आया।

"मैं पार्टी प्रदेश अध्यक्ष बोल रहा हूँ। एक छोटा-सा काम है, टेंडर, रजनीश पावर सलूशन को देना है। देख लेना, दोबारा फ़ोन न करना पड़े।"

पंकज - "लेकिन, इसमें मैं क्या कर सकता हूँ। टेंडर खुलने पर ही पता चलेगा कि टेंडर किसे मिलेगा।"

प्रदेश अध्यक्ष- "लेकिन मैं क्या बोला हूँ? उसे करो।"

पंकज- "लेकिन मैं नहीं कर पाऊँगा।"

प्रदेश अध्यक्ष झल्लाते हुए बोला, "अरें ! तुम्हारा दिमाग ठीक तो है, मैं प्यार से क्या बोल दिया? तुम तो मेरे सिर ही चढ़ गए। ईमानदारी के पुतले बन रहे हो। जान रहे हो कि तुम किससे बात कर रहे हो? औकात दिखा दूँगा। सरकार से बड़ा संगठन होता है और मैं उस पार्टी का प्रदेश अध्यक्ष हूँ, जिसकी सरकार है। तुम्हें समझा रहा हूँ लेकिन तुम्हारे समझ में नहीं आ रहा है। सीएम भी मेरी बात नहीं काटते और तुम कल के लवंडे, जे ई मुझसे जबान लड़ाते हो।"

पंकज बोला, "देखिए सर, मैं अपनी ड्यूटी कर रहा हूँ, और मुझे मेरी ड्यूटी करने दीजिए। आप लोग भी तो चाहते होंगे कि भ्रष्टाचार मिटे। नारा भी तो, भ्रष्टाचार मुक्त उत्तर प्रदेश का देतें हैं। गुड गवर्नेन्स की बात करते हैं, फिर इस तरह से भ्रष्टाचार कैसे मिटेगा? जब आप लोग ही भ्रष्टाचार के लिए दबाव बनाएँगे। प्लीज, मेरी बात समझिए।"

प्रदेश अध्यक्ष बोला, "हमें ज्ञान न दो, बस जितना कहा हूँ, उतना ही सुनो और करो। मेरा आदमी है, मेरे पार्टी का समर्पित कार्यकर्त्ता है, पार्टी फंड भी देता है, अरे ! वह कमाएगा नहीं तो, पार्टी को कैसे देगा?"

पंकज बोला, "टेंडर किसे मिलेगा? यह तो टेंडर खुलने के बाद ही पता चलेगा।"

प्रदेश अध्यक्ष बोला, "पता चलेगा ! मतलब ! क्या मतलब है, तुम्हारा?"

पंकज बोला, "जो सही होगा उसे मिलेगा।"

प्रदेश अध्यक्ष गुस्से में बोला, "तो क्या? जिसके लिए मैं बोल रहा हूँ, वह गलत है।"

पंकज बोला, "वह तो टेंडर खुलने पर ही पता चलेगा।"

कॉल डिसकनेक्ट हो गई।

पंकज घर पहुँच, बाथरूम में घुसा ही था कि मकान मालिक ने पंकज को, तुरन्त आने के लिए बुलावा भेजा। पंकज बाथरूम से निकल, पाजामे का नाड़ा बाँधते हुए, मकान मालिक से मिलने, चला गया।

मकान मालिक, एक अजनबी के साथ बैठा था और पंकज से बोला, "बैठें ! देखें, ई हमार मित्र हैं, तोहसे कुछ काम है, कर दीजिए। बड़ा भरोसा से हमरे पास आए हैं। हमरो इज्जत क सवाल है। हम इनसे कह चुके हैं कि काम जरूर होगा। अरे ! आखिर हमारे मकान में रहते हैं, तो जे ई साहब, का एक गो काम नाहीं करेंगे?"

मकान मालिक ने अजनबी से बोला, "कहिए, का काम बाय, बेधड़क कहा, काम हो के रही।"

अजनबी बोला, "जे ई साहब, जिस टेंडर का काम आप देख रहे हैं, उसी सिलसिले में बात करनी है।"

पंकज बोला, "जी बताएँ।"

अजनबी बोला, "मैं भी टेंडर डाला हूँ। बस, मुझे मिल जाए, खर्चा भी देंगे।"

पंकज बोला, "आपको तो पता ही होगा कि टेंडर अब ई-टेंडर हो गया है और ऐसे में मैं कुछ मदद नहीं कर सकता।"

अजनबी बोला, "लेकिन होता तो सब कुछ है, बस करना चाहें तो, जो कहेंगे, मैं भी करूँगा।"

पंकज बोला, "मुझे अफसोस है कि मैं आपकी इस सिलसिले में कोई मदद नहीं कर पाऊँगा।" कह पंकज उठ खड़ा हुआ और हाथ जोड़कर "नमस्ते" कहते हुए जाने लगा।

अजनबी बोला, "पैसा मिले तो सब काम हो जाता है जे ई साहब, पूरा दाम मिलेगा।"

पंक़ज बोला, "फिलहाल, सम्भव नहीं है।" जाते हुए कहा।

मकान मालिक, "ठीक बा, जात हो, तो अपने रहने का इन्तजाम भी कर लेना; खाली कर देना हमरा मकान।"

पंकज जाते-जाते ठिठक गया और पलटकर बोला, "ठीक है, अगले महीने खाली कर दूँगा।"

मकान मालिक सन्न रह गया, उसे ऐसी उम्मीद न थी कि पंकज पर उसका दबाव न बन पाएगा। उसे लगा था कि वह मकान में बने रहने के लिए मिन्नतें करेगा, और उसका काम भी करेगा, लेकिन यहाँ तो वह मकान खाली करने के लिए तैयार हो गया। फिलहाल मकान मालिक कुछ नहीं बोला।

अभी टेंडर खुलने का समय आने ही वाला था कि पंकज को टेंडर प्रक्रिया से अलग कर दूसरे को इनजार्च बना दिया गया।

अब पंकज के पास, केवल फ़ाइल का काम बचा था। धूलभरी, फाइलों को, सही तरीके से रखवाता, और खाली समय में पलटता रहता। फाइलों को पलटते हुए वह चौंक गया, जब एक घोटाला उसके सामने आया।

छह महीने पहले के भुगतान का मामला था, भुगतान की राशि ज्यादा थी जबकि काम बहुत कम हुआ था। नियमानुसार भुगतान काम के अनुसार ही होना चाहिए था। भुगतान इतना ज्यादा था कि पूरे काम की अनुमन्य राशि लगभग खतम थी और काम आधे से भी कम हुआ था। हैरानी तब हुई जब उक्त कार्य के लिए और पैसे की डिमांड की गई अर्थात सब कुछ गोलमाल था।

पंकज ने शीर्ष अधिकारियों को बताया, "सर, बहुत गड़बड़ है।"

अधिकारी पूछे, "क्यों, क्या हुआ?"

पंकज बोला, "सर, बगैर काम हुए, भुगतान हुआ है।"

अधिकारी बोला, "किसका भुगतान?"

पंकज बोला, "अतिथि गृह का।"

अधिकारी बोला, "अच्छा सुनो ! किसी से कुछ नहीं कहना, मैं अपने स्तर पर मामले की जाँचे कर कार्यवाही करूँगा।"

पंकज बोला, "ठीक है सर।"

अगले ही दिन, पंकज का यह काम भी छीन लिया गया। अब उसके पास कोई काम नहीं था, सिवाय ऑफिस आना और जाना।

पंकज के पास कोई खास काम नहीं था, दिन भर खाली बैठा रहता। एक दिन वह खुद से पूछा, "ऐसे बैठे-बैठे मक्खियाँ मारने से, क्या फायदा? समय का उपयोग करना चाहिए।"

"लेकिन कैसे?" दिमाग में सवाल उठा।

"एएमआईई (एसोसिएट मेम्बर ऑफ द इन्स्टिटयूट ऑफ इंजिनीयर्स)।" दिमाग में स्वतः उत्तर आया।

"मैं पहले, पैसे के अभाव में बी. टेक. नहीं कर पाया था जिसका मुझे हमेशा दु:ख रहता है। अगर मैं एएमआईई कर लेता हूँ, तो मेरी डिग्री भी बी. टेक. और बी. ई. के समकक्ष हो जाएगी और मैं ए. ई. जैसे पोस्ट के लिए पात्र हो जाऊँगा। अगर, इसी नौकरी में ही बना रहता हूँ, तब भी मुझे फायदा मिल सकता है और जल्दी ही प्रोमोशन हो जाएगा।" आगे दिमाग ने फायदा बताने की कोशिश किया।

अब क्या था? किताबें एकत्रित कर पढ़ाई शुरू कर दिया। अब उसका लक्ष्य एएमआईई हो गया, जिसके लिए वह अपने ड्यूटी के साथ ही रात-दिन मेहनत से पढ़ाई करने लगा। समय की कोई कमी तो थी नहीं। समय का भरपूर उपयोग करने के लिए तन-मन से तैयार हो गया।

भाग 3

हालाँकि, पहले भी पंकज के लिए रिश्ते आते थे लेकिन रमेश मना कर देता। वह कहता, "पहले उसकी पढ़ाई पूरी हो जाए तभी शादी की बात होगी।"

अब तो पंकज की पढ़ाई पूरी होने के साथ ही, नौकरी भी लग गई। बड़े-बड़े सजातीय परिवारों से रिश्ते आने लगे। रमेश बहुत खुश था कि, "अब परिवार का मान-सम्मान बढ़ जाएगा और हमारी मेहनत का फल मिलेगा।"

मान सम्मान बढ़ भी गया। पूरे गाँव ही नहीं बल्कि पूरे इलाके में इकलौता इंजीनियर था, पंकज।

पंकज के साथ ही एक लड़की पढ़ती थी, नाम था माधुरी। माधुरी पढ़ने में पंकज की ही तरह होशियार थी। दोनों में पढ़ाई को लेकर आपसी सहयोग भी था। फिलहाल, उनकी दोस्ती सिर्फ पढ़ाई तक ही सीमित थी। जब पंकज के शादी की बात चल रही थी, उसी दौरान एक दिन, माधुरी का भाई नरेन्द्र, पंकज के ऑफिस पहुँच गया। चूँकि, यह पहली मुलाकात थी इसलिए नरेन्द्र अपने परिचय में अपना दाहिना हाथ आगे बढ़ाते हुए बोला, "नमस्ते ! मैं नरेन्द्र, माधुरी का भाई। आप दीदी को तो जानते ही हैं। आप कैसे हैं?"

पंकज (आश्चर्य से) बोला, "अरे ! आप यहाँ ! कैसे आना हुआ? सब ठीक तो है !"

नरेन्द्र बोला, "हाँ, हाँ सब ठीक है। आप कैसे हैं?"

पंकज बोला, "हाँ, मैं ठीक हूँ। माधुरी कैसी है? कहाँ है आजकल? काफी दिनों से बात नहीं हुई। सब अपने-अपने काम में ऐसे व्यस्त हुए कि, मानो सम्पर्क ही कट गया। कैसी है वह?"

नरेन्द्र बोला, "अभी बात कराता हूँ, खुद ही पूछ लीजिए।" कहकर, नरेन्द्र ने माधुरी के मोबाइल पर कॉल किया।

'हेलो' माधुरी की सुरीली आवाज आई।

नरेन्द्र बोला, "दीदी, यह लो बात करो।" कहकर पंकज को मोबाइल पकड़ा दिया।

पंकज ने मोबाइल को कान के पास लगाते हुए कहा, 'हेलो।'

माधुरी बोली, 'हेलो।'

पंकज बोला, "मैं पंकज बोल रहा हूँ, कैसी हो माधुरी?"

माधुरी बोली, "मैं ठीक हूँ, अपना सुनाओ, कैसे हो? कभी याद नहीं आई? काम में इतना भी क्या व्यस्त होना कि दोस्तों की सुध लेने तक की फुरसत न हो।" शिकायती अन्दाज में बोली।

पंकज बोला, "ठीक हूँ, भूला नहीं हूँ, बस जिन्दगी की जद्दोजहद में हूँ। तुम क्या कर रही हो आजकल?"

माधुरी बोली, "अभी असमंजस में हूँ, एएमआईई करूँ या नौकरी।"

पंकज बोला, "कहाँ नौकरी करनी है?"

माधुरी बोली, "इन्दिरा भवन, लखनऊ में जूनियर इंजीनियर के पद पर।"

पंकज बोला, "नौकरी करते हुए भी तो तैयारी कर सकती हो, मैं भी तो कर रहा हूँ।"

माधुरी पूछने लगी, "सच में तैयारी कर रहे हो, तुम्हारी जॉब कैसी है? क्या समय मिल जाता है तैयारी के लिए?"

पंकज बोला, "काम कुछ ज्यादा नहीं है, इस समय, ऑफिसियल काम है, फील्ड वर्क नहीं है। फिर अकेले रहना होता है, तो घर पर भी समय ही समय है।"

माधुरी बोली, "अकेले क्यों हो? शादी क्यों नहीं कर लेते? एक से भले, दो हो जाओगे, समय कट जाएगा, बोरियत भी नहीं होगी।" कहकर हँसने लगी।

पंकज बोला, "शादी तो करनी ही है, घर से भी प्रेशर बढ़ने लगा है, मैं अब मना नहीं कर पा रहा हूँ। शादी तो इस साल करनी ही पड़ेगी।"

माधुरी पूछने लगी, "क्या कोई लड़की पसन्द आई?"

पंकज बोला, "नहीं, अभी तक तो नहीं।"

माधुरी थोड़ा रुककर बोली, "वैसे, मेरे बारे में तुम्हारी क्या राय है?"

पंकज बोला, "क्या? शादी के लिए।"

माधुरी बोली, "नहीं घूमने के लिए।" कहकर हँसने लगी, फिर बोली, "हाँ बाबा, मेरी और तुम्हारी शादी, कैसी रहेगी?"

पंकज कुछ सोचते हुए बोला, "मजाक छोड़ो, भला, तुम मुझसे शादी क्यों करोगी? तुम सम्पन्न परिवार से हो और मैं गरीब परिवार से।"

माधुरी बोली, "मज़ाक नहीं कर रही हूँ, सोच-समझकर ही बोल रही हूँ, वैसे अब तुम गरीब नहीं रहे, जे.ई. साहब। शादी तो तुमसे ही करनी है।"

पंकज बोला, "एक बार फिर सोच लो, हमारा परिवार गरीब है और तुम अच्छे घर से हो। एडजस्ट कर सकोगी।"

माधुरी बोली, "सोच-समझकर ही बोल रही हूँ। अगर तुम मुझे पसन्द करते हो, तो पापा तुम्हारे घर जाकर बात कर लें। वैसे मेरा भाई नरेन्द्र तुम्हारे पास है, और वह अपनी बहन का रिश्ता लेकर ही गया है।"

पंकज बोला, "सच, मुझे बहुत खुशी हो रही है, बस मुझे थोड़ा समय दे दो।"

माधुरी पूछने लगी, "क्यों? क्यों चाहिए समय? क्या तुम्हें, मैं पसन्द नहीं? या कोई और तुम्हें पसन्द है।"

पंकज बोला, "अरे ऐसी बात नहीं है, मैं सचमुच तुम्हें बहुत पसन्द करता हूँ लेकिन मैं चाहता हूँ कि पहले मैं अपने घरवालों से बात कर लूँ।"

माधुरी बोली, "ठीक है घरवालों से बात कर लो, हम एक ही समाज से आते हैं, एक ही कॉलेज में पढ़े-लिखे हैं और एक दूसरे को लम्बे अरसे से जानते हैं, क्या इतना काफी नहीं है? फिर क्यों एतराज होगा? तुम्हारे घरवालों को।"

पंकज समझाते हुए बोला, "माधुरी, कुछ चीजें बड़ों के द्वारा हों तो और भी अच्छा हो जाता है। उन्हें अच्छा लगेगा।"

माधुरी बोली, "ठीक है बात कर बताओ, लेकिन अपने घरवालों को इतना तो बता ही सकते हो न कि तुम मुझे पसन्द करते हो।"

पंकज बोला, "तुम मुझे बहुत पसन्द हो, सच कहूँ तो मुझे विश्वास ही नहीं हो रहा कि तुम मुझे पसन्द की हो, बस फॉर्मेलिटी ही समझो, घरवाले भी मना नहीं करेंगे लेकिन एक बार बात की शुरुआत बड़े ही करें तो अच्छा रहेगा।"

माधुरी बोली, "ठीक है, मैं तुम्हारे कॉल का इन्तजार करूँगी। लेकिन बात पॉजिटिव ही होनी चाहिए।"

पंकज बोला, "बिलकुल वैसा ही होगा, जैसा हम चाहते हैं और वह है हमारी शादी।"

माधुरी को पंकज "बाई" बोलकर, मोबाइल नरेन्द्र को पकड़ा दिया।

पंकज बोला, "आपने तुरन्त कॉल कर दिया जिससे मैं बात करने में व्यस्त हो गया और आपको चाय तक न पूछ सका, बैठिए।" चपरासी को बुलाकर, पानी लाने के लिए बोला। पानी लाने के बाद चपरासी से बिस्कुट और चाय मँगाया।

चाय पीने के बाद नरेन्द्र बोला, "मुझे जाने की अनुमति दीजिए।"

पंकज बोला, "पहली बार आए हैं और मैं अच्छे से सत्कार भी नहीं कर पाया।"

नरेन्द्र बोला, "अब आना-जाना तो लगा ही रहेगा, बस रिश्ता पक्का हो जाए।" कहकर कुर्सी से खड़ा हो गया। साथ में पंकज भी खड़ा हो गया और अपने दोनों हाथों से नरेन्द्र का हाथ पकड़े, ऑफिस के बाहर तक छोड़ने आया।

पंकज हाथ हिलाकर बोला, "ध्यान रखिएगा।" नरेन्द्र के अपनी आँखों से ओझल होने तक वहीं बाहर मूर्तिवत खड़ा रहा।

नरेन्द्र को विदा कर, पंकज अपने ऑफिस में आकर कुर्सी पर बैठ गया। सोचने लगा कि, "सच में माधुरी मुझसे शादी करना चाहती है?" फिर स्वतः बोला, "अगर नहीं चाहती तो अपने भाई को यहाँ क्यों भेजती? लड़की तो बहुत प्यारी है, चाहता तो मैं भी हूँ।"

फिर मन में सवाल आया, "घर कैसे बात करे? क्या कहे? लोग क्या सोचेंगे? कहीं बुरा न मान जाएँ। हमारे यहाँ लोग अलग सोचते हैं। पता नहीं, माई-बाबू क्या सोचेंगे?"

बहुत सोचने के बाद, पंकज, रमेश को कॉल कर संक्षिप्त हालचाल के बाद बोला, "भैया, मेरे साथ एक लड़की पढ़ती थी, अच्छी लड़की है, प्रयागराज की रहनेवाली है। अभी उसकी नौकरी लग गई है, वह भी मेरे जैसे ही जे ई के पद पर। उसके पिता जी सिंचाई विभाग में थे, रिटायर हो गए हैं, और वह आपसे मिलना चाहते हैं। कब भेज दें उनको?"

रमेश बोला, "किसी खास काम के लिए आ रहे हैं, क्या?"

पंकज बोला, "वे मिलकर बता देंगे।"

रमेश बोला, "ठीक है, जब चाहें, आ जायँ।"

पंकज बोला, "जी भैया, मैं बता देता हूँ।"

रमेश समझ गया था कि वे पंकज की शादी के सिलसिले में ही मिलना चाहते होंगे। वह बहुत खुश था कि उसके भाई के लिए अच्छा रिश्ता आ रहा है, वह मन्द मन्द मुसकुराने लगा।

तीसरे दिन माधुरी के पिता रामस्वरूप अकेले पंकज के गाँव माधोपुर, पहुँच गए। रमेश और उसके पिता बहुत आवभगत किए।

रामस्वरूप ने आने का कारण बताना शुरू किया, "मेरी बेटी माधुरी और पंकज एक साथ ही पढ़ते थे। दोनों अच्छे दोस्त हैं। एक दूसरे को समझते हैं। मैं चाहता हूँ कि आप उन्हें अपना आशीर्वाद दें।"

महादेव बोले, "का? दोस्त ! आशीर्वाद ! का कहत हैं?"

रामस्वरूप कहने लगे, "मेरी बेटी को अपनी बहू स्वीकार कर बेटे-बहू को आशीष देने के लिए कह रहा हूँ, भाई साहब।"

महादेव बोले, "जब सब तय कर लेहले हउवन त हमसे का पूछत हउवन? जइसन वो लोगन क मर्जी होय, करयँ शादी?"

रामस्वरूप बोले, "तय तो आपही करेंगे, बच्चे तो अपनी पसन्द जाहिर किए हैं।"

महादेव बोले, "तो फिर बचल का हव?" महादेव उठ, तनतनाकर जाने लगे तब रमेश ने उनको जाने से रोका। पहले महादेव गुस्सा हो गए, फिर अनमने से रामस्वरूप के सामने रखी कुर्सी पर चुपचाप बैठ गए।

जैसे ही यह बात सबको पता चली, घर के बाहर के तापमान में बस थोड़ी सी बढ़ोतरी हुई, लेकिन घर के अन्दर अचानक से भूचाल आ गया।

कमला कह रही थी, "एहि खातिर गयल रहल है का? पढ़ाई करै गयल रहल कि दोस्ती करै। कितना समझउले रहली कि खाली पढ़ाई करीहै, लेकिन नाहीं उ त दोस्ती करय गयल रहल !"

तापमान को महसूस कर रमेश घर के अन्दर आ गया और तापमान को गिराने की नाकाम कोशिश करने लगा।

रमेश बोला, "अरे माई ! अभी कौन सी शादी होत है जो इतना गुस्सा होत हई। रिश्ता, देखले-सुनले के बाद ही तो तय होई।"

कमला बोली, "बड़े घर की लड़की का नखरा बहुत होला, के नखरा उठाई।"

रमेश बोला, "ठीक हव, अभी शान्त रहू। पहिले ओनके जाए दे । धीरे बोल, आवाज बाहर तक जात है। सुनिहैं त का कहिहैं?"

कमला बोली, "केहू क डर है का? अगर सुन लीहैं त का हो जाई?"

रमेश बहुत समझा-बुझाकर बाहर आया।

करीब दो घंटे बाद रामस्वरूप जाने की इच्छा जताए, तब महादेव बोले, "पंकज से बात करके बतावल जाई।"

रामस्वरूप सिंचाई विभाग में हेड क्लर्क थे। पिछले साल ही रिटायर हुए हैं। देखकर नहीं लगता कि रिटायर हो गए हैं। शरीर चुस्त-दुरुस्त। नियमित व्यायाम के साथ-साथ खान-पान की समुचित व्यवस्था। पैसे की कोई कमी नहीं थी। वे पहली पीढ़ी के थे और माधुरी दूसरी पीढ़ी की। महादेव उनके सामने बुड्ढा लगते जबकि रामस्वरूप की उम्र ज्यादा थी।

रामस्वरूप चलने को हुए तब बड़ी विनम्रता से बोले, "बच्चे एक दूसरे को पसन्द करते हैं भाई साहब, ध्यान रखिएगा, बच्चों के ख़ुशी की बात है।"

रमेश बोला, "जैसा पंकज चाहत है, वही होई।"

रामस्वरूप को उनके गाड़ी तक छोड़ने आए थे, महादेव और रमेश। गाड़ी जाने के बाद ही वे वापस लौटे।

रमेश बोला, "बाबू, एक बार पंकज से बात कर लेता तो ज्यादा ठीक रहत, वैसे पंकज इनके बारे में हमको बताया था। अगर दोनों शादी करय चाहत हैं तो अच्छा ही है।"

महादेव बोला, "बात त ठीक है लेकिन लड़की बहुत तेज लगत है। देखला ! कइसे अपने बाप के यहाँ भेजले है? कोई दूसरी लड़की ऐसा कर सकय ले का?"

रमेश बोला, "बाबू, वह शहर में रहय ले, बड़े घर क है, उ लोग शर्माते नाहीं हैं बल्कि आपस में खुल के बात करत हैं। एक दूसरे से राय-मशविरा कर, फैसला करय न।"

महादेव बोला, "यही तो डर है कि कहीं पंकज को दबा के न राखै, नहीं त, बाद में पता चलल कि घर में रोज बवाल होत है, तब का होई?"

रमेश बोला, "पंकज त जानत होई, फिर का पता? गाँव क गरीब लड़की भी त रोज बवाल काटय ले। अपने बाबूलाल के बहू को ही देखा,

रोज हंगामा खड़ा कइले रहय ले। कितने गरीब माँ-बाप क बेटी है, ऊपर से अनपढ़, लेकिन तेवर, पूछा मत, ओकरे नाक पर मक्खी ना बईठ पावय ले?"

महादेव बोला, "ठीक है, पहले पंकज से बात कर लिहल जाय, फिर सोचल जाय।"

रमेश ने पंकज को मोबाइल पर कॉल किया। उधर से आवाज आई, 'हेलो।'

रमेश बोला, "हेलो पंकज।"

पंकज बोला, "नमस्ते भैया।"

संक्षिप्त हालचाल के बाद रमेश बोला, "आज तोहरे दोस्त के पिता जी आयल रहनय, तोहें पता है न कि ऊ काहें आयल रहनय?"

पंकज बोला, "काहें?"

रमेश ने पूछा, "वही जो तू बतावत रहला, तुम्हरे लिए रिश्ता क बात करत रहनय।"

पंकज बोला, "अच्छा ! त फिर का भयल?"

रमेश पूछने लगा, "अच्छा तू बतावा, तोहार का मन हव? तोहें रिश्ता पसन्द हव न?"

पंकज बोला, "हाँ भैया, हमके त बहुत पसन्द है।"

रमेश बोला, "लेकिन, माई बहुत नाराज हव, बाबू भी खुश ना हउवन, ए रिश्ते से।"

पंकज बोला, "और आप, आप और भाभी त खुश हैं न।"

रमेश बात को टालते हुए बोला, "देख पंकज, मामला शादी क हव, अइसे में खूब सोच-विचार कर ही हाँ करिहा, समय निकालकर, घरे चल अउता, त हम सब मिल बैठ कर बात कर लेवल जात।"

पंकज बोला, "ठीक है कोशिश करब।"

लम्बी यात्रा के बाद, रामस्वरूप वापस शहर पहुँच गए। माधुरी 'आँखों देखी' सुनना चाहती थी। वह रामस्वरूप के सोफे पर गड़ते ही एक गिलास पानी के साथ प्रकट हुई। रामस्वरूप यात्रा की वजह से थके थे इसलिए थोड़ा सुस्त लग रहे थे, और यह सुस्ती माधुरी के मन में तमाम आशंकाओं को जन्म दे रही थी।

"कहीं लोगों ने मना तो नहीं कर दिया, कहीं पापा जी का अपमान तो नहीं हो गया। पता नहीं, क्या हुआ होगा? पापा जी कुछ बोल क्यों नहीं रहे?" माधुरी के मन में तमाम सवाल उठ रहे थे।

ऐसी तमाम कल्पनाओं में उलझी, माधुरी का ध्यान तब भंग हुआ जब रामस्वरूप की आवाज "बेटी माधुरी, एक गिलास पानी और देना" उसके कान का दरवाजा खटखटाया।

माधुरी हड़बड़ाकर बोली, "जी पापा जी, अभी लाई।"

रामस्वरूप, पानी पीने के बाद गिलास टेबल पर रखते हुए बोले, "बहुत थक गया हूँ, दूर है न, वैसे इधर काफी समय से भागदौड़ की आदत भी छूट गई है।"

माधुरी बोली, "आराम कर लीजिए पापा जी।" माधुरी कह तो दी लेकिन मन-ही-मन बहुत कुछ जानना चाहती थी।

रामस्वरूप बोले, "हाँ करता हूँ, तुम्हारी माँ कहाँ हैं?"

माधुरी बोली, "कविता आंटी के यहाँ गई हैं, कई बार उनका फ़ोन आया था, शायद कोई काम था।"

रामस्वरूप बोले, "अच्छा ठीक है, जरा चाय बना दो।"

माधुरी बोली, "जी पापा, अभी लाती हूँ।"

मन तो बहुत हो रहा था कि वहाँ के बारे में एक-एक चीज पूछे, एक-एक बात पूछे लेकिन पहली बार उसे अपने पापा से बात करने में संकोच हो रहा था। इसके पहले कभी ऐसी स्थिति नहीं आई थी कि माधुरी रामस्वरूप से कुछ भी पूछने में संकोच की हो।

कुछ ही देर में, माधुरी अपने हाथ में एक ट्रे, जिसमे एक कप चाय और एक प्लेट दालमोठ रखा था, लिये हाज़िर हुई और रामस्वरूप के सामने टेबल पर रखते हुए धीरे से बोली, "पापा, सब ठीक तो है।"

रामस्वरूप बोले, "हाँ, हाँ सब ठीक है, क्या हुआ?"

माधुरी बोली, "कुछ नहीं, आप थके लग रहे हैं।"

रामस्वरूप बोले, "हाँ, थोड़ा थक गया हूँ, दरअसल अब भागदौड़ की आदत नहीं रही न और उम्र भी तो बढ़ रही है।"

माधुरी बोली, "वहाँ सब ठीक था।"

रामस्वरूप बोले, "हाँ, बहुत अच्छे लोग हैं।"

माधुरी पूछने लगी, "क्या वे रिश्ते के लिए हाँ कह दिये?"

रामस्वरूप बोले, "नहीं, अभी हाँ तो नहीं बोले, लेकिन बोल देंगे।"

माधुरी बोली, "क्या मतलब पापा? गोल गोल क्यों घुमा रहे हैं? सीधे-सीधे बोलिए न, क्या कहा उन लोगों ने?" अब माधुरी के मन से धीरे-धीरे संकोच खत्म हो रहा था।

रामस्वरूप कुछ बोलने ही वाले थे कि माधुरी की माँ कौशल्या आ गई। पति को आया देख खुश हो बोली, "कब आए? बताए भी नहीं। कब चले थे? कुछ देर रुके भी थे या खड़े-खड़े ही बात कर लिये, कुछ चाय नाश्ता किए थे, रास्ते में कुछ खाए थे कि नहीं।" सवालों की झड़ी लगा दी।

माधुरी बोली, "माँ, कुछ नहीं खाए थे, एकदम थके हुए थे। प्यासे भी बहुत थे।"

कौशल्या बोली, "मुझे पता था, यही होगा, कितनी बार कहती हूँ कि खाने-पीने का ध्यान रखा करिए, उम्र बढ़ रही है, लेकिन नहीं, कौन समझाए? पीछे-पीछे लगे रहो तब भी कोई फर्क नहीं पड़ता। अपना ध्यान नहीं रख सकते तो हम सबका ध्यान कैसे रखेंगे?"

रामस्वरूप बोले, "अच्छा शान्त रहिए, आने-जाने में थक गया, बस और कोई बात नहीं है।"

माधुरी बोली, "नहीं पापा, सच में, आप बहुत थके लग रहे थे।"

रामस्वरूप बोले, "अरे भाई, उम्र हो गई है, रिटायर हो चुका हूँ, थकावट आ जाती है, और कोई बात नहीं है।"

कौशल्या बोली, "इसीलिए तो कहती हूँ कि अपना ध्यान रखा करिए, आपसे पहले के रिटायर्ड लोग भी कितने चुस्त-दुरुस्त लगते हैं और आप हैं कि तुरन्त थक जाते हैं।"

रामस्वरूप बोले, "अच्छा ! अब से ध्यान रखूँगा।"

कौशल्या रामस्वरूप के बगल में सोफे पर बैठ गई। फिर बोली, "क्या हुआ? लड़के के घरवालों ने क्या कहा? लोग कैसे हैं? बोलते क्यों नहीं?"

रामस्वरूप मुसकुराते हुए बोले, "जब बोलने देंगी, तब तो बोलूँ। वैसे सब ठीक है, उम्मीद है, रिश्ता बन जाएगा।"

कौशल्या बोली, "उम्मीद है ! क्या मतलब? अरे ! बनेगा क्यों नहीं? माधुरी है ही लाखों में एक। पढ़ी लिखी है, खुद भी तो इंजीनियर है, नौकरी भी लग गई है। सुन्दर है, सुशील है, कोई कमी है क्या? जो उम्मीद की

बात कह रहे हैं। अरे ! उन्हें खुश होना चाहिए कि मेरी बेटी का रिश्ता, उन्हें मिल रहा है।"

रामस्वरूप बोले, "बिलकुल सही बात है, माधुरी है ही ऐसी, अपने साथ सबको खुश रखेगी।"

माँ, पापा की बात दरवाजे की ओट से सुनकर, माधुरी मन-ही-मन खुश हो रही थी। भविष्य के सपने बुनने लगी।

नरेन्द्र अभी-अभी आया है और रामस्वरूप के सामने सोफे पर बैठकर घटनाक्रम के बारे में उत्सुकता से सुन रहा था।

नरेन्द्र कहने लगा, "रास्ते में कोई दिक्कत तो नहीं हुई। थक तो नहीं गए।"

माधुरी तपाक से बोली, "अरे नरेन्द्र ! जानते हो ! पापा आते ही सोफे में ऐसे बैठे जैसे लग रहा था कि धँस गए हों, प्यासे भी थे, पता नहीं अपना ध्यान कैसे रखते हैं?"

नरेन्द्र बोला, "दीदी मैं तो बोल रहा था कि मुझे जाना चाहिए, दूर का रास्ता है लेकिन नहीं मेरी बात कौन सुनता है। कह रहे थे, 'पहली बार, मुझे जाना चाहिए, देखना-पहचानना होगा।' आखिर मैं जाता तो क्या हो जाता?"

कौशल्या बोली, "इतना कहती हूँ कि थोड़ी - थोड़ी देर पर कुछ खा लिया करें, उम्र बढ़ रही है ध्यान रखा करें लेकिन मेरी बात सुनता कौन है। न पहले माने थे न, अब मानते हैं।"

नरेन्द्र बोला, "अच्छा पापा, क्या बात हुई? सब ठीक तो है न।"

रामस्वरूप बहुत देर से अपने बारी का इन्तजार कर रहे थे, बोले, "ठीक है, लगता है पॉजिटिव है। कुछ समय माँगे हैं।"

नरेन्द्र बोला, "अभी क्लियर नहीं किए हैं क्या? समय किस लिए?"

रामस्वरूप बोले, "शायद लड़के से बात करना चाहते होंगे।"

नरेन्द्र बोला, "लेकिन वह तो पहले ही हाँ कर चुके हैं।"

रामस्वरूप बोले, "लेकिन हो सकता है कि घरवालों से न बताया हो, फिर शादी-विवाह की बात है, समय तो लेंगे ही।"

नरेन्द्र बोला, "हाँ ऐसा हो सकता है, वैसे कितना समय माँगा है?"

रामस्वरूप ने कहा, "एक सप्ताह का।"

नरेन्द्र बोला, "दीदी तुम बात करो, पूछो क्या रेस्पॉन्स है?"

कौशल्या बोली, "अभी बात नहीं करना, पहले वे लोग बताएँ, लड़का फोन करे, तभी माधुरी फोन करेगी।"

नरेन्द्र बोला, "क्या मम्मी आप भी, क्या फर्क पड़ जाएगा, अगर दीदी बात कर लेंगी तो, कोई पहली बार बात कर रही हैं क्या?"

नरेन्द्र का इस तरह, माधुरी का पक्ष लेते हुए देख, कौशल्या मन-ही-मन गदगद हो रही थी। वह, नरेन्द्र और माधुरी के बचपन के बारे में सोचने लगी। उसे याद आया, कैसे माधुरी पड़ोस के पुष्पा को अपने छोटे भाई के साथ खेलते हुए देखती तो उसका मन लालची हो जाता और वह सोचती कि यदि उसके पास भी छोटा भाई होता तो वह भी मजे से खेलती लेकिन वह तो अकेली है, किसके साथ खेले? कभी-कभी वह अपनी माँ से तुतलाते हुए बोलती, "मम्मी मुधे भी खेलना है लेकिन मै तो अकेली हूँ, मुधे भी भाई ताहिए पुष्पा की तलह। वह अपने भाई के थात मुधे नहीं खेलने देती, मेले लिए भाई लाओ ना (मम्मी मुझे भी खेलना है, लेकिन मैं तो अकेली हूँ, मुझे भी भाई चाहिए, पुष्पा की तरह, वह अपने भाई के साथ मुझे नहीं खेलने देती, मेरे लिए भी भाई लाओ ना)।"

कौशल्या मुश्किल से समझाती फिर आश्वासन देती, "ठीक है ला दूँगी।"

माधुरी खुश हो ताली बजाने लगती और कहती, "दल्दी लाओ ना, मुधे भी भाई ताहिए (जल्दी लाओ ना, मुझे भी भाई चाहिए)।"

माधुरी तीन साल की हो चुकी थी, इसलिए रामस्वरूप और कौशल्या अपने दूसरे बच्चे के लिए सोच रहे थे। उनकी इच्छा एक बेटे की थी, लेकिन मन में डर लगता कि कहीं फिर बेटी न हो जाय।

कौशल्या बोली, "फिर लड़की हो गई तो !"

रामस्वरूप बोले, "कौन-सा कई बच्चे हैं, तब भी तो दो ही होंगे, ज्यादा-से-ज्यादा क्या होगा? दो बेटियाँ हो जाएंगी। फिर देखा जाएगा। जाँच भी तो होती है। पहले ही पता चल जाता है कि पेट में पल रहा शिशु लड़का है या लड़की। लड़की हुई तो उसके भी उपाय हैं।"

कौशल्या बोली, "हाँ यह तो ठीक है। लेकिन माधुरी को कैसे समझाएँ।

रामस्वरूप बोले, "सब धीरे-धीरे समझ जाएगी।

कुछ दिन बाद कौशल्या पेट से हो गई। लेडी डॉक्टर को दिखाईं। वजन व ब्लड प्रेशर चेक किया गया। एक अल्ट्रासाउंड के साथ-साथ कुछ रक्त

की जाँचे किया गया। सभी ठीक बताया गया। रामस्वरूप ने अल्ट्रासाउंड करनेवाले डॉक्टर से पूछा, "सर लड़का है या लड़की, जानना चाहता हूँ।"

डॉक्टर ने पूछा, "कितने बच्चे हैं?"

रामस्वरूप बोले, "एक लड़की है।"

डॉक्टर ने कहा, "तो फिर क्यों चिन्ता करते हैं? लड़का होगा या लड़की। दोनों आपके ही हैं।"

रामस्वरूप बोले, "लेकिन जानना चाह रहा हूँ।"

डॉक्टर ने कहा, "मैं लिंग परीक्षण नहीं करता, गैर कानूनी है। आपके लिए भी और मेरे लिए भी।"

रामस्वरूप कहने लगे, "मुझे कोई दिक्कत नहीं है लेकिन केवल जानना चाहता हूँ।"

डॉक्टर ने रूखे स्वर में कहा, "प्लीज, अब आप कुछ नहीं बोलेंगे लिंग परीक्षण के बारे में। समझ रहे हैं न।"

रामस्वरूप बोले, "अगर आप बता दें, तो जो आप कहें...मैं उसे ।"

डॉक्टर, रामस्वरूप की बात काटते हुए बोले, "आपको समझ में आना चाहिए कि मैं नहीं कर सकता या यूँ कहें कि मैं नहीं करूँगा, अब आप इस बारे में कुछ नहीं बोलेंगे, अन्यथा आप जेल में होंगे।"

रामस्वरूप सकपका गया, क्योंकि उसे इस तरह के उत्तर की सम्भावना बिलकुल नहीं थी, वह कुछ बोले बगैर, चुपचाप वहीं डायग्नोस्टिक में बैठ, रिपोर्ट का इन्तजार करने लगा। करीब एक घंटे बाद रिपोर्ट मिली। रिपोर्ट के मुताबिक भ्रूण की उम्र छह सप्ताह बताई गई और सब कुछ सामान्य रूप से विकसित बताया गया।

समय बीतता गया। माधुरी को कौशल्या धीरे-धीरे समझाने लगी, "भैया आनेवाला है।"

माधुरी कहती, "कब आएगा, कहाँ है मेला भाई (कब आएगा, कहाँ है मेरा भाई)?"

कौशल्या कहती, "जल्दी ही आएगा, जैसे मेरे पेट में मेरी प्यारी गुड़िया थी, वहीं भैया भी है, अपने पेट को दिखाते हुए कहती।"

माधुरी बोलती, "मम्मी कब आएगा, मेला भाई, थबके भाई तो थाथ थाथ हैं, मेला भाई थाथ क्यों नहीं है (मम्मी कब आएगा मेरा भाई, सबके

भाई तो साथ-साथ हैं, मेरा भाई साथ क्यों नहीं है)?" माधुरी कौशल्या के पेट को सहलाते हुए पूछती।

कौशल्या बोलती, "जल्दी ही आएगा, आपका भाई।"

रामस्वरूप बोलता, "हमेशा भाई-भाई ही कहती हैं, अगर लड़की हो गई तो कैसे समझाएँगी।"

कौशल्या बोलती, "धीरे-धीरे बताऊँगी।"

रामस्वरूप बोलता, "ठीक है, लेकिन बताना तो पड़ेगा, भाई और बहन के बारे में, ताकि वह बाद में असहज न हो।"

कौशल्या कहती, "मेरी प्यारी गुड़िया, आपके लिए बहन ला दूँ तो।"

माधुरी बोलती, "भाई होता तो अत्था होता, पुष्पा की तलह, उतका भाई है न, कोई बात नहीं मम्मी, बहन भी थीक लहेगी, लेकिन ला दो (भाई होता तो अच्छा होता, पुष्पा की तरह, उसका भाई है न, कोई बात नहीं मम्मी, बहन भी ठीक रहेगी, लेकिन ला दो)।"

कौशल्या कहती, "बहन हो या भाई, तुम्हें तो सभी दीदी ही बोलेंगे।"

दीदी कहलाना माधुरी का ख्वाब हो गया और कहती, "मैं उतकी दीदी लहूँगी, जैथे पुष्पा है अपने भाई की (मैं उसकी दीदी रहूँगी, जैसे पुष्पा है अपने भाई की)।" कह ताली बजाने लगती।

कौशल्या धीरे-धीरे उसे तैयार कर रही थी ताकि माधुरी को स्वीकार करने में कोई दिक्कत न हो। समय गुजरता गया और कौशल्या के डिलीवरी की डेट करीब आ गई।

रामस्वरूप की बड़ी इकलौती बहन कंचन थी, जिन्हें वह कंचन दीदी कहा करता था। अकसर वे हर छोटी-बड़ी समस्या के निराकरण के लिए रामस्वरूप पर निर्भर रहती। अकसर वे रामस्वरूप के घर आती और हफ्तों तक, हक़ से रहती। रामस्वरूप भी बड़ी इज्जत करता और हर तरह से मदद करता।

रामस्वरूप ने फ़ोन किया और बड़े अधिकार से बोला, "दीदी, कौशल्या अस्पताल में भर्ती होनेवाली है, आप आ जाएँ तो देखभाल में मदद हो जाएगी। एक औरत का होना भी तो जरूरी है। वैसे मैं अभी से अकेले देखभाल नहीं कर पा रहा हूँ। माधुरी भी परेशान करती है।"

कंचन बोली, "मैं कैसे आऊँगी? ढेर सारे काम पड़े हैं। तुम तो जानते ही हो कि मेरे बिना कोई काम नाहीं होता।"

रामस्वरूप कई बार बोला, "दीदी तुम्हारे अलावा मेरा है ही कौन? आप नहीं आओगी तो मैं कैसे कर पाऊगा ?"

कंचन बोली, "वह, सब तो ठीक है लेकिन मैं आ नाहीं पाऊँगी।" कहकर फोन काट दी।

रामस्वरूप बहुत परेशान हो गया, मन-ही-मन सोचने लगा, "क्या करे? माधुरी को भी देखना है और कौशल्या को भीं सँम्भालना है। नौकरी करनी ही है। फिर सोचने लगा, कुछ तो करना ही पड़ेगा, ऑफिस से छुट्टी ले लूँगा, फिर...भी, कैसे कर पाऊँगा? लेकिन क्या करूँ? जब कोई अपना रहा ही नहीं तो खुद ही करना पड़ेगा। दीदी अपने मतलब से आकर यहाँ कितने दिन पड़ी रहती थी लेकिन मेरे लिए समय नहीं है। मैं ने उनके लिए कभी पैसे और समय का, कोई मोह नहीं किया, लेकिन सब व्यर्थ किया। क्या मिला? मतलब की दुनियाँ है प्यारे, सब कुछ खुद ही करना पड़ता है।" सोचते ही उसकी आँख भर आई।

आखिर वह समय आ ही गया जब कौशल्या को अस्पताल में भर्ती होना पड़ा। रामस्वरूप, माधुरी को कौशल्या के पास छोड़कर, ऑफिस चला गया, अपने छुट्टी का एप्लीकेशन दिया, फिर हॉस्पिटल लौट आया।

हरिलाल और रामस्वरूप एक ही टेबल पर कार्य करते थे। दोनों मित्र भी थे। छुट्टी के प्रार्थना-पत्र की बात जानकर हरिलाल ने रामस्वरूप को कॉल किया।"

'हेलो' रामस्वरूप बोला।

हरिलाल बोला, "क्या हुआ? ऑफिस आए, मिले भी नहीं और चले गए। अच्छा ए बताओ कि छुट्टी के लिए एप्लिकेशन क्यों दिए हो? सब ठीक तो है, अचानक से छुट्टी...।" एक साँस में बोल गया।

रामस्वरूप बोला, "वैसे सब ठीक है लेकिन वाइफ हॉस्पिटल में भर्ती हैं, इसलिए छुट्टी ले लिया है।"

हरिलाल बोला, "क्यों? क्या हो गया भाभी जी को?"

रामस्वरूप बोला, " अरे, कुछ नहीं हुआ है, बस यूँ ही।"

हरिलाल बोला, "अच्छा, कुछ नहीं हुआ है तो भर्ती क्यों हुई हैं? हॉस्पिटल कोई घूमने की जगह तो है नहीं, जो घूमने गई हैं। देखो छिपाओ नहीं।"

रामस्वरूप बोला, "वो क्या है? कि वो माँ बननेवाली हैं।" संकोचपूर्वक बोला।

हरिलाल चहकते हुए बोला, "अरे यार, शरमा क्यों रहे हो? इतनी बड़ी बात को इतने हलके में बोले। मज़ा नहीं आया, वैसे बाप तो तुम्हीं हो न ! कह, हँसने लगा, फिर बोला, अरे ! मैं मज़ाक कर रहा हूँ। किस हॉस्पिटल में भर्ती हैं, मुझे पता भेजो, ऑफिस के बाद मिलता हूँ।"

रामस्वरूप कुछ बोलता, उसके पहले ही हरिलाल ने फोन रख दिया। रामस्वरूप हॉस्पिटल का पता हरिलाल को भेज दिया।

करीब चार बजे शाम को हरिलाल हॉस्पिटल 'आराधना' पहुँचा। शहर का माना-जाना हॉस्पिटल, खासतौर से डिलीवरी के लिए जाना जाता था। बहुत महँगा नहीं था, ट्रस्ट के द्वारा संचालित होता था इसलिए थोड़ा सस्ता भी था। क्योंकि हॉस्पिटल, रामस्वरूप के डिपार्टमेंट के सूची में शामिल था इसलिए उसे पूरा पैसा डिपार्टमेंट से मिल जाना था।

माधुरी, अपनी माँ कौशल्या से चिपककर लेटी थी और रामस्वरूप पास में ही बैठा था। उसी समय, हरिलाल अपने हाथ में सेव से भरा, एक पॉलीबैग लिये वार्ड में पहुँचा। रामस्वरूप खड़ा होते हुए बोला, "अरे ! नमस्कार, आने की क्यों तकलीफ किए? इसीलिए तो मैं ने बताया नहीं था, इधर, यहाँ बैठो।" अटेंडेंट बेड की ओर इशारा करते हुए बोला।

हरिलाल पॉलीबैग को बेड के पास रखते हुए, रामस्वरूप से बोला, "कब का समय है?"

रामस्वरूप बोला, "समय तो हो चुका है, लेकिन कब होगा? अभी पता नहीं है, भर्ती कर लिया है, बाकी देखते हैं। बैठो।"

दोनों देर तक, ऑफिस समेत घरेलू मुद्दे पर बात करते रहे।

काफी देर बाद, हरिलाल बोला, "अच्छा यह बताओ, रात में यहाँ कौन रुकेगा?"

रामस्वरूप बोला, "मैं ही रुकूँगा।"

हरिलाल बोला, "मेरा मतलब, लेडी से है। कोई लेडी भी तो होनी चाहिए।"

रामस्वरूप बोला, "मैं कर लूँगा।" रामस्वरूप के बुझे स्वर में लाचारी दिख रही थी।

हरिलाल बोला, "ठीक है, अच्छा मैं चल रहा हूँ, किसी चीज की जरूरत हो तो नि:संकोच बताना।"

रामस्वरूप बोला, "हाँ, हाँ क्यों नहीं? समय हो तो चलो चाय पीते हैं।"

हरिलाल बोला, "अभी नहीं, बाद में, चाय नहीं, मिठाई खाएँगे।"

रामस्वरूप बोला तो कुछ नहीं, बस एक खोखली हँसी हँस दिया। साथ में हरिलाल भी हँसने लगा।

इस बीच नर्स ने आकर ब्लड प्रेशर और शरीर का तापमान चेक किया, कुछ इंजेक्शन भी लगाया।

शाम छह बजे डॉक्टर का राउंड हुआ। अगले दिन डिलीवरी की सम्भावना व्यक्त की।

रात के आठ बजे होंगे, रामस्वरूप दिन भर का थका हुआ था इसलिए अटेंडेंट बेड पर लेटे-लेटे ही सो गया। कौशल्या भी सो गई। केवल माधुरी अपने माँ के साथ लेटकर, उसके पेट को सहलाते हुए खेल रही थी। कौशल्या कई बार मना कर चुकी थी लेकिन माधुरी कहती, "त्या अपने भाई थंग न थेलूँ? मैं तो थेलूँगी (क्या मैं अपने भाई संग न खेलूँ? मैं तो खेलूँगी।)" इसलिए अब कौशल्या नहीं बोली और माधुरी बगैर किसी बाधा के, कौशल्या के पेट को सहलाते हुए खेल रही थी उसी समय "क्या भाई? सो गए, खाना खाए हो या ऐसे ही।" बेड के बगल में खड़ा हरिलाल बोला।

रामस्वरूप चौंककर जग गया, उसकी नजर सामने खड़े हरिलाल पर गई जो पत्नी शीला के साथ एक बैग लिये खड़ा था।

रामस्वरूप बोला, "अरे आप ! नमस्कार, आओ बैठो, भाभी जी को अनायास ही परेशान किए, हो जाता यहीं से। इसकी क्या जरूरत थी?"

हरिलाल बोला, "जरूरत थी, घर के शुद्ध, स्वादिष्ट खाने की। तुम्हारा काम तो चल जाएगा लेकिन क्या आज के दिन, भाभी जी इधर-उधर का खाना खाएँगी? या बिटिया को बाहर का खाना खिलाओगे। पहले बिटिया और भाभी जी के साथ खुद खाना खाओ फिर बात करेंगे।"

कौशल्या और शीला पहली बार मिल रही थीं। एक दूसरे से बात करते हुए शीला ने खाना परोसा। खाना खाते हुए रामस्वरूप बोला, "घर के खाने की बात ही अलग है, वह भी हॉस्पिटल में।"

कौशल्या बोली, "नहीं तो क्या? यहाँ पर तो तेल तैरता हुआ खाना मिलता है, बस एक बार खा लो तो कई दिन तक खाने की फुर्सत।" कहकर हँस दी।

रामस्वरूप खाना खतम कर बोला, "थैंक यू, भाभी जी।"

हरिलाल बोला, "अब थैंक्स, भाभी जी ! मेरा क्या?" कहते हुए जोर से हँसने लगा।

शीला बोली, "भाई साहब, इसमें कोई थैंक्स की बात नहीं है, आखिर इनसान ही इनसान के काम आता है। भाभी भी बोल रहे हैं और थैंक्स भी, दोनों एक साथ कैसे हो सकता है?"

काफी देर तक सब बात करते रहे, चौकीदार आकर बोला, "केवल एक लेडी तीमारदार ही एक मरीज के साथ रुकेगी। जेंट्स कोई नहीं रुकेगा, इस लेडीज वार्ड में।"

रामस्वरूप बोला, "अरे भाई, मैं तो अकेला हूँ, आप मुझे रहने दो।"

गॉर्ड बोला, "फिर प्राइवेट रूम लेते !"

रामस्वरूप बोला, "ठीक है, लेकिन उस समय प्राइवेट रूम खाली नहीं था, अगर उपलब्ध हो गया हो तो बेड चेंज कर दीजिए।"

गार्ड बोला, "सुबह हो पाएगा।"

रामस्वरूप बोला, "तब तक यहाँ रहने दीजिए।"

गार्ड बोला, "देखिए यह महिला जनरल वार्ड है, यहाँ रात में सिर्फ महिलाएँ ही रुक सकती हैं, वह भी केवल एक। आप यहाँ नहीं रुक सकते।"

रामस्वरूप परेशान हो रहा था, अनुनय-विनय कर रहा था लेकिन गॉर्ड क्या कर सकता था? जब उसे एडमिनिस्ट्रेटर ने आदेश दिया है। उसे भी तो अपनी नौकरी ईमानदारी से करनी है।

हरिलाल बोला, "मैं इसीलिए तो पूछ रहा था कि रात में कौन लेडी रुकेगी?"

रामस्वरूप बोला, "मुझे पता नहीं था, मैं तो प्राइवेट रूम के लिए बोला था लेकिन उस समय खाली नहीं था, और मुझे बताया गया था कि जैसे ही खाली होगा मिल जाएगा।"

हरिलाल बोला, "कोई बात नहीं, आज रात शीला रुक जाएगी। क्यों? ठीक है न।" शीला की ओर देख कर बोला।

शीला बोली, "हाँ, हाँ ठीक है। मैं रुक जाऊँगी। कोई दिक्कत नहीं होगी। फिर मैं देखभाल भी कर लूँगी।"

कौशल्या बोली, "नाहक ही आपको परेशान होना पड़ रहा है। लेकिन क्या करें? कोई है ही नहीं, जिसे हम अपना कह पाते।" कहते-कहते कौशल्या की आवाज भर्रा गई।

शीला अपने हाथ में कौशल्या का हाथ पकड़े बोली, "दीदी, आप ऐसा क्यों कह रही हैं? हम आपके हैं, आप हमें नि:संकोच अपना कह सकती हैं, और मैं आपको विश्वास दिलाती हूँ कि इस पर आपको कोई पछतावा न होगा।"

कौशल्या, शीला का हाथ अपने चेहरे के पास लाकर फफक-फफककर रोने लगी। कुछ क्षण बाद रुलाई में शीला भी कौशल्या का साथ देने लगी।

वार्ड से बाहर खड़े रामस्वरूप और हरिलाल एक दूसरे से गुफ्तगू कर रहे थे।

रामस्वरूप बोला, "यह तो बहुत अच्छा हुआ कि भाभी जी हैं, अन्यथा कितना मुश्किल होता?"

हरिलाल बोला, "कोई बात नहीं। जो होता है, सब अच्छा होता है। मिलने आई थी और रुक गई। न आई होती तो कैसे रुकती?"

रामस्वरूप बोला, "हाँ, यह तो है।"

दोनों पुन: वार्ड में आए, और कैसे? क्या? किया जाए, इस पर चर्चा हुई, फिर निर्णय लिया गया कि माधुरी, कौशल्या और शीला ही अस्पताल में रुकेंगी और दोनों लोग अपने घर जाएँ और सुबह आएँ।

हॉस्पिटल में शीला, माधुरी और कौशल्या को छोड़कर रामस्वरूप और हरिलाल अपने-अपने घर चले गए।

शीला तो केवल मिलने गई थी इसलिए अपने लिए सोने के वास्ते कपड़े नहीं ले गई थी। कौशल्या ने कहा, "यदि आप चाहें तो बैग में साफ नाइटी रखी है, पहन लीजिए, लेटने में आसानी होगी।"

शीला बोली, "अरे दीदी, ऐसा क्या? मुझे तो बहुत अच्छा लगेगा।"

शीला बैग से नाइटी निकालकर पहन ली। कौशल्या अपने बढ़े हुए पेट को ध्यान में रखकर, अपनी सुविधा के लिए नाइटी लाई थी, जो शीला के लिए बहुत ढीली थी।

रात में शीला और कौशल्या देर तक बात करती रहीं। इतनी बात वह भी पहली मुलाकात में। आश्चर्य और अद्भुत ! पहली मुलाकात, लेकिन सम्बन्ध मानो वर्षों का। शायद यही कनेक्शन है। इतनी बातें कि रात छोटी पड़ गई।

सुबह का समय रहा होगा जब दोनों की आँख लगी ही थी, कि कौशल्या को लेबर पेन शुरू हो गया। वह शीला से बोली, "मेरे पेट में भयंकर दर्द हो रहा है। लगता है समय हो गया है।"

शीला बोली, "अभी नर्स को बुलाती हूँ। आप परेशान न हों।"

शीला भागते हुए नर्स के पास गई और बोली, "कौशल्या के पेट में दर्द हो रहा है, लगता है लेबर पेन शुरू हो गया है।"

नर्स बोली, "ठीक है, चलो मैं आ रही हूँ।"

नर्स आकर चेक करने के बाद बोली, "डॉक्टर को बुलाना पड़ेगा।"

डॉक्टर मधु उस समय हॉस्पिटल के बजाय थोड़ी ही दूर पर स्थित अपने आवास पर थी। नर्स ने कॉल कर बताया, " मैडम, जनरल वार्ड, बेड नम्बर आठ की पेशेंट कौशल्या को लेबर पेन शुरू हो गया, काफी दर्द है।"

डॉक्टर बोली, "इंजेक्शन दे दो, ताकि लेबर पेन रुक जाए, बाद में देखेंगे।"

नर्स बोली, "शुरू हो चुका है, काफी दर्द में है।"

डॉक्टर मधु बोली, "ठीक है, लेबर रूम में शिफ्ट करो, मैं पहुँच रही हूँ।"

नर्स बोली, "जी मैडम।"

नर्स वापस लौटकर वार्ड में आकर बोली, "तुरन्त लेबर रूम में शिफ्ट करना पड़ेगा।"

अफरातफरी का माहौल हो गया।

नर्स बोली, "कोई जेंट्स नहीं हैं क्या? इनके हसबैंड कहाँ हैं?"

शीला बोली, "वार्ड में रहने नहीं दिए तो घर चले गए।"

नर्स बोली, "बुला लो, जरूरत पड़ेगी।"

शीला अपने पति हरिलाल को फ़ोन कर बोली, "सुनिए, लगता है, डिलीवरी का समय हो गया है, लेबर पेन शुरू हो गया है, लेबर रूम में शिफ्ट करने के लिए बोल रहे हैं, जल्दी से आ जाइए।"

हरिलाल तैयार होते हुए रामस्वरूप को कॉल कर हॉस्पिटल के घटनाक्रम को बताया।

घबड़ाया रामस्वरूप बोला, "अच्छा, अच्छा मैं तुरन्त पहुँच रहा हूँ।"

हरिलाल बोला, "ठीक है, तुम पहुँचो, मैं भी पहुँच रहा हूँ ।"

रामस्वरूप ने जल्दी से पुरानी हो चुकी बजाज स्कूटर निकाला, झुकाकर किक मारा, लेकिन स्कूटर स्टार्ट नहीं हुई। बस "हुर्र हुर्र" कर बन्द हो गई । दुबारा किक मारा, फिर कई बार किक मारा लेकिन स्कूटर, हुर्र हुर्र कर बन्द हो जाती। रामस्वरूप जल्दी में था लेकिन स्कूटर स्टार्ट नहीं हो रही थी, इसलिए गुस्से में इस बार स्कूटर को थोड़ा और झुकाया और सीधा कर चार - पाँच बार लगातार जोर जोर से किक मारा। इस बार स्कूटर तेज आवाज "हुर्र हुर्र हुर्र हुर्रर्रर्रर्रर्रर्रर्रर्रर्र" के साथ स्टार्ट हो गई। बेसब्री से स्कूटर चलाते हुए रामस्वरूप हॉस्पिटल "आराधना" पहुँच गया। स्कूटर पार्किंग में खड़ा कर, तेज कदमों से चलते हुए वार्ड में पहुँच गया। जहाँ, पता चला कि, कौशल्या को लेबर रूम में शिफ्ट कर दिया गया है। रामस्वरूप लेबर रूम की ओर लपका और लगभग भागते हुए पहुँचा।

अभी कौशल्या को लेबर रूम में शिफ्ट कर आगे की प्रक्रिया चल ही रही थी कि रामस्वरूप लेबर रूम पहुँच गया। रामस्वरूप का इन्तज़ार भी हो रहा था ताकि कौशल्या के पति रामस्वरूप का कंसेंट लिया जा सके और आगे की प्रक्रिया बढ़ाई जाय।

कंसेंट जिम्मेदारी की प्रक्रिया है, यह केवल तीमारदार के हस्ताक्षर तक ही सीमित नहीं है, अपितु मरीज के स्वास्थ्य से सम्बन्धित निर्णय में उसका भरोसा होता है। उसको विश्वास होता है, डॉक्टर के निर्णय में, जो मरीज के हित में लिया गया है।

फिलहाल रामस्वरूप, कंसेंट फॉर्म अर्थात स्वीकृति पत्र पर हस्ताक्षर कर स्वीकृति प्रदान कर दिया। कौशल्या को लेबर रूम में शिफ्ट कर दिया गया। हर आते जाते स्टाफ से अच्छे खबर की उम्मीद लगाए, लेबर रूम की ओर टकटकी लगाए रामस्वरूप को एक ने नर्स आकर सूचना दी, "बधाई हो, बेटा पैदा हुआ है, मुँह मीठा करिए। और सुनिए, पुराने कपड़े हैं तो लाइए और हाँ, तेल व साबुन भी चाहिए।" एक साँस में हाँफते हुए बोली।

शीला ने बैग से निकालकर पुराने कपड़े, साबुन और तेल की शीशी दी। कुछ ही देर में नर्स एक नवजात शिशु को शीला की गोद में डालकर

नेग माँगने लगी। शीला अपने पर्स से सौ रुपए की नोट निकालकर नर्स को पकड़ाया और बहुत-बहुत धन्यवाद देने लगी।

शीला के अपनेपन को देख रामस्वरूप की आँखें भर आईं और मन-ही-मन सोचने लगा कि, "रिश्तों की परख मुश्किल समय में ही होती हैं अन्यथा सावन में तो हर पत्ते हरे होते हैं।"

डिलीवरी के बाद कौशल्या को प्राइवेट रूम में शिफ्ट कर दिया गया। शीला, डॉक्टर मधु व हॉस्पिटल स्टाफ़ की देखरेख में कौशल्या की स्थिति में तेजी से सुधार होता रहा और अन्ततः तीसरे दिन हॉस्पिटल से छुट्टी हो गई। कई दिनों तक शीला, कौशल्या और उसके बच्चे की देखभाल करने उसके घर आती। धीरे-धीरे समय गुजरता गया और उनके रिश्ते दिन-पर-दिन प्रगाढ़ होते गए। वह बच्चा कोई और नहीं, नरेन्द्र था। शीला को सभी मौसी बोलते, इसके पीछे एक कारण था। जब नर्स ने नरेन्द्र को शीला के गोद में दी तब उसने कहा था, " जाओ बेटा, अपनी मौसी की गोद में।" तभी से शीला मौसी हो गई। आखिर वह इतना ध्यान रखती थी, जो मौसी ही कर सकती है।

धीरे-धीरे समय गुजरता गया। माधुरी और नरेन्द्र लड़ते-झगड़ते, प्यार, नोकझोंक के साथ बड़े हो गए।

आज नरेन्द्र, माधुरी के लिए बहुत उत्साहित है। और उसके पक्ष में खड़ा है। कौशल्या मन-ही-मन, खुश हो रही थी।

इधर, पंकज, बार-बार बुलाने के बाद, छुट्टी लेकर घर गया। पहुँचते ही खातिरदारी शुरू हो गई। शुरुआत कमला से हुई, "आ गईला, छुट्टी मिल गईल, पढ़य गयल रहला कि गुलछर्रा उड़ावय गयल रहला? सब पता चलत हव।"

पंकज, कमला का पैर छूकर आशीर्वाद लेते हुए बोला, "माई गयल त रहली पढाई करय और पढ़ाई अच्छा से कईली, देखू माई नौकरी भी त लग गईल।"

कमला बोली, "ई सब त ठीक हव लेकिन शादी क बात काहें अपने से कईला? घर क बड़ा लोग करत।"

पंकज बोला, "नाहीं माई, अईसन कवनो बात नाहीं हव, बस साथ मे पढ़ले रहली आउर अपने मन क बात बतवले हई।"

कमला बोली, "देखा, बहुत पढ़ल-लिखल लड़की घर-गृहस्थी के लिए ठीक ना होले।"

पंकज बोला, "माई, चाहे लड़का हो या लड़की, पढ़ाई बहुत जरूरी होले।"

कमला बोली, "सही कहत हउआ, हम अनपढ़ हई न, त केतना गलत बा, अरे पढ़ाई से नाहीं गुन से गृहस्थी चलय ले।"

पंकज बोला, "माई, अब समय बदल गयल हव, सबही पढ़त-लिखत हव और अच्छा भी है। एक बार मिल ला, अगर नापसन्द होई तब कहिया। बहुत अच्छी लड़की हव।"

कमला बोली, "अच्छा चल, दू अक्षर पढ़ का लेहले हउवे, त बहुत ज्ञान देत हउवे।" कहते हुए ओसार से बाहर निकल गई।

पंकज के समझ में नहीं आ रहा था कि वह क्या कहे? तभी महादेव आ गए। महादेव कुछ बोले नहीं लेकिन अपने हाव-भाव से स्पष्ट कर दिए कि वे, उसके निर्णय से खुश नहीं हैं।

रमेश, गेहूँ के खेत में पानी लगाने गया था। ठंडी का समय है, लेकिन मौसम ठीक था। काम पानी का था इसलिए उसे ठंड लग रही थी। आते ही वह खर-पतवार जलाकर 'अलाव' तापने लगा। पंकज को जैसे ही पता चला कि रमेश आया है, उससे मिलने चला आया। रमेश को 'नमस्ते' कह वह भी 'अलाव' तापने लगा। रमेश ने बड़े ही प्यार से उसके कन्धे पर हाथ रखा और बोला, "सब ठीक हव न?"

पंकज बोला, "जी भैया, सब ठीक हव।"

रमेश बोला, "त मुँह कांहे लटकल हव?"

पंकज बोला, "माई बहुत नाराज होत हव।"

रमेश बोला, "गलत तो करी देहला, पहिले बात करय के चाहत रहल, तब्बो ठीक रहल होत।"

पंकज बोला, "त हम कवन-सा शादी कर लेहले हई। भइया, तोहसे त बतउले रहली। अबहिन बात ही त करत हई।"

रमेश बोला, "पंकज, बहुत इच्छा रहल माई क कि खूब बढ़िया स बहू लाईब लेकिन तु त निराश कर देहला।"

पंकज बोला, "ना भइया ना, हम अइसन सोच भी ना सकीला। अगर तू सबके पसन्द नाहीं होई त हम कुछ भी ना कहब लेकिन एक बार मिल ला।

बहुत अच्छी लड़की हव, परिवार में कोई दिक्कत ना आवे देई। हमके विश्वास ह कि माधुरी के सब पसन्द करी।"

रमेश बोला, "बाबू का कहत रहनय?"

पंकज बोला, "कुछ बोलनय त नाहीं लेकिन नाराज़ लगत रहनय।"

रमेश बोला, "त अब का करबा?"

पंकज बोला, "भइया, कुछ तोहिं करा।"

रमेश बोला, "हम का कर सकत हई?"

पंकज बोला, "भइया एक बार माधुरी को देख परख ला, फिर जइसा तू कहबा वइसा ही हम करब।"

रमेश बोला, "ठीक हव, हम बात करब माई बाबू से तोहार खातिर, लेकिन ध्यान राखिहैं, ओकरे बाद जो भी कहब मानय के पड़ी।"

पंकज बोला, "जी भइया।"

पंकज को पूर्ण विश्वास था और वह खुद से कहने लगा, "कि माधुरी इतनी सुन्दर और सुशील है कि उसे नकारना सम्भव ही नहीं है। उसके परिवार के लोग भी बहुत अच्छे हैं। माधुरी इतनी सुलझी और संस्कारित है कि उसे कोई नापसन्द कर ही नहीं सकता। उसे देखने के बाद माई भी मना नहीं कर पाएगी।"

कुछ सोचते हुए, पंकज, वहीं ओसारे में पड़ी चारपाई पर बैठ गया और उसके सामने माधुरी का चेहरा घूमने लगा। सोचते-सोचते वह अतीत में चला गया और उसे याद आने लगा माधुरी संग पहली मुलाकात। सिहरन होने लगी उसके तन-बदन में। बारिश में हुई मुलाकात की स्वर्णिम स्मृतियों में खो गया और खोता ही चला गया...।

पहले सेमेस्टर के बाद छुट्टी हो गई थी। सभी पन्द्रह दिन बाद, अपने-अपने घर से लौट रहे थे। बरसात का समय था। पंकज, अभी बस से कैसरबाग बस स्टैंड पर उतरा ही था कि तेज बरसात शुरू हो गई। घर से आ रहा था इसलिए खाने-पीने का काफी सामान भी साथ में था। वह वहीं बस स्टैंड पर रुककर, बरसात के रुकने का इन्तजार करने लगा तभी एक लड़की की आवाज उसके कान से टकराई, "अरे पंकज तुम, यहाँ !" यह लड़की, माधुरी थी।

पंकज बोला, "हाँ मैं घर से आ रहा हूँ, बारिश के कारण यहाँ रुक गया हूँ, और बारिश के रुकने के इन्तजार में हूँ। बारिश रुके तो मैं चलूँ। और तुम यहाँ कैसे?"

माधुरी बोली, "नहीं, मैं तो यहाँ भीगने आई हूँ।" कहते हुए हँसने लगी, फिर बोली, "सॉरी, मैं भी घर से ही आ रही हूँ और तुम्हारी तरह ही बारिश के रुकने का इन्तजार कर रही हूँ, फिर तुम दिख गए तो मैं यहाँ...।"

पंकज खिसियानी हसी हँसते हुए बोला, "हाँ, बारिश तेज हो रही है, यहीं रुकना ठीक रहेगा।"

फिर दोनों काफी देर तक इधर-उधर की बात करते रहे और बरसात के रुकने का इन्तजार करते रहे। बात ज्यादा माधुरी ही करती, पंकज बीच-बीच में, कुछ बोल देता। काफी समय हो गया लेकिन बरसात रुकने का नाम ही नहीं ले रही थी। अब शाम हो गई थी और बारिश पूरे शबाब पर थी, झमाझम बारिश, बीच-बीच में तेज हवा का झोंका और कभी-कभी आसमानी बिजली की तेज कड़क, मानो अभी प्रलय हो जाएगा।

बहुत देर तक इन्तजार करने के बाद भी बारिश रुकने का नाम नहीं ले रही थी। दोनों परेशान हो रहे थे।

पंकज बोला, "बारिश तो रुकने का नाम नहीं ले रही है। बल्कि ज्यादा ही होने लगी। थोड़ी देर में रात होनेवाली है।"

माधुरी बोली, "सही कह रहे हो लेकिन हम कर भी क्या सकते हैं? कम-से-कम यहाँ सेफ तो हैं।"

पंकज बोला, "हमें चलना चाहिए।"

माधुरी बोली, "इस बारिश में जाओगे, अरे ! इस समय तो रास्ते का भी पता नहीं चलेगा। सब जगह पानी ही पानी है, ऊपर से सड़क, कहीं भी खुदी हुई होगी, जिसका हमें पता नहीं है। कभी नगर निगम, सीवर लाइन डालने के लिए, तो कभी इलेक्ट्रिकवाले केबल डालने के लिए और कभी टेलीफोन कम्पनियों के कर्मचारी इम्फ्रास्ट्रक्चर के लिए। जानते ही हो पहले सड़क बनती है फिर इलेक्ट्रिकवाले खोदेंगे। फिर कुछ दिन वैसे ही गड्ढायुक्त सड़क रहेगी, एक्सीडेंट होगा, बहुत सारे लोग मारे जाएँगे। तब सड़क बनेगी। जब सड़क बनकर तैयार हो जाएगी तो पुनः उसके खुदने का नम्बर आएगा इस बार सीवर लाइन डालनेवाले खोदेंगे। फिर सड़कें हो गई गड्ढायुक्त। फिर लोग किसी तरह बच-बचाकर आते-जाते रहेंगे, कभी-

कभार गिरेंगे भी। दुर्घटना भी होगी, फिर कुछ दिन बाद सड़क की मरम्मत होगी। कुछ ही दिन बाद फिर से खुदाई होगी, लेकिन इस बार पहलेवाले नहीं खोदेंगे, इस बार खोदने का काम मोबाइल कम्पनियों के केबल पड़ने के लिए या गैस पाइप लाइन के लिए होगा। अगर किसी मन्त्री का दौरा न हुआ तो सड़क ऐसे ही खुदी रहेगी। हाँ, अगर, इस बीच मन्त्री का दौरा हुआ तो यह सड़क रातोंरात बन जाएगी अन्यथा सालोंसाल ऐसे ही गड्ढायुक्त बनी रहकर लोगों के जान से खेलती रहेगी । मेरे पापा बताते थे, जब वे लखनऊ में पोस्टेड थे उस समय देश के प्रधानमन्त्री के लखनऊ दौरे के समय सड़क किनारे गुमटी और छोटे दुकानों को पॉलीथिन से ढक दिया गया था, जैसे वे कभी ऐसी दुकानें देखे ही नहीं हों या फिर आगे कभी देखेंगे ही नहीं। यह सुविधा या दिखावा तो तभी तक है जब तक वह प्रधानमन्त्री या दूसरे उच्च पद पर आसीन हैं, उसके बाद तो उन्हें असली भारत में ही रहना है। इसी भारत का दर्शन करना है तो फिर यह दिखावा क्यूँ? क्या वे उस भारत को कभी नहीं देखे हैं? जिसको छिपाया जाता है। अच्छा होता उक्त विशिष्ट व्यक्ति ऐसी दिखावावादी परम्परा को रोकने की पहल करते। फिलहाल सड़कों का तो बहुत बुरा हाल है, खास तौर से बारिश में, कहाँ गड्ढा है? पता ही नहीं चलता। मेरे खयाल से यहाँ रुकना ज्यादा सेफ है बजाय कि हॉस्टल पहुँचने का रिस्क लिया जाए।"

पंकज बोला, "बात तो ठीक कह रही हो लेकिन अगर अभी नहीं जाएँगे तो तुम्हारे हॉस्टल का गेट बन्द हो जाएगा।"

माधुरी बोली, "तुम्हारे हॉस्टल का गेट नहीं बन्द होगा, क्या?"

पंकज बोला, "नहीं, हम तो देर में भी इंट्री पा जाते हैं।"

माधुरी पूछने लगी, "अच्छा तो तुम इस बारिश में क्यों जाना चाहते हो?"

पंकज बोला, "तुम्हारे लिए, तुम्हें इंट्री नहीं मिलेगी तो परेशान हो जाओगी।"

माधुरी बिलकुल अवाक रह गई और मन में बोली, "मेरे खातिर ! सच !" माधुरी को 'तुम्हारे लिए' सुनकर बहुत अच्छा लगा।

माधुरी बोली, "पंकज, परेशान नहीं हो, मुझे इंट्री मिल जाएगी, फिलहाल अभी यहीं रुकते हैं। प्लीज रिस्क न लो, हम बारिश के बाद, सड़क से पानी निकलने के बाद ही चलेंगे। समझ रहे हो न, मैं क्या बोल रही हूँ?"

पंकज बोला, "देखो बारिश रुकेगी नहीं, ऐसे में यहाँ पूरी रात रुकना तुम्हारे लिए ठीक नहीं रहेगा, मेरी मानो, चलो यहाँ से। हम हज़रत गंज होते हुए अशोक मार्ग से चलेंगे। रिस्क कम होगा।"

माधुरी बोली, "पता नहीं, तुम इतने अधीर क्यों हो? यहाँ रुकने में तुम्हें क्या दिक्कत है?"

पंकज बोला, "भीड़ देख रही हो, यह समय के साथ और बढ़ेगी, खड़ा होने की जगह भी नहीं पाओगी। अपने अगल-बगल देखो कितनी भीड़ है, जो लगातार बढ़ रही है।"

पंकज बता ही रहा था कि यात्रियों से भरी दो बसें, डिपो के अन्दर आईं जिनके रुकते ही भीड़ का सैलाब उमड़ पड़ा। भीड़ आगे बढ़ रही थी और जगह सिकुड़ती जा रही थी, ऐसे में भीड़ का जमावड़ा बढ़ता जा रहा था। माधुरी को भीड़ में से किसी से धक्का लग गया "अरे भैया, देखकर चलो" माधुरी बोल पड़ी।

पहले बैठने की तो नहीं लेकिन खड़ा होने की जगह पर्याप्त थी लेकिन अब खड़ा होना भी मुश्किल हो रहा था।

माधुरी बोली, "चलने के लिए क्या बोल रहे थे?"

पंकज बोला, "वही जो तुम देख रही हो, ऐसे ही भीड़ की धक्का - मुक्की सहनी पड़ेगी।"

माधुरी बोली, "चलोगे कैसे? कोई साधन तो हो !"

पंकज बोला, "पहले चलने के लिए तैयार तो हो, फिर मैं साधन की तलाश शुरू करू।"

माधुरी बोली, "ठीक है, जैसा तुम कहो।"

पंकज अपना सामान माधुरी को सुपुर्द कर वहीं बस स्टैंड में ही किसी साधन की तलाश में लग गया। करीब आधे घंटे बाद एक ऑटो रिक्शा चालक के साथ वापस आया।

पंकज बोला, "बड़े मुश्किल से एक ऑटो रिक्शा मिला है। बात कर अपनी तसल्ली कर सकती हो।"

माधुरी बोली, "तुम बात कर लिये हो न, फिर मुझे बात करने की क्या जरूरत है?"

पंकज बोला, "हाँ, मैं बात कर लिया हूँ, सब ठीक है। लेकिन बारिश के कारण ज्यादा पैसे माँग रहा है।"

माधुरी बोली, "हाँ, क्यों नहीं? बारिश में लोगों के मजबूरी का फायदा उठाते हैं, आपदा में अवसर ढूँढ़ते हैं। सही पैसे लगाओ तभी हम चलेंगे नहीं तो दूसरा ले लेंगे।"

पंकज धीरे से बोला, "बारिश के कारण दिक्कत तो होगी ही, ऐसे में ज्यादा पैसे तो लेगा ही।"

ऑटो रिक्शा चालक बोला, "चलना है तो जल्दी चलो वर्ना दूसरी सवारी इन्तजार कर रही है।"

पंकज बोला, "माधुरी, अगर यह चला गया तो दूसरा साधन मिलना मुश्किल होगा, हमे चलना चाहिए, रात हो चुकी है, मेरी बात मानो, चलो।"

माधुरी बोली, "ठीक है, लेकिन कुछ तो पैसे कम करे।"

पंकज बोला, "मोलभाव छोड़ो, ऐसे समय में भी मोलभाव कर रही हो, कोई दूसरा साधन नहीं मिलेगा।"

माधुरी बोली, "ठीक है, लेकिन सब जिम्मेदारी तुम्हारी होगी।"

पंकज बोला, "ठीक है, मैंने जिम्मेदारी ले ली, लेकिन अब चलो।"

पंकज ऑटो रिक्शा चालक से ऑटो अन्दर लाने के लिए बोला।

ऑटो रिक्शा चालक बोला, "टैम्पू यहाँ तक नहीं आ पाएगा।"

माधुरी बोली, "अरे! तो सामान कैसे जाएगा? और हम भीग भी तो जाएँगे।"

ऑटो रिक्शा चालक बोला, "यहाँ लाना मना है, दूसरे, जगह भी तो हो टैम्पू लाने के वास्ते।"

पंकज ऑटो चालक से बोला, "ठीक है, कुछ सामान तुम पकड़ लो। बाकी मैं ले लेता हूँ, अब माधुरी चलो।"

माधुरी जैसे ही आगे बढ़ी, फिसलने को हुई, तभी पंकज ने उसका हाथ पकड़ लिया और बोला, "सम्हलकर चलो, गिर जाओगी।"

माधुरी अपना गिरना और सम्हलना भूलकर पंकज को एकटक देखती रही और सोचने लगी कि, "क्या ऐसा भी कोई होता है? मुझसे कोई सम्बन्ध न होने के बावजूद इतनी परवाह। कितना अच्छा है? मेरी कितनी चिन्ता कर रहा है? पंकज की कही गई हर बात उसके दिल की गहराइयों में उतरती चली गई।" यहीं से माधुरी के दिल में उसके लिए प्यार का एहसास होने लगा।

वे, अपना सामान बस स्टैंड के बाहर, खड़े ऑटो रिक्शा में रख दिए। सामान ज्यादा था और उसे पीछे की सीट पर भी रखना पड़ा जिससे सीट पर

बैठने की जगह कम हो गई। माधुरी सामान के साथ पिछले सीट पर बैठ गई और पंकज ड्राइवर के बगल में बैठ गया। बारिश तेज होने के कारण, दोनों ही भीग गए थे। माधुरी के सिर से उसके चेहरे पर लटकी लटों के सहारे टपक रहे बरसात का पानी जैसे हिमाद्रि से निकली तमाम धाराएँ हों। अद्‌भुत ! नज़ारा।

पंकज ऑटो रिक्शा चालक के सामने लगे शीशे में माधुरी के इस अद्‌भुत, मनमोहक रूप को निहारता रह गया और इस अवर्णनीय दृश्य को अपनी आँखों में कैद कर लिया।

बीच-बीच में पंकज बोलता, "भैया, धीरे-धीरे सम्हालकर चलाना, पानी के अन्दर से मत ले चलना। हजरतगंज के मेन रोड से ही चलना।" तमाम हिदायत दे रहा था।

ऑटो रिक्शा चालक शेखी बघारते हुए कहने लगा, "देखिए तो सड़क पानी से लबालब है, कहीं भी सड़क दिख रही है का? नहीं न। फिर भी मुझे रास्ता पता है, कोई दिक्कत नहीं होवेगी।"

ऑटो रिक्शा चालक हज़रतगंज मेट्रो स्टेशन के बराबर से बाएँ मोड़कर अन्दर स्टेडियम की ओर ले लिया। पंकज बोला कि हजरतगंज होकर चलो लेकिन ड्राइवर नहीं माना बस शेखी बघारते हुए विश्वास दिलाता रहा, "मैं हूँ ना।"

कुछ ही दूर चला होगा कि स्टेट बैंक के पास मोड़ पर अचानक ऑटो रिक्शा उछल गया और माधुरी का सिर साइड में लगे रॉड से टकरा गया।

"आउच" माधुरी बोली।

पंकज झल्लाकर बोला, "कितनी बार कहा कि हजरतगंज के मेन रोड से होकर चलो लेकिन नहीं, मुझे मालूम है, मुझे मालूम है, तोते की तरह बोल रहे थे, भरोसा दिला रहे थे। अभी पलट जाता तो !"

ऑटो रिक्शा चालक बोला, "कुछ नहीं, हलका-सा गड्‌ढा था, लगता है, जल्दी ही रोड खुदी है।"

पंकज बोला, "हलका गड्‌ढा नहीं है, गहरा है, वह देखो, सामने एक अल्टो कार पानी में खड़ी है और कुछ अधनंगे बच्चे, कार को धक्का लगा रहे हैं। मतलब कार बन्द हो गई है। अब क्या होगा? मैं कह रहा था लेकिन तुम सुने ही नहीं।"

ऑटो रिक्शा चालक ने हड़बड़ाते हुए रिक्शा मोड़ लिया और मेट्रो स्टेशन के पास वापस आ गया।

माधुरी बोली, "देखे पंकज, मैं बोल रही थी कि रिस्क मत लो, लेकिन तुम्हारी बातों में आकर फँस गई। ऑटोवाले तो ऐसे ही बोलकर, उल्लू बनाते हैं।"

पंकज झल्लाकर बोला, "कितनी बार समझाया लेकिन माने नहीं। देखे, अब समझ में आया। अभी तेज चोट लग जाती तो।"

पंकज पीछे मुड़कर, माधुरी की ओर देखकर बोला, "चोट तो नहीं लगी?"

माधुरी बोली, "नहीं, ज्यादा नहीं, पर लगी तो है।"

ड्राइवर बोला, "मुझे लगा कि रास्ता ठीक है, जल्दी पहुँचा दूँगा लेकिन इधर पानी का भराव ज्यादा है। अच्छा हुआ कि मैं ने तुरन्त मोड़ लिया नहीं तो बन्द हो जाती। अब ठीक है, मेन रोड पर आ गए हैं। अब इसी से चलेंगे।"

पंकज बोला, "अब किधर से चलेंगे? पूरा रूट बताइए, तभी आगे बढ़ेंगे।"

ऑटो रिक्शा चालक बोला, "अब हम हजरतगंज से अशोक मार्ग होते हुए, निशातगंज से फैज़ाबाद रोड पहुँचेंगे। उसके बाद फैजाबाद रोड पर चलते हुए पॉलीटेक्निक कॉलेज पहुँच जाएँगे।"

पंकज खुद आश्वस्त होने के बाद माधुरी की ओर देखकर बोला, "ठीक है, अब चलें?"

माधुरी बोली, "अब तो तुम्हारे सहारे हूँ, जैसा तुम चाहो।"

पंकज बोला, "चलो भैया, लेकिन सम्हालकर।"

चालक बगैर कुछ कहे ऑटो रिक्शा स्टार्ट कर दिया और पूर्वनिर्धारित रास्ते से करीब एक घंटे में वे पॉलीटेक्निक कॉलेज पहुँच गए। माधुरी को छोड़ पंकज अपने हॉस्टल चला आया।

इसी घटनाक्रम के बाद से इनकी दोस्ती हो गई। दोस्ती में वे एक दूसरे को पढ़ाई में सहयोग करते। कभी रास्ते में मिल गए तो "हेलो - हाई" हो जाती। क्लास में अकसर दोनों साथ बैठने लगे थे। वैसे भी पंकज के क्लास में तीन ही लड़कियाँ थी। फिर उसमें से एक माधुरी। माधुरी की सुन्दरता, सौम्यता और लगनशीलता क्लास के और लड़कों को अनायास ही अपनी ओर खींच लेती। लेकिन पंकज को इसका कभी भान न था, वह सिर्फ अच्छे दोस्त होने तक ही समझता। यद्यपि पंकज भी माधुरी की ओर आकृष्ट होता

लेकिन दोनों परिवारों के आर्थिक और सामाजिक स्तर को समझ इस रिश्ते को केवल दोस्ती तक ही सीमित रखता।"

"माधुरी का प्रेम एकतरफा था, उसने अपने दिल में, न केवल, कभी न बुझनेवाली प्रेम रूपी लौ जला रखी थी बल्कि खुद भी जलती रही लेकिन कभी पंकज को आभास न होने दिया। निश्चल ! अलंकृत ! अस्फुटित प्रेम ! निश्चित रूप से इस अविरल प्रेम धारा की जननी, संवाहक माधुरी थी, पंकज तो इन सबसे अनभिज्ञ, बटोही मात्र था। पंकज को सिर्फ दोस्त लगती लेकिन माधुरी मन-ही-मन प्यार करने लगी थी।"

जब पंकज को सनोज ने धोखे से शराब पिलाया था और उसके बाद पंकज अस्पताल में भर्ती हुआ था उस समय माधुरी बहुत परेशान थी और पंकज को देखने हॉस्पिटल भी गई थी। जब तक पंकज ठीक नहीं हो गया, तब तक माधुरी, वार्डन की अनुमति लेकर पंकज के रूम पर मिलने आती। लड़के, उसके पीठ पीछे मज़ाक भी करते, "देखो भाभी आ रही है, अरे चलो, भाभी आ गई।" लेकिन पंकज इसे दोस्ती मानता।

माधुरी ने, अपने प्यार का, कभी न तो जिक्र किया और न ही एहसास दिलाया। बस एक मित्र की तरह उसे रहने दिया। और सही समय पर बताने का निश्चय किया।

पहली बार उसने, अपने प्यार के बारे में तब बताया जब वह नौकरी करने लगा और शादी के लिए तैयार हो गया। तब वह, अपने भाई नरेन्द्र को भेज रिश्ते की बात की थी। ऐसा अप्रतिम प्रेम !

रमेश आकर बहुत देर से पंकज के पास बैठा था लेकिन पंकज वर्तमान में था ही कहाँ? वह तो माधुरी संग सुनहरे यादों में खोया हुआ था। रमेश बहुत देर बाद, पंकज को झकझोरते हुए बोला, "का हुआ पंकज, कांहे चुप हो, कुछ बोलत कांहे नाहीं हो।"

पंकज को, जैसे एक हजार वोल्ट के बिजली का झटका लगा हो, यादों से वर्तमान में पहुँचने पर। पंकज हड़बड़ा गया और बोला, " अरे वो वो, कुछ नहीं, बस ऐसे ही।"

रमेश बोला, "परेशान न हो, सब ठीक हो जावेगा।" कहकर रमेश चला गया।

पंकज शाम को अपने भाभी उषा के पास बैठकर संक्षिप्त हालचाल के बाद पूछने लगा, "भौजी, हम गलत त ना कइले हई?"

उषा बोली, "ए बारे में, हम का बताय सकत हई?"

पंकज बोला, "भैया का कहत रहनय?"

उषा बोली, "कहत रहनय कि गलत त कईले हव।"

"आउर का कहत रहनय?" पंकज ने निराश होकर पूछा।

"कहत रहनय कि बाबू जइसा कहिहै वही होई" उषा बोली

पंकज (लम्बी साँस लेते हुए) बोला, "तब त मुश्किल हव।"

उषा बोली, "भैया, निराश मत होवा, सब ठीक हो जाई। वईसे ई बात त तोहय पहिले सोचे के चाहत रहल।"

पंकज बोला, "का ठीक हो जाई भौजी?"

पंकज फिर बोला, "अच्छा, भौजी, भैया से कहा कि ऊ बाबू के मनाय लें।"

उषा बोली, "एक बार खुद ही बाबू जी से बात कर लेता, आखिर, पढ़ल-लिखल हईं, अमीर भी हईं, कोई दिक्कत त ना हव।"

पंकज बोला, "ठीक हव, पहिले माई से बात कय लेई, तब बाबू से बात करब।"

पंकज अपने माँ कमला के पास जाकर बैठ गया फिर बोला, "माई, का भयल, शादी त करही के हव, त एक बार देख ले, पढ़ल-लिखल भी हव, हमरे जैसे ऊहो नौकरी करी, बढिया त हव, फिर का दिक्कत होत हव?"

कमला बोली, "कांहे नाहीं? हम सब गँवारय न हई। हम सब का जानी ला, अब तोहिं न बताईबा ! लेकिन ई बात सोलह आने सच हव कि पढ़ल-लिखल लड़की, घर नाहीं चलय देई।"

पंकज बोला, "अच्छा माई, एक बार देख ले, जइसे आउर लड़की देखिहे, वइसे ही उनके भी देखिहे, फिर जईसा कहिए।"

तभी रमेश आ गया और बोला, "माई, पंकज ठीक त कहत हव, एक बार देखय में कउनो बुराई त ना हव। अच्छे परिवार से भी है, सोचू गाँव में अईसन केहू क बहू हव का?"

कमला बोली, "बड़े घर की लड़की घर तोड़ देले, दुसरे ही दिन आँगन में दीवाल खड़ा कर देले, समझत हउआ कि नाहीं? शादी-विवाह बराबर से होला, तबहीं ठीक रहे ला?"

रमेश बोला, "बाबूलाल की बहू तो काला अक्षर भैंस बराबर हव लेकिन रोज कइसन बवाल मचउले रहय ले। वहीं बद्री काका की बहू पढ़ले भी हव और सबका ध्यान भी रखय ले। माई पढ़ले-लिखले से फायदा होला, कउनो नुकसान नाहीं होला।"

कमला बोली, "लेकिन देखा, आपन उषवा कइसन सबकर धियान रखले बा, कउनो पढल-लिखल ई सब कर पाई?"

रमेश बोला, "सब उसकी तरह त ना हो पाई। लेकिन माई, उषा भी पढ़य चाहत रहय लेकिन ना पढ़ पडलय। केतना मन मसोस के रह जाले। एहि खातिर थोड़ा पढ़य ले हमसे।"

कमला बोली, "का? उषवा पढ़य ले, हे भगवान, कलजुग में का, का होई? अब काम-धन्धा छोड़ के पढ़ाई होई, अब तू ओके बईठ पढ़ईबा, तब त सब काम होई गयल !"

रमेश बोला, "अरे माई, अगर खाली समय में पढ़ाई-लिखाई कर लेई त, का नुकसान हो जाई? सोच तोहके हम तोहार नाम लिखय बतावत रहली त अच्छा लगत रहय न, वइसे ही एहू के अच्छा लगय ला। बहुत खुश होले। हमहु चाहत हई कि उ लिखय-पढ़य सीख ले।"

कमला बोली, "ठीक त हउवय, हम के नाम लिखय सिखाऊँला, त वोके कांहे नाहीं? खूब सिखावा। और जईसन मन करय, वइसन करा लोगन।" कमला को रमेश का अपनी तुलना उषा से करना नागँवार गुजरा।

रमेश किंकर्तव्यविमूढ़-सा खड़ा रहा और सोच रहा था कि क्या करे? गाँव में पंकज के शादी की बात 'जंगल में आग' की तरह फैल गई। पहले पंकज ही पूरे क्षेत्र में अकेला जे.ई. था अब तो उसकी पत्नी भी जे.ई.। धनाढ्य वर्ग को अपच हो गया, उलटी और दस्त एक साथ, कालरा समझिए।

लोग परेशान।

परेशानी का कारण खुद की तकलीफ नहीं थी बल्कि एक कमजोर गरीब परिवार का उत्थान था। जिसने कभी रत्ती भर भी सहयोग न किया होगा उसे भी तकलीफ हो रही थी।

गाँव के ही एक सम्मानित बुजुर्ग श्यामलाल जी सुबह-सुबह पधार पड़े। और बोले, "का रे महादेव? अरे हम ई का सुनत हई? तोर लड़का शहर

के लड़की से शादी करत हव। तोहने क दिमाग भ्रष्ट हो गयल हव, का रे? पढ़ल-लिखल लड़की घर में लियईबा त रोज महाभारत होई। अईसा मन में ख्याल लाना भी गलत हव। समझाव अपने लड़िका के, अईसा अनर्थ न करय।"

दरअसल श्यामलाल बुजुर्ग और तथाकथित ऊँची जाति से थे, इसलिए लोग उनकी इज्जत करते थे। लेकिन श्यामलाल को लगता कि उसकी होनेवाली इज्जत दरअसल उसकी काबिलियत से है।

दोपहर में द्वारका प्रसाद जी का आगमन हुआ, उम्र में महादेव से बड़े थे, ग्राम प्रधान भी रह चुके थे। राय देने लगे। चारपाई पर बैठते हुए बोले, "का हो महादेव? अरे लड़कवा क शादी तय कय देहला की नाहीं?"

महादेव कुछ बोलता उससे पहले ही द्वारका प्रसाद बोले, "हम सुनत हई कि शहर के लड़की से शादी करत हउवा, घोर कलयुग। सुनली कि जे ई हव, भइया, 'एक तो करेला, दूजे नीम चढ़ा'। कभी सोचला कि ऊ लड़की कइसा नाच नचाई? लड़का हाथ से निकल जाई, अबहूँ समय हव ! नहीं त खाली पछताईबा।"

तरह-तरह के लोग समझाने आते। एक सज्जन तो बोले, "सुनय में आवत ह कि बड़े बाप क बेटी हव, तंग त बहुत करी। कमली क का होई? इज्जत त देई ना केहू के, बस पंकज के साथ फुर्र हो जाई, अब त लड़का गयल हाथ से, जितना कर्ज लेकर पढ़उला, सब तोहिं के भरय के पड़ी। बुढ़ौती बिगड़ गयल तोहार।"

हद तो तब हुई, जब गाँव के ही एक सम्मानित पंकज से बोले, "का हो, जे ई साहब, अरे ! घरवालन के बारे में भी सोचा, बहुत पढ़ल-लिखल लड़की और ऊ भी शहर क, -- कउनो तालमेल त ना है...आगे बड़ महाभारत है।"

कई दिन तक यही सिलसिला चलता रहा लेकिन निर्णय नहीं हो सका। पंकज की छुट्टी खतम हो गई और वह भारी मन से वापस लौट गया।

जाते-जाते पंकज रमेश से बोला, "भैया, आप जैसा सोचबा और करबा, वही ठीक रही।"

पंकज की यह बात "आप जैसा सोचबा और करबा,वही ठीक रही" रमेश के दिल की गहराइयों में उतर गई और वह इस रिश्ते के लिए हर तरह

से प्रयास करने लगा। महादेव और कमला को समय-समय पर समझाने का मौका ढूँढ़ता और उन्हें समझाने की कोशिश करता। लेकिन उन्हें समझाना आसान भी नहीं था।

इसी बीच :

एक दिन रमेश मार्केट से घर आते ही महादेव से बोला, "बाबू, ई लोग इतना परेशान कांहे हउअन। जबकि केहू भी न त पंकज के पढ़ाई में कउनो मदद कईले हव और नाहीं हमार मदद।"

महादेव बोला, "अरे बड़ लोग हउवन, राय देत हैं, ताकि हम आगे परेशानी में न फंसें।"

रमेश बोला, "नाहीं बाबू, अइसन बात नाहीं हव, सबके जलन होत हव कि कहीं हमरे पंकज क शादी अच्छे घर में, पढ़ल-लिखल लड़की से न हो जाय, उ भी इंजीनियर से। पूरे इलाके में केहू क अईसन शादी भईल हव का? नाहीं न। एहि बात सबके तकलीफ़ देत हव।"

महादेव बोला, "कइसे कहत हउवा? अईसन बात।"

रमेश बोला, "ई त हमहूँ के आज पता चलल, नहीं त हम सोचत रहली कि उ लोग भी सलाह कांहे देत हउवन जे कबहूँ, हमहन से कउनो मतलब भी ना रखले रहय।"

महादेव बोला, "कइसन? का पता चलल?"

रमेश ने बताया कि, "जब हम श्यामलाल के घर से होकर आवत रहली तब उ वहाँ लोगन से कहत रहनय कि 'देखी ला कइसे उ शहरी पढ़ल-लिखल बहू से शादी कर के ली आई? हमहन के बहू से का ऊँचा हो जाई, लड़का जे ई का हो गयल, पैर जमीन पर ना पड़त हव, अब पतोह भी जे ई लियाई। हम सबसे का ऊपर हो गयल हव?' वहाँ पर द्वारका के साथ-साथ उ सब लोग रहय जो हमके सलाह देवे आवत हैं। सब लोग कहकर ठहाका लगावत रहनय।"

महादेव बोला, "कहिं गलत त ना सुन लेहला, ई लोग बड़ आदमी हउवन, गाँव क इज्जतदार लोग हउवन, ए सब, भला अईसा नीच काम काहें करीहैं? जरूर कोई गलतफहमी होत है तोहसे।"

रमेश बोला, "बाबू, अच्छा ई बतावा, का हम कोई से पूछय गयल रहली? कोई राय मँगले रहली का? नाहीं न। फिर का कारण से ई लोग रोज

आवय न और सीधे भड़कावय न? का ई लोगन के आउर कउनो काम ना है? का ई लोग ओनके जानत हैं? नाहीं न, फिर बिना मतलब कांहे चक्कर लगावत हैं? जरूर इन सबका कोई मकसद होई। अच्छा ठीक है, तू चला, हो सकत है कि अपने कान से खुद ही सुन ला।"

महादेव गुस्से में बोला, "हाँ, ई ठीक रही। सुनी त ! का कहत हैं ई बड़का लोग?"

महादेव और रमेश सीधे श्यामलाल के अहाते की ओर चल दिए।

रमेश मन-ही-मन सोच रहा था कि, "अच्छा होत कि उ सब अबहिं भी वही बात करत हों ताकि बाबू को भी सच्चाई का पता चले नाहीं तो हमके झूठा कहीहैं।"

महादेव सोचता कि, "कोई इतना कइसे गिर सकत है वह भी जिसकी हम इतना इज्जत करत होंय, उसके सामने खटिया पर भी नाहीं बैठते हैं, फिर भी इतना मैल है, मन में इनके। भला उनको का तकलीफ होत हव? जिसको हमसे कउनो लेना देना भी नाहीं है? अरे कभी पंकज को एक पईसा भी दिये हैं का?"

जैसे-जैसे अहाते की ओर बढ़ते गए, सच्चाई सामने आती गई।

श्यामलाल बोल रहा था, "अरे, देखला सबन, कइसे भड़का देहले हई महादेव के। पहिले शादी तोड़ब फिर गरूर, तब मज़ा आई। वैसे भी पंकजवा गुस्सा होकर चल गयल है।"

जोर का ठहाका लगाते हुए श्यामलाल फिर बोला, "साँप भी मर जाई और लाठी भी ना टूटी। ई श्यामलाल का तरीका हव। आउर सुन लल्लन रोज ओकरे घरे जाकर पेंच टाइट करत रह, बाकी हम देखब ई सबके।"

महादेव को जैसे काटो तो खून नहीं, उसके पैरों के नीचे से जमीन खिसकने लगी और खुद से बोलने लगा, "कइसन-कइसन लोग हउअन, हमरे खुशी से उन्हें का तकलीफ? केतना इज्जत करत रहली श्यामलाल आउर द्वारका का ! लेकिन इनके मन में इतनी मैल ! इतनी नफरत ! कभी हम माँगें भी तो नाहीं थे, एक पईसा। हम मेहनत-मजदूरी कर खात-कमात हई त इनके पेट में दर्द काहे होत है। बेटा हमार है, पढ़ावै-लिखावै में हमार परिवार मेहनत कईले हव, खेत रेहन पर रखली, रमेश शहर में जाकर मेहनत और मजदूरी कइलय। ई लोगन क का लागल हव? इनके पेट में दरद कांहे होत हव? कितना नीच सोच हव इन सबका? इन सबके लड़िका व लड़िकी

क शादी होला त हम लोग खुश होइला आउर ई लोग मन-ही-मन चिढ़त हैं, हमसे डाह रखत हैं।" महादेव सोचते हुए वापस घर की ओर मुड़ गया। कुछ दूर पर, रास्ते में ही महादेव बैठ गया, चल ही नहीं पा रहा था। अन्दर से जैसे ठगा हुआ महसूस करने लगा और शरीर बेदम।

महादेव अचानक जैसे नींद से जागा हो, "रमेश।"

रमेश- "हाँ, बाबू।"

महादेव- "पंकज से बोला कि उनकर शादी, वहीं होई।"

रमेश- "का? का बाबू?" जैसे उसे अपने कान पर, विश्वास न हुआ हो।

महादेव - "शादी तय कर ला, जहाँ पंकज कहत है।"

रमेश बहुत खुश होकर बोला, "जी, बाबू।"

महादेव पुनः बोला, "गाँव में केहुसे कहले क कउनो जरूरत नाहीं, समझत हउआ न।"

रमेश बोला, "हाँ।"

घर पहुँचकर महादेव ने कमला को बुलाया और बोला, "पंकज क शादी, वहीं ठीक रही जहाँ उ कहत हव।"

कमला बोली, "का भयल? अचानक से कइसे तैयार हो गईला?"

महादेव बोला, "ई अचानक से ना भईल है, बहुत सोच-समझ के कहत हई। आउर सुना, केहू से कहले क जरूरत नाहीं।"

कमला बोली, "लेकिन !"

महादेव बोला, "लेकिन वेकिन कुछ नाहीं, जवन कहत हईं, उहय सुना।"

कमला रूष्ट हो बोली, "त ठीक ह, खाली तोहार लड़िका हव पंकज, हमार थोड़े हव, जो हम कुछ कहीं?"

महादेव समझाने के लिए बोला, "सब बात बाद में समझा देब, पहले शादी हो जाय।"

कमला बोली, "हमके समझावे क का जरूरत हव? हम तोहार के हई?"

महादेव बोला, "ठीक हव त सुना, दुश्मन हमरे तरक्की से जलत हउअन, पंकज और हम सबसे। उन लोगन के डर है कि कहीं अपने घर जे

ई बहू न आ जाय। यही लिए सब हम सबका कान भरत हउअन। लेकिन अब हम सब समझ गईली, अब त गाँव में सबसे ज्यादा पढ़ल बहू तोहार रही।"

कमला बोली, "अरे ! त कोई गलत थोड़े कहत हव लोग, मोनू की अम्माँ कल आइल रहनी, कहत रहनी कि, "पढ़ल-लिखल लड़की, घर तोड़ देले।"

"मोनू की अम्मा कहत रहनी ! कब आयल रहनी, पहिले भी आती थीं का?" महादेव ने विस्मय से पूछा।

कमला बोली, "उ त इधर रोज ही आवत हईं। बहुत दिन बाद आइल रहनी, लेकिन अब त रोजय आवत हईं।"

महादेव व्यंग्य में बोला, "आउर का कहत रहनी?"

"कहत रहनी कि शादी बराबर से ही ठीक रहे ला नाहीं तो बाद में बहुत तकलीफ होत है।" कमला बोली।

महादेव बोला, "इसीलिए तो पंकज आउर माधुरी क शादी के लिए तैयार हई। दोनों बराबर क पढ़ाई पढ़ले हउअन।"

कमला बोली, "उनकर मतलब जइसन हम गरीब हई, वइसे ही ग़रीब के लड़की से ही शादी करना चाही।"

महादेव बोला, "नाहीं, अब त शादी, वहीं होई। सभी को तकलीफ है, आदमी, औरत सभी मेहनत करत हउअन पंकज क शादी तोड़य खातिर। लेकिन अब हम समझत हई। अब अईसा ना हो पाई।"

कमला बोली, "लेकिन !"

महादेव बोला, "सुना, बहुत सोच-समझकर हम कहत हई कि पंकज की शादी माधुरी से करावा।"

कमला अनमने से बोली, "ठीक बा, जइसन सही लागे, वइसा करा।" कह, उठकर घर के अन्दर जाने लगी।

महादेव अन्दर जा रही कमला के पीछे-पीछे गया और श्यामलाल के अहाते से उठ रहे ठहाकों की कहानी बताया, तब कमला अवाक रह गई और बोली, "सच, अईसा बोलत रहनय कलमुँहे, हम सबन से जलत हउअन, मुँह में सबके कीड़ा पड़े जो हमरे पंकज के बारे में गलत बोलत हैं। जब हमें कोई दिक्कत नाहीं, तो इन नासपीटों को का तकलीफ?"

महादेव बोला, "इतनी सी बात हम नाहीं समझ सके, यह तो रमेश सुन लेहनय नाहीं त बहुत गलत हो जात।"

कमला भी खुश हो गई और बोली, "चला, अब त पता चल गयल।"

महादेव खुश हो बाहर आया और बोला, "अरे रमेश ! कहवाँ हो? पंकज से बात कर पूछ ला कि कब मिलने जायँ?"

रमेश बोला, "अभी बात कर, बताई ला।"

रमेश ने मोबाइल निकालकर कंटैक्ट बटन दबाया और पंकज का नाम सर्च कर कॉल बटन दबा दिया।

रिंग टोन बज रही थी।

रमेश, उधर से आवाज की प्रतीक्षा करने लगा।

"हेलो, नमस्ते भइया" पंकज की आवाज आई।

"हेलो, पंकज, का हालचाल है? सब ठीक है न !" रमेश ने पूछा।

पंकज बोला, "हाँ, सब ठीक है।"

रमेश बोला, "सुना ! वहाँ बात कर बतावा, कब जायँ? शादी क बात करय खातिर।"

पंकज चहकते हुए बोला, "अच्छा, त बाबू मान गए।"

रमेश बोला, "हाँ, हाँ सब ठीक हो गया, सब लोग तैयार हैं, बात करके बतावा, जल्दी से।"

पंकज बोला, "ठीक है, बात करके बतावत हई।"

पंकज ने माधुरी को कॉल किया, "हेलो।" माधुरी बोली।

पंकज बोला, "हेलो, माधुरी, कैसी हो?"

माधुरी बोली, "हाँ मैं ठीक हूँ, तुम बताओ, कैसे हो? बहुत दिन बाद कॉल किए हो।"

पंकज बोला, "मैं भी ठीक हूँ, मैं असमंज में था, अच्छा यह बताओ कि कब भेज दें? भैया को।"

माधुरी ने पूछा, "कहाँ?"

पंकज बोला, "तुम्हारे पास। शादी के लिए।"

माधुरी (चहकते हुए) बोली, "अच्छा, कब आना चाहते हैं, कभी भी आ जाँय। मैं तो हमेशा ही रेडी हूँ।"

पंकज बोला, "ठीक है, मैं बोल देता हूँ कि एक-दो-दिन में चले जायँ। ठीक तो रहेगा न।"

माधुरी बोली, "ठीक है।"

पंकज बोला, "अच्छा ठीक है, फिर बात करता हूँ, बाई।"

माधुरी कौशल्या से बोली, "अम्माँ, पंकज का फ़ोन आया था, उसके भैया यहाँ आना चाहते हैं, हम सभी से मिलने।"

कौशल्या बोली, "बेटी, उनसे तुम्हारी शादी होनी है, तूम तड़ाक से बोलना ठीक नहीं। आदर से नाम लिया करो।"

माधुरी बोली, "मैं तो ऐसे ही शुरू से बुलाती हूँ।"

कौशल्या बोली, "पहले की बात अलग थी लेकिन अब शादी होने जा रही है।"

माधुरी बोली, "अच्छा ठीक है, पंकज जी का फोन आया था।" ऐसे ठीक है न, कहकर हँसने लगी, कौशल्या भी अपने को हँसने से नहीं रोक पाई।

कौशल्या मुसकुराते हुए बोली, "कब आया था फोन? और क्या कह रहे थे? कब आएँगे? क्या पंकज भी आएँगे?"

माधुरी बोली, "पूछ रहे थे कि कब भेजें?"

कौशल्या बोली, "तुम क्या बोली?"

माधुरी बोली, "पूछकर बताने के लिए, बोली हूँ।"

कौशल्या बोली, "मेरी भी बात कराओ न, मैं भी तो उनकी आवाज सुनूँ।"

माधुरी बोली, "ठीक है, अभी बात कराती हूँ।"

माधुरी मोबाइल से पंकज को कॉल कर उधर से आवाज की प्रतीक्षा करने लगी।

"हेलो " पंकज की आवाज आई।

माधुरी बोली, "हेलो, आपसे अम्माँ बात करेगी।" कहकर मोबाइल कौशल्या को दे दी।

कौशल्या बोली, "हेलो, कैसे हो बेटा?"

पंकज बोला, "अम्माँ जी नमस्ते, मैं ठीक हूँ, आप कैसी हैं।"

कौशल्या बोली, "हम भी ठीक हैं। माधुरी बता रही थी कि आपके भाई आने के लिए पूछ रहे थे। बेटा, जब चाहें तब आ जाएँ, इसमें कोई पूछने की बात है, क्या? वैसे कब तक आना चाहते हैं?"

पंकज बोला, "दो-तीन दिन में।"

कौशल्या बोली, "ठीक है, परसों, आ जाएँ।

पंकज बोला, "जी अम्माँ ज़ी नमस्ते।" कहकर, कॉल काट दिया।

पंकज ने रमेश को फ़ोन कर बताया कि, "भैया बात हो गई है, आप परसों, चले जाइए।"

रमेश बोला, "ठीक है, हम परसों जाएँगे।"

निर्धारित समय पर रमेश माधुरी को देखने चला गया। लड़का लड़की तो एक दूसरे को पहले से ही पसन्द कर चुके थे इसलिए यह मात्र औपचारिकता ही थी।

रमेश को माधुरी बहुत पसन्द आई। घर आकर बहुत बड़ाई कर रहा था। कमला से बता रहा था, "माई ! इतनी सुन्दर और प्यारी है कि हम दीया लेकर ढूँढ़ते तब भी अईसन लड़की नाहीं ढूँढ़ पाते। जरा-सा भी नाहीं लगा कि वह जे ई है, इतना पढ़ले है।"

कमला बोली, "सच, इतनी अच्छी है, केहू क नज़र नाहीं लागे, हमरे परिवार पर।"

माधुरी तो पसन्द आ गई, अब अगला पड़ाव दहेज का। महादेव दहेज की माँग करने लगा। महादेव कहता, "पंकज के पढ़ाई में बहुत पैसा लगल है, खेत भी अभी गिरवी ही रखल है, घर भी नाहीं बन पाया है, आखिर शहर की लड़की है, अच्छा घर तो होना ही चाही। फिर गाँव-गिराँव के भी त पता होवे के चाही कि दहेज में का मिलल हव?"

रामस्वरूप तैयार हो गया।

पंकज को पता चला।

पंकज, रमेश को फ़ोन कर बोला, "गिरवी खेत को छुड़ावे का वक्त आ गयल है। अगले महीने छुड़ा लिहा, पैसा भेज देब, घर भी बन जाई, लेकिन दहेज मत माँगा।"

रमेश बोला, "बाबू जिद किए हैं, कहते हैं कि अगर दहेज ज्यादा ना मिलेगा तो गाँव में का इज्जत रहेगा? सब कोई ताना मारी।"

पंकज बोला, "दहेज से कइसे इज्जत बढ़ी?"

रमेश बोला कि, "जेतना ज्यादा दहेज मिलय ला, उतना ही इज्जत मिलय ला। अइसन बाबू कहत रहनय।"

पंकज बोला, "भैया, हमें दहेज ना चाही।"

रमेश बोला, "दहेज तु नाहीं लोगे, लेकिन बाबू तो लीहैं।"

पंकज बोला, "भैया, दहेज का जीवन भर चली? माधुरी, पढ़ले-लिखले है, का ई काफी ना हव? हम दहेज के खिलाफ हई। आप को भी हमार बात मानय के पड़ी। हमरे से ज्यादा खुशी, दहेज से खुशी होई का?"

रमेश बोला, "दहेज हमको नाहीं, बाबू को चाहत है। फिर भी तू चिन्ता ना कर बाबू भी मान-जाएँगे।"

रमेश ने महादेव को समझाया कि, "माधुरी पढ़ले-लिखले है और साथ में नौकरी भी पा गईल है, नौकरी भी करी। अच्छा परिवार है, फिर दहेज क का जरूरत है? अपना पंकज त वैसे ही कमात है और सबका ध्यान भी राखत है। खेत अगले महीने छुड़ावै को कहत है। घर भी बन जाई। फिर दहेज क का जरूरत।"

बहुत प्रयास के बाद दहेजमुक्त शादी के लिए महादेव मान गया।

तय हुआ कि शादी में कोई तामझाम नहीं होगा। कोर्ट में शादी होगी फिर घर पर बहू के स्वागत के लिए एक पार्टी, खास मेहमानों के साथ होगी। कोई शोरगुल नहीं किया जाएगा।

छह महीने बाद शादी का समय निर्धारित हो गया।

दोनों परिवार अपने-अपने ढंग से शादी की तैयारी में जुट गए। माधुरी और पंकज भी अपनी तैयारी के साथ, मित्रों को निमन्त्रण पत्र भेज रहे थे।

निर्धारित कार्यक्रम के अनुसार, शादी कोर्ट में दोनों परिवारों की सहमति से और उनके आशीर्वाद से हुई।

शादी के प्रीतिभोज में आए सभी मेहमानों का जोरदार स्वागत किया गया। घर को सजाया गया था। तोरण द्वार गाँव के बाहर बनाया गया था। तोरण द्वार से लेकर कार्यक्रम स्थल तक सजावट थी। मेहमानों के ठहरने से लेकर खाने पीने तक की व्यवस्था रखी गई थी। यद्यपि पंकज सादगी चाहता था लेकिन महादेव बोले, "हमरो कुछ अरमान है, उसे पूरा कर लेने दे, अब कुछ मत बोल। हमरे घरे जे ई बहू आवत है।"

दोस्त एक लम्बे अन्तराल के बाद मिले थे, खूब वार्त्तालाप चल रहा था। एक दूसरे का हालचाल जानने लगे। तभी सनोज का जिक्र हुआ।

"बेचारा, परेशान रहा फिलहाल अब ठीक हो गया है।" अरुण ने बताया।

पंकज बोला, "क्या हुआ? हमें तो कुछ पता नहीं।"

अरुण ने बताया कि वह दुबारा से नशा करने लगा था। आगे बताने लगा...

"सनोज की शादी सुलोचना से हुई। वह बहुत सुन्दर और सुशील होने के साथ-साथ गुणी भी थी। अच्छे परिवार से थी। सनोज ने अपने पिता के रियल इस्टेट में काम करने के बजाय, बिजली विभाग में जे ई के पद पर नौकरी कर लिया। अच्छी शादी हो गई। कुछ दिन सब ठीक-ठाक चला लेकिन सनोज अपने सीनियर के साथ कभी-कभी छुप-छुपाकर पी लिया करता था। फिर कभी-कभी नशे की हालत में घर आने लगा। सुलोचना बुरा मानती तो सनोज तमाम बहाने बना लेता, "आज गलती से पी लिया, अरे आज बॉस ने जबर्दस्ती पिला दिया, आज पार्टी थी, इसलिए पीना पड़ गया, आज काम का प्रेशर बहुत था, आज टेन्शन बहुत हो गया था...आदि आदि।"

अब धीरे-धीरे रोज की यही स्थिति हो गई। अब पति-पत्नी में लड़ाई भी होने लगी। सुलोचना बहुत दुखी होती। अपनी और पति की इज्ज़त बचाने के लिए वह किसी से कुछ कहती भी नहीं थी। मायके में लोग दुखी होंगे, ऐसा सोचकर, किसी तरह अपने को सँभाले हुए थी। इसी बीच वह प्रेग्नेंट हो गई। उसे लगा, शायद सनोज अब सुधर जाए। लेकिन दुर्भाग्य देखिए, सनोज खुशी का बहाना कर ज्यादा पीने लगा। जब सुलोचना पीने से रोकती तो सनोज बहुत प्यार से समझाता, "मैं बाप बननेवाला हूँ, इस खुशी के मौके पर इतना सेलिब्रेशन तो बनता ही है।"

सुलोचना बोलती, "अच्छा ठीक है, लेकिन केवल आज और वह भी थोड़ा।"

सनोज बोलता, "हाँ हाँ, तो मैं कौन-सा रोज पीने के लिए बोल रहा हूँ? अरे ! वह तो बाप बनने की खुशी है इसलिए मैं पीना चाहता हूँ, अन्यथा मैं क्यूँ पीता? तुम्हें पता है न कि शराब बहुत नुकसान करती है, लीवर खराब कर देती है, दिमाग सुखा देती है। फिर मैं अपना क्यों नुकसान करूँ?"

सुलोचना खिसियाती, पर क्या करती? वह कहती, "ठीक है, मैं भी देख रही हूँ, आपकी खुशी, आपका ज्ञान।"

आमोद-प्रमोद, नोक-झोंक में समय गुजरता गया और वह घड़ी भी आ गई, जब बच्चे ने जन्म लिया। जन्म अस्पताल में हुआ था। डिलीवरी नॉर्मल थी इसलिए दो दिन बाद ही अस्पताल से छुट्टी मिल गई थी।

बच्चे के जन्म पर कार्यक्रम होना था। उस समय ससुराल और मायके पक्ष की ओर से तमाम लोग आए थे। सब लोग खुश थे। खुश तो सनोज भी था लेकिन उसके खुशी के इजहार करने का तरीका अलग था। वह शराब के साथ ही मना पाता था, खुशी और गम। खुश है तो भी शराब और गम है तो भी शराब। सनोज में कोई दूसरा ऐब नहीं है सिवाय शराब के। अब मौका खुशी का है तो शराब जरूरी है। दौर ए जाम, बस अब क्या था? इस दौर का कोई अन्त तो है नहीं। यह सिलसिला लगातार चलता रहेगा, रुकेगा तभी, या तो पीनेवाले की हालत न साथ दे या फिर शराब ही खतम हो गई हो।

सब मेहमान नवाजी में व्यस्त थे और जे ई सनोज, मदिरा पान में। कहीं उनका अता-पता नहीं। बहुत खोजबीन हुई लेकिन सब बेकार। सनोज का कहीं पता नहीं। सभी परेशान थे तभी अचानक लहराता हुआ सनोज लोगों के सामने प्रकट हो गया। खुद सँभलने की हालत में नहीं था। बोल भी नहीं पा रहा था। स्वर बहुत धीमा और अस्पष्ट। खुद का ध्यान नहीं, पर बोल रहा है, "ए-ज्वॉ-य क-रो।"

सन्नाटा पसर गया।

कानाफूसी शुरू हो गई।

सनोज को कोई खबर नहीं।

सुलोचना ही आगे बढ़कर, सनोज को सँभालने की नाकाम कोशिश करने लगी। नशे में व्यक्ति को सँभालना सम्भव नहीं, चाहे शारीरिक हो या मानसिक। उसे सुरक्षित बैठाने की कोशिश करते हुए सुलोचना फुसफुसाई, "कम-से-कम, आज तो न पिए होते।"

सनोज लड़खड़ाते आवाज में बोला, "फि-र मे-री खु-शी का क-या हो-ता?"

सुलोचना बोली, "आपसे बात करना ही बेकार है।"

सनोज बोला, "फि-र भी क-र र-ही हो।"

सुलोचना बगैर बोले, सहारा दिए बेड पर बैठाने लगी। लेकिन सनोज वहीं फर्श पर बैठ गया।

सनोज को ऐसे हालात में देख, मनोज गुस्से से लाल हो गया और बोला, "कम-से-कम अपने इज्जत का न सही, सुलोचना और बच्चे की खातिर ऐसी ओछी हरकत तो न करते ! देख क्या हाल हो गया है तेरा?"

सनोज बोला, "मैं खु-शी में पि-या हूँ, ले-ट्स चि-य-र्स।" दोनों हाथ हवा में मुश्किल से उठाकर बोला।

मनोज उसका हाथ पकड़कर अन्दर ले गया। कहने लगा, "तुम अपनी पत्नी और बच्चे के पास रहने, उनकी देखभाल करने के बजाय, शराब पी रहे हो। तुम्हें शर्म आनी चाहिए।"

सनोज बोला, "उ- न्हीं के खु-शी के लि-ए पी- या हूँ।"

मनोज बोला, "शर्म आनी चाहिए, उनकी खुशी उनके देखभाल में है, न कि तुम्हारे शराब पीने में।"

सनोज बोला, "ठी--क है, दे-ख लूँ-गा।"

मायकेवाले तो काठ बन गए हैं, कोई कुछ बोलने की स्थिति में नहीं था, क्या बोलें? कैसे बोले? कुछ सूझ नहीं रहा था। सुलोचना की माँ पार्वती तो जैसे गूँगी हो पत्थर की मूरत बन गई हों। काफी देर बाद, सुलोचना के पास आकर, बिन बोले, सान्त्वना, प्यार दुलार और हौसला बढ़ाने के मिश्रित भाव को समेटे अपने हाथ को उसके कन्धे और सिर पर रख, सहलाने लगी। उसे सदमा लगा कि, "उसे कभी पता नहीं चला, सुलोचना यह सब अकेले सहती रही।" उसके मन में पीड़ा होने लगी। उससे रहा नहीं गया तो वहाँ से चन्द कदमों की दूरी पर जाकर बैठ गई, आँखों से आँसू ऐसे निकल रहे थे जैसे गंगोत्तरी से गंगा। बहते हुए आँसू, मन के पीड़ा को हर भी रहे थे तो वहीं पश्चात्ताप की अग्नि में जला भी रहे थे। सोचने लगी, "अच्छा हुआ, सुलोचना के पिता यहाँ नहीं हैं, अन्यथा क्या होता?"

"सुलोचना के पिता दीनदयाल कुछ दिनों से अस्वस्थ चल रहे थे। उन्हें मधुमेह की बीमारी थी। शुरू में दवा नहीं लेते थे। लालबुझक्कड़ लोगों के द्वारा फैलाया गया भ्रम उनके मन में समा गया था कि, "ब्लड शुगर की अंग्रेजी दवा की जरूरत ही नहीं होती। डॉक्टर, दवा कम्पनियों से साठगाँठ कर जबर्दस्ती, शुरू कर देते हैं और शुगर की दवाएँ काफी नुकसान भी करती हैं।" इसके अलावा यू ट्यूब, फेसबुक और व्हाट्सएप जैसे सोशल मीडिया पर तमाम भ्रामक प्रचार कि, "जड़ से मिटाए, एक हफ्ते में।" के गिरफ्त में आना। वे कभी-कभार विशेषज्ञ डॉक्टर को दिखाते लेकिन दवा या तो नहीं खाते या नीमहकीम का ही खाते। कुछ दिन तो काम चलता रहा लेकिन समय के साथ बीमारी बढ़ती गई और डायबिटीज नियन्त्रण से बाहर हो गई। अब उसके दुष्परिणाम सामने आने लगे। हाथ और पैर सुन्न होने

लगा, झुनझुनाहट और जलन होने लगी। रात में तकलीफ और बढ़ जाती और वे सो नहीं पाते। लेकिन दीनदयाल अभी भी चेते नहीं, अभी उन्हें 'जड़ से खत्म' करनेवाले इश्तहारों पर ही भरोसा था।

परेशान होकर दीनदयाल न्यूरोसर्जन डॉक्टर प्रेम को दिखाने पहुँचे। डॉक्टर प्रेम ने ब्लड शुगर के बारे में पूछा तब दीनदयाल बोले, "ब्लड शुगर तो बढ़ा रहता है लेकिन मैं जड़ी-बूटी की ही दवा लेता हूँ।"

डॉक्टर प्रेम ने पूछा, "क्या ब्लड शुगर कंट्रोल है?"

दीनदयाल बोले, "थोड़ा बढ़ा रहता है।"

डॉक्टर प्रेम ने पुनः पूछा, "कितना रहता है?"

दीनदयाल बोले, "ज्यादा नहीं बढ़ा रहता, बस खाली पेट दो सौ के करीब रहता है और खाने के बाद तीन सौ के करीब रहता है।"

डॉक्टर प्रेम बोले, "आपको ब्लड शुगर बढ़े होने के कारण ही सब दिक्कतें हैं। पहले ब्लड शुगर जाँच करवाकर दिखाएँ।"

दीनदयाल बोले, "यू ट्यूब पर कई वीडियो देखता हूँ, उसमे दावा किया गया है कि शुगर लेवल बढ़े होने से कोई दिक्कत नहीं होती। तो आप शुगर का नहीं बल्कि हाथ पैर के जलन व सुन्नपन का इलाज करिए। बाकी मैं यू ट्यूब से इलाज कर लूँगा।"

डॉक्टर प्रेम बोले, "मैं डायबिटीज का इलाज नहीं करता लेकिन सलाह दे रहा हूँ कि आप ब्लड शुगर की जाँचे करवाएँ और उसका समुचित इलाज कराएँ, अन्यथा तकलीफ ठीक नहीं होगी। जब ब्लड शुगर कम बढ़ा रहता है तो इसे डाइट, परहेज, व्यायाम, आयुर्वेदिक दवाओं या कुछ हलकी दवाएँ कंट्रोल कर लेती हैं लेकिन जब यह कंट्रोल नहीं होता या बहुत बढ़ा होता है तब एलोपैथिक दवाएँ या इन्सुलिन के इंजेक्शन तक लेना पड़ता है। निष्कर्ष यह है कि ब्लड शुगर लेवल नार्मल रेंज में होना चाहिए चाहे वह स्वतः हो या दवायों से। अन्यथा डायबिटिक न्यूरोपैथी यानी नसों के सूखने के लक्षण के साथ-साथ दूसरी दिक्कतें भी आ सकती हैं, जैसे आँख की रोशनी का कम होना, दिल और दिमाग की परेशानियाँ, पैर का सड़ना, घाव का ठीक नहीं होना आदि। फिलहाल मैं ने आपके लिए दवा लिख दिया है, इसे लेते रहें और अपने ब्लड शुगर को कंट्रोल कराएँ।"

दीनदयाल असन्तुष्ट भाव से डॉक्टर प्रेम के कक्ष से निकल गए। वह मानने के लिए तैयार नहीं थे कि उनकी दिक्कतें, बढ़े ब्लड शुगर के कारण हैं।

कई डॉक्टरों से परामर्श लेने के बाद भी दीनदयाल शुगर की दवा को लेने से मना कर देते। उनकी दिक्कतें बढ़ती जा रही थीं लेकिन वे शुगर की दवा खाने से मना करते रहे।

एक दिन वे जल्दी से घर से निकल रहे थे कि दरवाजे से उनके पैर के अँगूठे में खरोंच लग गई। खरोंच हलकी थी और पैर सुन्न होने के कारण, तुरन्त पता नहीं चला। बाद में पता चलने पर भी वे उसे बहुत तवज्जो नहीं दिए। घर में रखे ऑइंटमेंट को लगा लिये। दो दिन बाद घाव बढ़ गया। पैर में सूजन आ गई, अँगूठा तो काला पड़ने लगा। अब वह परेशान हो गए। अब क्या करें? समझ नहीं आ रहा था। डॉक्टर प्रेम याद आए, क्योंकि डॉक्टर प्रेम ने बताया था कि, "ब्लड शुगर कंट्रोल नहीं रहेगा तो आगे चलकर, पैर में सड़न हो सकती है, कई बार तो पैर काटना भी पड़ जाता है।" उस समय दीनदयाल को बहुत बुरा लगा था और वे चैम्बर से निकल आए थे। डॉक्टर प्रेम की लिखी दवा भी नहीं ली थी। आज बात सही लग रही थी और उन्हें अपने आप पर गुस्सा भी आ रहा था। फिर खुद से कहने लगे, "डॉक्टर की सलाह कड़वी हो सकती है लेकिन नुकसानदेह नहीं। काश! मैं बात मान लिया होता।"

वे पहुँच गए डॉक्टर प्रेम के हॉस्पिटल। रजिस्ट्रेशन कराने के बाद वहीं रिसेप्शन के पास बैठकर अपने नम्बर का इन्तजार करने लगे। अपने नम्बर पर डॉक्टर के सम्मुख हुए।

डॉक्टर प्रेम, "बताएँ क्या दिक्कत है?"

दीनदयाल, पुराने परामर्श का पर्चा दिखाते हुए बोले, "मेरी तकलीफ और बढ़ गई है, अँगूठे में लगी चोट के कारण, पैर सूजकर, काला पड़ गया है।"

डॉक्टर प्रेम पर्चे पर नज़र डालते हुए बोले, "अभी शुगर लेवल क्या है?"

दीनदयाल बोले, "बहुत दिन से जाँच नहीं कराया हूँ।"

डॉक्टर प्रेम बोले, "ठीक है, अभी रैंडम ब्लड शुगर चेक करा लेते हैं, फिर देखते हैं।"

दीनदयाल सिर को "हाँ " में हिलाए और बाहर निकल पैथोलॉजी में ब्लड सैम्पल देने चले गए।

थोड़ी देर में रिपोर्ट आ गई।

रिपोर्ट के साथ, वह डॉक्टर प्रेम के सामने खड़े थे।

डॉक्टर प्रेम रिपोर्ट देखते ही, दीनदयाल को देखे और बोले, "बहुत ज्यादा है।"

दीनदयाल बोले, "सर, कितना है?"

डॉक्टर प्रेम बोले, " पाँच सौ।"

दीनदयाल बोले, "अब क्या होगा?"

डॉक्टर प्रेम बोले, "दवा चलेगी, किसी स्पेशलिस्ट को दिखा लीजिए, नसों के लिए मैं दवा लिख दे रहा हूँ लेकिन ध्यान रहे, शुगर लेवल कंट्रोल किए बगैर ठीक नहीं होंगे, और अँगूठे के साथ-साथ पैर भी काटना पड़ सकता है। इसलिए दवा शुरू करें, पैर की ड्रेसिंग करवा देता हूँ।"

दीनदयाल परेशान हो रहे थे लेकिन उनके पास कोई दूसरा विकल्प नहीं था। हॉस्पिटल में ही उपलब्ध फिजीशियन से परामर्श कर दवा शुरू कर दिए।

इलाज से अब उन्हें कुछ आराम हो रहा है। झुनझुनाहट, जलन और सूनापन काफी ठीक हो गया है लेकिन घाव पूर्णरूप से भरा नहीं है इसलिए वे घर पर ही हैं और कार्यक्रम में नहीं आए।

पार्वती कितनी परेशान थी, इसी बात से अन्दाजा लगाया जा सकता है कि उसकी आँखों से बह रहे आँसू थमने का नाम ही नहीं ले रहे थे। वह बेटी के दुख के साथ, दीनदयाल के बारे में भी सोचती। दरअसल दीनदयाल, सुलोचना को बहुत मानते थे, बहुत नाज़ था उन्हें अपने बेटी पर। सुलोचना की शादी के बाद वे चिन्तामुक्त हो गए थे। आखिर अच्छी शादी जो हो गई थी लेकिन किसको मालूम कि हकीकत क्या है? अगर उन्हें पता चला तो उनकी तबीयत और बिगड़ जाएगी। इस बात से भी पार्वती बहुत परेशान हो रही थी।

सनोज को कोई फर्क नहीं पड़ा। थोड़ी देर बाद, वह वहीं लेट गया। नशे की हालत में व्यक्ति कितना संवेदनहीन, गैरजिम्मेदार और विवेकशून्य हो जाता है। यह सनोज को देख आसानी से समझा जा सकता है। अगर सनोज नशे में न होता तो क्या ऐसा ही करता? बिलकुल नहीं। उसे पिता बनने का सुख और गौरव प्राप्त हुआ था लेकिन उसे वह नशे के कारण महसूस ही नहीं कर पाया। कितनी बड़ी बिडम्बना है। लेकिन नशा तो नाश करती ही है।

कुछ दिन पार्वती ने रुककर, सुलोचना की सेवा की। बच्चे को अपने नानी होने का अहसास दिलाया, भरपूर प्यार दी। सनोज से बोली, "बेटा, अब आप केवल पति ही नहीं, पिता भी हैं, आपकी जिम्मेदारी बढ़ गई है, उसे निभाने की कोशिश करनी होगी।"

सनोज बोला, "जी मम्मी जी, मुझे पता है, और मैं अपनी जिम्मेदारी को समझता हूँ।"

पार्वती बोली, "क्या? ऐसे नशे में रहकर।"

सनोज बोला, "नहीं, मैं कोई नशा नहीं करता, कभी-कभी बस टेस्ट कर लेता हूँ।"

पार्वती बोली, "फिर टेस्ट करना बन्द कर दीजिए।"

सनोज बोला, " जी मम्मी जी, कभी हाथ भी नहीं लगाऊँगा।"

शाम को फिर सनोज, नशे में टल्ली हुए घर हाजिर हो गया।

पार्वती बोली, "बेटा, आप तो न पीने की कसमें खाए थे।"

सनोज बोला, "कौ-न बो-ला था, न पी-ने को। मैं को-ई न-शा कि-या हूँ क-या? न-हीं न।"

सुलोचना बोली, "मम्मी कोई फायदा नहीं है, बात करने से। ए कभी अपने आलावा किसी की बात सुने हैं, क्या?"

नशा उतरने के बाद, सनोज पुनः इनसानी रूप में था, कह रहा था, "मम्मी जी, दुबारा नहीं पियूँगा, कसम से।"

सनोज की इन हरकतों से पार्वती कभी-कभी कुढ़ने लगती लेकिन कर ही क्या सकती थी? समझा तो रही थी लेकिन जब व्यक्ति नशे का आदी हो गया हो तो समझाना उतना ही मुश्किल होता है जितना नशे में समझना।

सुलोचना ही अपनी माँ पार्वती को समझाती, "माँ, आप परेशान न हों, सब ठीक हो जाएगा। अब, बाबू को देख अपनी जिम्मेदारी को समझेंगे और नशे को छोड़ देंगे।"

पार्वती पूछी, "ऐसा कब से चल रहा है?"

सुलोचना बोली, "पता नहीं, लेकिन काफी समय से लगता है।"

पार्वती बोली, "पहले क्यों नहीं बताई?"

सुलोचना कुछ नहीं बोली, बस अपने अँगुली के नाखून को अँगूठे के नाखून से खुरच रही थी।

पार्वती बोली, "हमें बहुत दुख है कि हम तुम्हारे दुख को समझ न सके। तुम्हारे 'हम सब ठीक है' की असलियत न समझ सके। तुम हमे खुश रखने के लिए, अकेले तकलीफ सहती रही और हम सच जान न सके। अब क्या करें? तुम मेरे साथ चलो, कुछ दिन अकेले रहेंगे तो हो सकता है, इन्हें अहसास हो।"

सुलोचना बोली, "मम्मी, परेशान न हों, अब बच्चे के साथ होने से, सब ठीक हो जाएगा। मैं भी कोशिश करूँगी। देखो, और किसी को पता न चले, पापा को तो बिलकुल ही नहीं।"

पार्वती सुलोचना को सहलाती रही, अश्रुधारा बहाती रही। कुछ बोलने की स्थिति में नहीं थी। किंकर्तव्यविमूढ़ सी जड़वत बनी रही।

पार्वती से अब और रहना मुश्किल हो रहा था। बोली, "सुलोचना मैं जाना चाहती हूँ, फिर एक बार सोच लो, अगर चलना चाहो तो साथ में चल लो।"

सुलोचना बोली, "मम्मी, इस बारे में और बात नहीं करनी है।"

पार्वती जाने के लिए तैयार थी, सनोज आया, पैर छूकर आशीर्वाद लिया और बोला, "मम्मी जी, मैं कोशिश करूँगा, सब ठीक हो जाएगा।"

पार्वती बहुत खुश हो गई और मन-ही-मन सोचने लगी, "जब, सब ठीक हो जाएगी, तो बिटिया खुशहाल हो जाएगी।" सनोज के सिर पर हाथ रख आशीर्वाद दिया और गाड़ी में बैठकर चली गई।

कुछ दिन सब ठीक रहा। सुलोचना बहुत खुश थी। सनोज भी घर जल्दी आ जाता और बच्चे के साथ प्रसन्न रहता। सब ठीक चल रहा था लेकिन यह खुशी ज्यादा दिन की नहीं थी।

जब एक दिन सनोज की घर वापसी शराब के नशे के साथ हुई। बहुत हंगामा हुआ था।

अगले दिन नशा उतरने के बाद सनोज कसमें खाने लगा, कहने लगा, "मैं कसम खाकर कह रहा हूँ, मैं आगे कभी नहीं पियूँगा, मुझे इस बार माफ कर दो।"

सुलोचना बोली, आपको क्या फर्क पड़ता है? झूठ पर झूठ बोलते हैं, कसमें खाना बन्द करिए, कभी सोचते हैं, मुझ पर क्या गुजरती है? आपको तो बस पीने का बहाना चाहिए।"

सनोज बोला, "मैं सच कह रहा हूँ, मैं अब नहीं पियूँगा। विश्वास करो।"

सुलोचना बोली, "किस बात का विश्वास करूँ, विश्वास करने का काम कभी किए हैं, क्या? जो करूँ।"

सनोज बोला, "मैं अपने बच्चे की कसम खाकर कह रहा हूँ, कि आगे कभी नहीं पियूँगा। मैं कभी भी शराब को, हाथ भी नहीं लगाऊँगा।"

सुलोचना बहुत दुखी हो गई जब सनोज ने अपने बच्चे की कसम खाई। सुलोचना बोली, "ठीक है, आप बाबू का कसम खाएँ हैं, मैं मान लेती हूँ। लेकिन ध्यान रहे, दुबारा हाथ न लगाना, नहीं तो मुझे खो देंगे।"

सनोज बोला, "मैं कभी भी हाथ नहीं लगाऊँगा।"

लेकिन कब तक, केवल कुछ दिन तक, फिर वही पहले जैसा पीना, बल्कि पीना रुकने के बजाय बढ़ता ही गया। अब तो ड्यूटी से घर वापसी नशे के साथ और स्वागत हंगामे के साथ होना दिनचर्या-सी हो गई थी। मारपीट की भी शुरुआत हो गई थी। सुलोचना ने भी कमर कस लिया था कि वह सनोज को शराब या अन्य नशे के साथ बर्दाश्त नहीं करेगी। सनोज कहाँ माननेवाला था? बल्कि दिन पर दिन उसकी लत और बढ़ रही थी। कभी-कभी तो इतनी ज्यादा पी लेता था कि घर पहुँचने के लिए उसे किसी सहयोगी की जरूरत पड़ती थी।

एक दिन, पीकर आए सनोज से सुलोचना बोली, "मेरी न सही कम-से-कम बाबू की कसम का ही लिहाज कर, पीना छोड़ देते।" बस इतना सुनना, सनोज बौखला गया, अपशब्द कहते हुए बोला, "ए-क क-म थी मे-रे पी-ने पर रो-क ल-गा-ने वा-ली जो य-ह भी आ ग-या। मे-रे पी-ने के बी-च में आ-ने वा-ले को मा-फ न-हीं क-र स-क-ता।" कहते हुए सनोज, उसे बिस्तर से उठाकर, जमीन पर लिटा दिया।

"अब और नहीं, अब मैं आपके साथ नहीं रह सकती, बेटे का भविष्य बरबाद नहीं होने दूँगी।" सुलोचना सुबकते हुए बोली।

नशे में धुत पड़े सनोज को कहाँ असर पड़नेवाला था? वह बोला, "हाँ तो तु-म्हें रो-का कि-स-ने है, च-ली जा-ओ ज-हाँ जा-ना चा-हो।"

सुलोचना को धक्का लगा। वह और जोर जोर से सुबकते हुए बोली, "चली जाऊँगी, कहाँ जाऊँगी, मम्मी-पापा जी के पास जाऊँगी, और कहाँ जाऊँगी?" कहकर, बेटे को जमीन से उठा, दूसरे कमरे में चली गई।

सुलोचना रातभर बेचैन थी, निर्णय ले लिया कि, "सुबह माँ को फ़ोन कर, वहीं चली जाऊँगी।" सुबह का इन्तजार करती रही लेकिन बहुत लम्बी रात थी, खत्म होने का नाम ही नहीं ले रही थी। उसका भविष्य दाँव पर लगा था, उससे भी ज्यादा चिन्ता उसे बच्चे के भविष्य को लेकर थी।

सुबह माँ को फ़ोन किया और बोली, "मम्मी, मैं तुम्हारे पास आना चाहती हूँ। भैया को भेज दो।"

पार्वती, रुँधे कंठ से बोली, "ठीक है, भेज देती हूँ, चले आओ।" पार्वती सब समझ गई, उसने एक बार भी नहीं पूछा कि वहाँ का क्या हालचाल है?

उस दिन घर पर सन्नाटा पसरा हुआ था। नाश्ता तक नहीं बना था। सनोज देर से उठा और बगैर नाश्ता किए ऑफिस चला गया। सुलोचना अपने भाई का इन्तजार कर रही थी। हाँ, बच्चे की देखभाल, रोज की तरह ही कर रही थी। आखिर, बच्चा था ही कितने दिन का?

शाम को सुलोचना का भाई राहुल आया। आते ही बोला, "क्या हुआ? अचानक आने का कार्यक्रम ! सब ठीक तो है।"

सुलोचना बोली, "हाँ सब ठीक है।"

राहुल को पानी और चाय देकर, तैयार होने चली गई। राहुल चाय पीते हुए अपने भानजे को निहारने लगा।

तैयार होकर सुलोचना आई और राहुल से बोली, "चलिए।"

राहुल चौंक गया और बोला, "क्या? अभी, अरे ! कल चलते हैं।"

सुलोचना बोली, "देर से आए हैं, सुबह से इन्तजार कर रही हूँ। अब देर नहीं करना है, चलिए।"

राहुल बोला, "कम-से-कम जे ई साहब को तो आ जाने दो।"

सुलोचना बोली, "कोई बात नहीं, वह आ जाएँगे।"

राहुल बोला, "मैं भी मिल लेता।"

"सुलोचना चाहती थी कि सनोज के घर लौटने से पहले ही वह चली जाए नहीं तो सनोज को नशे की हालत में देखना, राहुल को बहुत दुख देगा। लेकिन राहुल चाहता था कि, वह सनोज से मिलकर जाए। फिलहाल इसी उधेड़बुन में विलम्ब हो रहा था, और राहुल को कुछ गड़बड़ लगने लगा।"

राहुल भावुक हो सुलोचना से बोला, "सब, ठीक तो है। इतनी जल्दी में क्यों हो? मम्मी ने भी कुछ नहीं बताया और इधर तुम, क्या छिपाया जा रहा है मुझसे? तुम्हारा भाई हूँ, कोई गैर नहीं, मुझे बताओ।"

सुलोचना बगैर सवाल का जवाब दिये बोली, "अब चलिए।"

राहुल ने एक बार सुलोचना की तरफ देखा और, 'हूँ' कहते हुए सामान उठाकर, घर के बाहर आ गया। अभी गाड़ी में सामान रख ही रहा था कि दो लोग सहारा दिए सनोज को, गाड़ी से बाहर निकालकर लगभग उठाए हुए चले आ रहे थे। राहुल, सनोज को पहचानते हुए चिल्लाया, "अरे क्या हुआ इनको?" कहते हुए सनोज की ओर लपका।

सुलोचना भी उसी दिशा में मुड़ी लेकिन फिर बुदबुदाई, "यह रोज का काम है।"

राहुल सहारा दिए लोगों से पूछा, "क्या हुआ?"

एक सहयोगी ने जवाब दिया, "कुछ नहीं, कुछ ज्यादा पी ली है।"

राहुल बोला, "क्या? ज्यादा पी ली है, ए पीते भी हैं !"

दूसरे सहयोगी ने बोला, "आपको नहीं पता, बहुत पीते हैं, किसी-न-किसी को रोज छोड़ने आना पड़ता है।"

राहुल जड़वत हो गया, कुछ देर लगा उसे सामान्य होने में और मुड़कर, सुलोचना से बोला, " क्या इसीलिए जल्दी जाना चाहतीं थी? ताकि मुझे यह न देखना पड़े। खुद अकेले दुख से लड़ती रही और किसी को भनक तक न लगने दी।"

सुलोचना बोली, "अब तो आप देख लिए न भैया, अब आपसे क्या छिपी है? रोज की कहानी है, सच कहूँ तो मैं हार गई, इस आदमी से।"

राहुल बोला, "नहीं, तुम हारी नहीं हो, मैं सब ठीक कर दूँगा। पहले आओ। हम लोग कल बात करेंगे।"

सुलोचना बोली, "नहीं भैया, मैं पूरी कोशिश कर चुकी हूँ, अब नहीं होता मुझसे। ए नहीं सुधर सकते।"

राहुल बोला, "सच बताओ, क्या किसी नशामुक्ति केन्द्र का सहारा ली हो?"

सुलोचना बोली, "नहीं, कभी नहीं, मैं तो जानती भी नहीं हूँ, क्या है? यह नशामुक्ति केन्द्र।"

राहुल बोला, "इसीलिए तो कह रहा हूँ, कि अभी बहुत रास्ते हैं।"

सुलोचना बोली, "ठीक है, अगर ठीक हो जाएँ तो जो भी कोशिश होगी, मैं करूँगी।"

राहुल बोला, "चलो पहले इनकी देखभाल करते हैं फिर सुबह इस बारे में बात करेंगे। हाँ, इस समय कुछ मत कहना, न लड़ना, सिर्फ प्यार जताना।"

सुलोचना बोली, "जैसा आप कहें।"

किसी तरह सुबह हुई, सनोज का नशा उतर चुका था। राहुल को देख सनोज ने नमस्ते किया, राहुल ने भी प्रत्युत्तर दिया। राहुल ने रात की घटना बिलकुल ही जाहिर नहीं किया।

सनोज थोड़ा लड़खड़ाते आवाज में बोला, "भाई साहब, आप कब आए।"

अब बारी राहुल की थी, उसने कहा, "जब आपको अपने घर आने के लिए सहारे की जरूरत थी और आप होशो-हवास में नहीं थे।"

सनोज समझ गया कि क्या माज़रा है? कुछ देर सिर झुकाए खड़ा रहा फिर बोला, "अब ऐसा नहीं होगा।"

राहुल बोला, "सुलोचना बता रही थी कि इसके पहले भी आप शराब छोड़ने की बात कई बार कह चुके हैं लेकिन फिर पीने लगते हैं।"

सनोज चिढ़ गया और बोला, "तो चढ़ा-बढ़ाकर सब बता दिया गया है, कोशिश तो कर रहा हूँ, क्या करूँ? आप बताएँ।"

राहुल बोला, "सनोज जी, आप परेशान न हों, मैं आपके साथ हूँ, आप छोड़ना चाहते हैं, बस यही काफी है। आप शराब को आसानी से छोड़ सकते हैं। विश्वास कीजिए।"

सनोज बोला, "धन्यवाद भाई साहब, आप मेरी बात समझ रहे हैं। आप मेरी तकलीफ महसूस कर रहे हैं अन्यथा लोग तो सिर फोड़ने लगते हैं।" सुलोचना की ओर देखकर बोला।

राहुल बोला, "आजकल सरकारी और गैरसरकारी संस्थाएँ इसके लिए काम कर रही हैं, जरूरत है, खुद के मनोबल की। मैं रात में ही नेट पर पता कर चुका हूँ, कई ऐसे सेंटर हैं जो इसके लिए आपकी मदद करेंगे।"

उसी दिन, सभी नशामुक्ति केन्द्र पहुँच गए। जहाँ पर सनोज जैसे तमाम मरीज थे। उनका भर्ती कर इलाज किया जाता और ठीक होने पर घर भेज दिया जाता था। सनोज़ और सुलोचना की काउन्सलिंग की गई और सुलोचना को समझाया गया कि जैसे दूसरे बीमारी में सहानुभूति की जरूरत होती है ठीक उसी प्रकार नशे को भी एक बीमारी समझकर मरीज से सहानुभूति रखिए। कड़वाहट

से बात और बिगड़ जाती है।

सुलोचना बोली, "शराब में ऐसा क्या होता है? जो पीनेवाले को बिलकुल होशो-हवास में नहीं रहने देता।"

डॉक्टर ने बताया कि, "शराब में नशा, अल्कोहल के कारण होता है। जब कोई आदमी शराब पीता है तो अल्कोहल उसके पेट और आँतों से होते हुए ब्लड में पहुँच जाता है। यह ब्लड के माध्यम से बड़ी तेज़ी से शरीर के सभी हिस्सों और हमारे मस्तिष्क में पहुँचता है। जैसा कि हम जानते हैं हमारा मस्तिष्क लगभग समस्त क्रिया कलापों को नियन्त्रित करता है, इसलिए जब हमारे मस्तिष्क की कोशिकाओं में यह अल्कोहलयुक्त रक्त पहुँचता है तो वे न्यूरो ट्रान्समीटर या स्नायु सन्देश भेजना बन्द कर देती हैं। आसान भाषा में कहें तो विभिन्न हिस्सों को सन्देश भेजने की प्रक्रिया धीमी पड़ जाती हैं। जिससे व्यक्ति की ज़बान लड़खड़ाती है, वह ठीक से चल नहीं पाता और उसका सिर चक्कर खाने लगता है।"

सुलोचना बोली, "पीने की आदत कैसे छूटेगी?"

डॉक्टर बोला, "थोड़ा समय लगेगा और धैर्य रखना होगा।"

सुलोचना बोली, "मैं पूरी कोशिश करूँगी, बस ठीक हो जाएँ।"

डॉक्टर ने आश्वस्त किया कि, "यदि प्रयास किया जाए तो शराब की लत से छुटकारा पा सकते हैं।"

कुछ दिन तक इलाज चला और सनोज पूरी तरह से शराब की लत से बाहर निकल आया और घर में खुशहाली आ गई। सुलोचना ने अपने भाई को इसका श्रेय देते हुए धन्यवाद दिया।

राहुल बोला, "जल्दबाजी में कदम नहीं उठाना चाहिए, समस्या है तो उसका कारण है, कारण है तो उसका निवारण है, बस प्रयास सही तरीके से किया जाना चाहिए ।"

सभी दोस्त सनोज के बारे में जानकर आहत थे लेकिन खुश थे कि अब सब ठीक है। बस चिन्ता थी कि कहीं दुबारा पीना न शुरू कर दे।

सभी रिश्तेदार और दोस्त एक एक कर विदा हो गए ।

पंकज बहुत दिनों तक, नई नेवेली दुल्हन के साथ, अपने लोगों के बीच रह शादी की खुशियाँ मनाते हुए, छुट्टी बिताई।

भाग 4

अचानक कोलाहल मच गया, लोग एक दिशा में दौड़ने लगे। भीड़ इकट्ठी हो गई और लगातार बढ़ती जा रही थी। सनोज अपने परिवार के साथ उसी रास्ते से गुजर रहा था। रोड पर जाम लगा था। सनोज गाड़ी से उतर मामले को जानने की उत्सुकता लिए, भीड़ के पास पहुँचा।

भीड़ में खड़े एक व्यक्ति से पूछा, "क्या हुआ? क्यों भीड़ जमा है?"

व्यक्ति ने कहा, "कोई ट्रक के नीचे आ गया है।"

सनोज ने पूछा, "वह ठीक तो है?"

व्यक्ति बोला, "पता नहीं।"

सनोज बोला, "कौन है? पता चला।"

व्यक्ति बोला, "अभी तो नहीं।"

सनोज भीड़ को चीरते हुए अन्दर बढ़ने लगा लेकिन भीड़ हटे, तब तो। बहुत मुश्किल से अन्दर घुस पाया, जैसे ही, घायल व्यक्ति को देखा, चीख पड़ा, "अरे ! संजय सर। कैसे हो गया, यह सब।"

सनोज को चिल्लाते सुन, भीड़ में से कुछ लोग आगे आए और पूछने लगे, "क्या आप जानते हैं? इनको !"

सनोज दुखी हो बोला, "हाँ, हाँ मैं जानता हूँ। मेरे सर, संजय हैं, जे ई हैं, इलेक्ट्रिक विभाग में। निकालो इनको ट्रक के नीचे से।"

कुछ लोगों की मदद से संजय को निकाला गया। क्षत-विक्षत शरीर हो गई थी। इतने में पुलिस भी आ गई।

सनोज अपना मोबाइल कार में ही छोड़ आया था इसलिए खुद ही जल्दी से, अपने कार के पास पहुँच, सुलोचना को घटना की जानकारी दी और बोला, "अभी मैं अस्पताल से आ रहा हूँ। तुम लोग इन्तजार करना।"

सुलोचना बोली, "अच्छा हम यहीं कार साइड में लगाकर इन्तजार करेंगे, फिर जैसा होगा, बताना।

सनोज जल्दी से वापस लौटकर सभी के सहयोग से संजय को पास के ही प्राथमिक स्वास्थ्य केन्द्र पर ले गया, जहाँ ड्रेसिंग कर, "सीरियस है" कहकर, तुरन्त जिला अस्पताल के लिए भेज दिया गया।

सनोज अपने मोबाइल से सुलोचना को कॉल कर बोला, "तुम घर चली जाओ, मैं जिला अस्पताल जा रहा हूँ, इस समय इनके पास, इनका अपना कोई नहीं है।"

सुलोचना बोली, "ठीक है, लेकिन अपना ख्याल रखना।"

संजय का लहूलुहान शरीर लिये सनोज जिला अस्पताल पहुँचा। ब्लड काफी बह गया था, इसलिए ब्लड की डिमांड की गई। वहाँ पर सनोज ही था, वही तीमारदार भी था और ब्लड डोनर भी। बड़ी मुश्किल से ब्लड बैंक से दो यूनिट ब्लड की व्यवस्था हो पाई जो जरूरत से काफी कम थी। सनोज, संजय के जाननेवाले से सम्पर्क करना चाहता था, लेकिन कैसे करे? घटनास्थल से संजय का सब सामान गायब था, यहाँ तक कि मोबाइल भी। फिर कैसे किसी से सम्पर्क हो पाता? "कोई तो इनके रिश्तेदार या परिवार से होना चाहिए !" सनोज मन-ही-मन सोचता।

सनोज बहुत परेशान था कि कैसे इनके परिजन को सूचना दे तभी उसे मयंक याद आया। मयंक, संजय का छोटा भाई, जो कभी संजय के यहाँ आया था। संजय के घर पर ही सनोज से मुलाकात हुई थी। दोनों में काफी देर तक बातें हुई थीं, मोबाइल नम्बर का आदान-प्रदान हुआ था और बहुत पहले तक, कभी-कभी उससे बात भी होती थी। लेकिन इधर काफी अर्से से बात नहीं हुई।

सनोज अपना मोबाइल निकाल, मयंक का नाम ढूँढ़ने लगा। बहुत दिनों से बात न होने के कारण, उसे याद नहीं आ रहा था कि, "किस नाम से सेव किया है।" बहुत प्रयास करने के बाद, 'मयंक ब्रदर संजय सर' मिल गया। सनोज ने कॉल कर, उसे संजय के एक्सीडेंट और उसके नाजुक हालत के बारे में बताया।

मयंक ने रोते हुए कहा, "भैया, मेरे भैया का ख्याल रखना, मैं तुरन्त निकल रहा हूँ, जो समय, रास्ते का लगे। बस प्लीज भैया।"

सनोज बोला, "मैं हूँ यहाँ पर, लेकिन हालत अच्छी नहीं है, डॉक्टर बहुत सीरियस बता रहे हैं।"

मयंक बोला, "भैया को बचा लीजिए, खर्च जो भी लगे, किसी भी तरह बचा लीजिए।"

करीब चार घंटे बाद मयंक डिस्ट्रिक्ट हॉस्पिटल पहुँचा।

डॉक्टर से मिला।

स्थिति जाना।

डॉक्टर ने बताया कि, "हालत बहुत गम्भीर है, कुछ कह नहीं सकते।"

मयंक बोला, "कहीं और, किसी बड़े हॉस्पिटल में, चाहे प्राइवेट हो।"

डॉक्टर ने कहा, "हॉस्पिटल तो बहुत हैं लेकिन इनकी हालत बहुत गम्भीर है, इन्हें मेडिकल कॉलेज, संजय गाँधी अस्पताल या दिल्ली या फिर मुम्बई ले जा सकते हैं।"

मयंक ने संजय गाँधी अस्पताल या मेडिकल कॉलेज लखनऊ के लिए रिफर कराया। आनन फानन में एम्बुलेन्स से लखनऊ के लिए रवाना हो गया। मेडिकल कॉलेज के ट्रामा सेंटर में संजय को भर्ती कराया।

ट्रामा सेंटर के आई. सी. यू. में भर्ती कर, मयंक थोड़ा राहत महसूस कर रहा था।

एक दिन मयंक बाहर बेंच पर बैठा था तभी वह बचपन की यादों में खोने लगा। संजय उसे बहुत प्यार करता था।

कितना देख-भाल करता था संजय...।

पुरानी यादें आते ही मयंक परेशान हो गया, चहलकदमी करने लगा, उसे घबड़ाहट होने लगी। तभी सनोज आ गया और समझाने लगा।

सनोज अपने साथ उनकी ड्यूटी के किस्से बताने लगा, "शराब जरूर पीते थे लेकिन कभी किसी का नुकसान नहीं किए। मेरा बहुत ख्याल रखते थे। मेरा काम खुद ही कर देते थे। कहते थे, तुम्हारे पास परिवार है, परिवार को समय दो, मेरा क्या? मैं तो अकेला हूँ, मेरे लिये जैसे ऑफिस, वैसे ही घर। मुझे जबर्दस्ती घर भेज देते थे। तुम लोगों के बारे में बहुत सोचते थे, करना भी बहुत चाहते थे लेकिन...।"

मयंक बोला, "लेकिन क्या भैया? चुप क्यों हो गए?"

सनोज बोला, "बहुत दुखी थे, अपने प्यार के खोने से, तुम लोग़ों के लिए, जितना करना चाहते थे, कर नहीं पाए थे।"

मयंक बोला, "बहुत समझाते थे कि पीना बन्द कर दें लेकिन नहीं माने, बीमार भी रहते थे लेकिन पीते जरूर थे।"

सनोज बोला, "हाँ बीमार तो बहुत थे, लिवर भी खराब हो गया था, कई बार, ब्लड की वॉमिटिंग हुई थी। हॉस्पिटलाइज़्ड भी कराया गया था। लिवर

सिरोसिस डायग्नोज हुआ था। डॉक्टर ने शराब न पीने की सलाह दिया था, लेकिन, वे ठीक होते ही, पुनः पीना शुरू कर दिए थे। और पीते पीते आज नशे में यह हादसा।"

मयंक ने पूछा, "क्या आपने कभी मना करने या समझाने की कोशिश की? शायद आप की बात मान लेते।"

सनोज बोला, "मैं तो खुद ही पीने लगा था, कई बार मेरे मना करने के बाद भी पिलाते थे, मैं कैसे मना कर पाता, हाँ पिछली बार, एक महीने पहले मेरी मुलाकात हुई थी, तब मैंने मना किया था।"

मयंक बोला, "कहाँ मिले थे?"

सनोज बोला, "मार्केट में मिले थे, शराब ऑफर किए थे, मेरे मना करने पर नाराज़ हो गए थे।"

थोड़ा रुककर सनोज बोला, वे कहने लगे, "सनोज तूने मेरे शराब को नहीं, मुझे ठुकराया है, याद रखना, तूने एक बेहतरीन ऑफर खो दिया।"

मयंक बोला, "तब आपने, क्या कहा भैया?"

सनोज बोला, मैं कहा था, "सर, मुझे माफ करना, मैं आपका साथ नहीं दे सकता। इस शराब ने हमारे बेहतरीन समय को हमसे छीन लिया था। सोचिए मुझे अपने बीबी बच्चे तक की सुध नहीं थी।"

मयंक बोला, "फिर, भैया क्या कहे?"

सनोज बोला, "क्या कहते? कहने लगे, अरे यार, मज़ा बिगाड़ दिया, मैं शराब ऑफर कर रहा हूँ और तुम मुझे प्रवचन सुना रहे हो।"

मयंक पूछने लगा, "फिर !"

सनोज बोला, "मैं ने कहा था, सर, आप भी छोड़ दीजिए। आपको तो डॉक्टर ने सलाह भी दी है न, शराब न पीने के लिए। आपका लीवर खराब हो चुका है, लीवर सिरोसिस हो चुका है, ब्लड की उलटी हुई थी, याद है न, हॉस्पिटल में भर्ती हुए थे। क्या कहा था डॉक्टर ने? जहर है आपके लिए और आप पीए जा रहे हैं। अब बस करिए सर।"

मयंक बोला, "फिर भैया क्या बोले थे?"

सनोज बोला, "क्या बोलते? बस यही कि, छोड़ दूँ ! शराब छोड़ दूँ ! नहीं सनोज, नहीं, तुम शराब छोड़ सकते हो, मुझे छोड़ सकते हो लेकिन मैं बेवफा नहीं जो इसे छोड़ दूँ। मैं जिन्दगी के आखिरी साँस तक इसी से प्यार करूँगा। सच तो यह है कि यही मेरी जिन्दगी है और मेरी ख्वाहिश है कि मेरे मरने पर भी

इसकी कुछ बून्द, मेरे मुँह में डाल दी जाय। मेरी महबूबा यही है, इसी के साथ मैं जीना और मरना चाहता हूँ। आखिर मेरे बुरे वक़्त में यही मेरा सहारा बनी थी, सोचो कौन था मेरे साथ, यही तो थी, भले ही जमाने की नज़र में बुरी चीज है लेकिन सच कहूँ तो, मेरी जीवन संगिनी यही है।"

मयंक शान्त होकर, सनोज की बात सुन रहा था।

सनोज अपने रौ में बोलता रहा, मैं ने बहुत समझाया था कि, "सर, समझिए, यह नशा, नाश कर देती है हमारे मान-सम्मान को, हमारे रिश्ते को, हमारे परिजन हमसे दूर हो जाते हैं। हमारी खुशियाँ हमसे रूठ जाती हैं। मेरी मानो सर, अभी भी समय है, छोड़ दो, देखो आप कितना कमजोर हो गए हो। स्वास्थ्य से बढ़कर कुछ नहीं है।"

मयंक बोला, "बहुत दुख होता है। लेकिन कर भी क्या सकते हैं? बहुत समझाते थे, लेकिन सदमा भी तो बड़ा था।"

सनोज बोला, "हाँ, बहुत बड़ा सदमा लगा था, अपनी कहानी सुनाए थे, ज्यादा पीकर, होशो-हवाश खोने के बाद रोते-रोते अपनी कहानी बताते।"

ट्रॉमा सेंटर में भर्ती संजय का इलाज होता रहा लेकिन संजय की हालत खराब होती गई। वेंटीलेटर पर रखा गया था। लीवर तो पहले से ही खराब था, गुर्दा और फेफड़ा एक्सीडेंट और इनफेक्शन के कारण खराब हो गया। इनफेक्शन और सड़न के कारण दोनों पैर काटने पड़े। तमाम कोशिशों के बावजूद, अन्तत: संजय अपनी काया को त्याग साँसारिक बन्धन से मुक्त हो गया।

मयंक सनोज को पकड़कर बहुत रोया था। मयंक ने सनोज से कहा, "भैया, मैं आपका सदैव आभारी रहूँगा जो आपने मुझे ऐसे समय में सपोर्ट किया जब मैं बिलकुल अकेला था और मुझे आपकी बहुत जरूरत थी।

सनोज बोला, "सर, बहुत अच्छे आदमी थे, बहुत प्यार करते थे मुझे।"

डेड बॉडी लिये मयंक अपने घर चला गया और सनोज अपने घर आ गया।

सनोज के घर पहुँचने पर, सुलोचना ने पूछा, "चाय लेंगे या फ्रेश होंगे?"

सनोज दुखी मन से बोला, "फ्रेश हो लेता हूँ।

सनोज बाथरूम में जाकर फ्रेश हुआ, जब बाहर निकला, उसकी आँखें सुर्ख लाल थीं, लगता था कि अन्दर बहुत रोया था।

सुलोचना बोली, "बहुत घनिष्ठ मित्र थे क्या?"

सनोज बोला, "बहुत अच्छे आदमी थे, बस एक ही दोष था, पीते बहुत थे, हालात के मारे थे। पर, मेरी बहुत मदद किए थे।"

सुलोचना बोली, "क्या हो गया था? कैसा हालात?"

सनोज बोला बहुत दुखभरी कहानी है उनकी। सुनना चाहती हैं।

सुलोचना बोली, "क्यों नहीं? यदि आप सुनाएँ तो !"

सनोज बताने लगा :

बात उन दिनों की है जब वे इंजीनियरिंग की पढ़ाई एच.बी.टी.आई. कानपुर से कर रहे थे। इन्स्टीट्यूट में चर्चित नाम था, उनका। कॉलेज के दिनों में स्मार्ट, हँसमुख, पढ़ाई में होशियार। पर्सनालिटी ऐसी कि, लड़कियाँ ही नहीं लड़के भी दोस्ती के लिए आतुर रहते। लेकिन संजय हरफनमौला, हर सभी से मित्रवत व्यवहार करता।

बी्. टेक्. का छात्र था जब पहली बार कामिनी से प्यार हुआ। कामिनी पी. सी. एस. अधिकारी सुन्दरलाल की पुत्री थी। रूप-रंग जितना अच्छा था, उससे ज्यादा अच्छा था, उसका उदार मन। वह संजय को अपने करीब लाती गई और संजय उसके मोहपाश में नित बँधता गया।

पहले तो संजय प्रेम पथ से दूर भागता, वह कहता, "पहले करियर फिर शादी विवाह और बच्चे, लेकिन तब तक नहीं, जब तक सेटल्ड न हो जाय।"

लेकिन उसे क्या पता? कि वह अनजाने ही प्रेम पथिक बन चुका है।

उसके जीवन का वह अविस्मरणीय पल, जब वह क्लास से निकल सीढ़ियाँ उतर रहा था, तभी अचानक एक लड़की लहराती हुई, उससे टकरा गई। उसकी किताबें नीचे गिर गई। "ओह ! सॉरी !" संजय बोला और उसकी किताबे उठाकर देते हुए पुनः सॉरी बोला।

"मेंशन नॉट" किताबें पकड़कर लड़की बोलते हुए चली गई। वह लड़की कोई और नहीं, कामिनी थी।

उस समय, संजय ने इसे एक घटना मानकर भुला दिया। लेकिन, उसके बाद से कामिनी, अकसर ही उसके आसपास दिखती। कभी-कभार बात करने की भी कोशिश करती।

चूँकि, दोनों का ट्रेड अलग था, इसलिए एक दूसरे से मुलाकात कम ही होती। लेकिन अब अनायास ही होने लगी। संजय को कई बार कामिनी रास्ते में खड़ी मिल जाती, कभी वह मुसकुराकर, दूसरी तरफ देखने लगती तो कभी-कभी कुछ दूर साथ-साथ, खामोश चलती। अब ऐसा अकसर होने लगा।

संजय अनभिज्ञ था।

प्रेम पथ से।

लेकिन वह सशंकित था, इस अनैच्छिक घटना से। आखिर क्यों? यह लड़की जिसे वह जानता नहीं है, उसके रास्ते में उससे बार-बार टकरा जाती है।

एक दिन, संजय कैंटीन में अपने कुछ सहपाठियों के साथ चाय पीने के लिए बैठा ही था कि अचानक वही रूपसी आ गई, और सामने के टेबल पर टेक लगाकर, संजय की ओर मुंह कर, खड़ी हो गई। उसके हाथ में कॉफ़ी थी जिसे वह चुस्की लेकर पी रही थी। कॉफ़ी पी जरूर रही थी पर, उसकी निगाहें पूरी तरह, संजय पर जमी थी।

संजय ने देखा तो लेकिन अनभिज्ञ बन दोस्तों संग चाय पीता रहा। एकाध बार उसकी नज़र कामिनी से टकराई लेकिन अगले ही पल, हट गई। चाय खत्म होते ही संजय जाने के लिए उठ खड़ा हुआ। तभी कामिनी अचानक से संजय के सामने आ खड़ी हुई और मुसकुराकर बोली, "हेलो, मैं कामिनी।"

संजय सहज भाव से बोला, "हेलो, मैं संजय।"

कामिनी ने पूछा, "कैसे हो?"

संजय बोला, "मैं ठीक हूँ, और आप कैसी हैं।"

कामिनी बोली, "मैं भी ठीक हूँ। आप अपने बारे में कुछ बताएँ।"

संजय बोला, "बताने के लिए कुछ खास नहीं है। फिलहाल अभी लेक्चर का समय हो गया है, फिर कभी बात करेंगे।"

कामिनी न चाहते हुए भी बोली, "ओ के।"

संजय अपने दोस्तों के साथ, आगे बढ़ गया। संजय के दोस्तों में, पल्लव बहुत शरारती था। कहने लगा, "क्या बात है? यह अप्सरा कौन थी? जो चिपकी जा रही थी और तुम खिसकते जा रहे थे। यार, हमसे ही दो चार बात करा देते। खुद तो किए नहीं, कम-से-कम दोस्तों का ही ख्याल रख लेते। फिलहाल लड़की अच्छी है, जोड़ी बेहतरीन होगी।"

संजय बोला, "नहीं यार, मैं अभी इस बन्धन से दूर रहना चाहता हूँ। पहले मैं सेटल होना चाहता हूँ। भाई, बहन, माँ और पापा के लिए सहारा बनना चाहता हूँ। उसके बाद ही इस बारे में सोचूँगा।"

पल्लव बोला, "लेकिन मुझे कोई इस तरह का ऑफर मिले तो सब कुछ भूल जाऊँ।" कहकर हँसने लगा।

संजय बोला, "लेकिन मैं नहीं, सही कह रहा हूँ, मुझे पहले खुद सेटल्ड होना है फिर भाई-बहन के भविष्य को सँवारना है, उसके बाद ही...।"

पल्लव बोला, "यार जिम्मेदारियाँ किसके पास नहीं हैं? बस, किसी के पास कम हैं, तो किसी के पास ज्यादा। लेकिन अच्छी, मनपसन्द लड़की, स्वाति नक्षत्र के बारिश की बूँद समान है, समय पर आ गई तो सब छोड़ सहेज लेना चाहिए...।"

ऐसे ही समय गुजरता गया और अप्रत्याशित रूप से दोनों की मुलाकातें होती रहीं। धीरे-धीरे दोनो में बातचीत होने लगी।

एक दिन संजय ने कामिनी से कहा, "क्या हम जीवन भर साथ रहने का वादा कर सकते हैं?"

कामिनी बोली, "क्यों नहीं? हम सात जन्म तक साथ रहेंगे। यह मेरा वादा है। सच कहूँ तो मैं खुद यह बात कहना चाहती थी लेकिन...।"

संजय बहुत खुश हो, कामिनी का दोनों हाथ अपने हाथ में लेकर बहुत देर तक सहलाता रहा। फिर बोला, " शादी कब तक कर सकते हैं?"

कामिनी बोली, "इसके लिए मुझे मम्मी-पापा से बात करनी पड़ेगी, फिलहाल तुम क्या चाहते हो?"

संजय बोला, "मैं तो शीघ्रातिशीघ्र चाहता हूँ। वैसे तुम जब कहोगी... तब।"

कामिनी बोली, "मैं बात कर बताती हूँ।"

संजय बोला, "ठीक है।"

फाइनल सेमेस्टर शुरू हो गया था। संजय और कामिनी अकसर मिलने लगे, घंटों बातें करते, और भविष्य की योजनाएँ बनाते। इधर पढ़ाई का समय, प्रेमालाप में जाने लगा, पढ़ाई पर असर पड़ने लगा। एक दिन कामिनी ने संजय से कहा कि, "पहले हम पढ़ाई पर, अपना ध्यान फोकस करते हैं, फिर शादी के बारे में सोचते हैं। फाइनल एग्जाम नज़दीक है, हमें तैयारी करनी चाहिए।"

संजय बोला, "हाँ, यह सही रहेगा।"

परीक्षा का आखिरी पेपर था, जब संजय बोला, "अब तो परीक्षा खतम हो गई, अब हमें शादी के बारे में सोचना चाहिए।"

कामिनी बोली, "पहले हम सेटल्ड होने के बारे में सोचें तो ठीक रहेगा। आखिर कब तक हम दूसरे पर निर्भर रहेंगे?"

संजय बोला, "यह बात तो ठीक है लेकिन...।"

कामिनी बोली, "लेकिन, वेकिन कुछ नहीं, पहले हम सेटल्ड होंगे फिर शादी करेंगे, उसके बाद खुद के पैसे से, दुनिया घूमेंगे।"

संजय बोला, "ठीक है, जैसा तुम्हें ठीक लगे।"

दोनों चाहते थे कि जॉब लगते ही शादी कर लेंगे। संजय को जॉब की जरूरत ज्यादा थी क्योंकि उसका खर्च किसी तरह पूरा हो पाता और उसे अपने भाई-बहन की भी जिम्मेदारी उठानी थी। कामिनी को कोई दिक्कत नहीं थी। जहाँ कामिनी के पिता सुन्दरलाल पी.सी.एस. अधिकारी थे तो वहीं संजय के पिता कैलाश एक क्लर्क थे जो बड़ी मुश्किल से, बेटे के पढ़ाई की लिए, खर्च जुटा पाते थे।

कैलाश बड़ी उम्मीद से संजय को, इंजीनियर बनाना चाहते थे। बेटे का एडमिशन तो हो गया लेकिन साथ में खर्चे भी बढ़ गए। एजूकेशन लोन ले लिया। संजय के लिए तो लोन ले लिया, जिसकी किस्तें जमा करने में ही, वेतन का एक हिस्सा चला जाता था। भाई मयंक और उसकी बहन नूतन के लिए, समझौता करना पड़ गया। कभी-कभी कैलाश सोचते, "संजय के लिए लोन लेकर, मयंक और नूतन के साथ नाइन्साफी तो नहीं कर दिया।" फिर सोचता कि, "अरे ! चार साल का समय होता ही कितना है, पलक झपकते ही बीत जाएगा, फिर इंजीनियर बनते ही रुपए की कौन सी कमी रहेगी, मयंक और नूतन भी पढ़ लेंगे।"

संजय पढ़ाई पूरा कर, नौकरी के लिए प्रयासरत था। मन्दी के कारण, कैम्पस सेलेक्शन हुआ नहीं, सरकारी नौकरी की भर्ती हो नहीं रही। जितना नौकरी के लिए संजय बेचैन था, उससे कहीं ज्यादा उसके घरवाले। सबको विश्वास था कि, बस तकलीफ पढ़ाई तक है, पढ़ाई खतम, नौकरी शुरू। पर उन्हें क्या पता? नौकरी मिलना कोई आसान काम नहीं है।

मयंक अपनी माँ लीलावती से कहता, "बस माँ, अब भैया की पढ़ाई पूरी हो गई, भैया को बढिया नौकरी मिल ही जाएगी, सब दुख दूर हो जाएगा, मेरी और नूतन की पढ़ाई भी अच्छे से हो जाएगी।"

लीलावती बोली, "हाँ बेटा, अब दुःख दूर होगा, कर्ज भी चुकता हो जाएगा, और तुम लोगों की पढ़ाई भी पूरी हो सकेगी।"

कामिनी और संजय बहुत दिनों तक प्रयास करते रहे। धीरे-धीरे वास्तविकता से परिचय हो रहा था। जितनी मुश्किल पढ़ाई है, कहीं उससे ज्यादा मुश्किल नौकरी मिलने की है।

विश्वास था कि पढ़ाई पूरी होते ही अच्छी नौकरी लग जाएगी। लेकिन कैसे लगे? पढ़ा-लिखा बेरोजगार बन गया। सरकारी नौकरी खतम होने के कगार पर हैं, बहुत दिनों तक भर्ती का विज्ञापन नहीं आता। अगर देर-सबेर आ गया

तो परीक्षा नहीं होती। मान लिया जाय कि परीक्षा हो गई तो पेपर आउट होगा, न्यायालय में केस चलेगा, न्यायालय का निर्णय आएगा। इस सबके बावजूद अगर परीक्षा-परिणाम घोषित हो गया तो क्या सोचते हैं? सब ठीक होगा। कदापि नहीं। फिर मामला न्यायालय में। कभी रिज़र्वेशन को लेकर तो कभी मेरिट सूची को लेकर। यानी जो काम एक साल में होना चाहिए वह चार - पाँच साल में हो रहा है। बच्चे फॉर्म भरने में, परीक्षा देने में, कोचिंग संस्थान की फीस जमा करने के चक्कर में लाखों रुपये खर्च कर देते हैं। फिर भी रिजल्ट 'ढाक के तीन पात' ही होता है। अभिभावक की स्थिति का अन्दाजा लगाना आसान नहीं। कुछ अभिभावक सक्षम हैं, लेकिन ज्यादातर की हालत तो खराब है। महँगाई, बेरोजगारी पहले से ही बुरा हाल कर रखी है, ऊपर से बच्चों के पढ़ाई, लिखाई, परीक्षा और बेरोजगारी का खर्च। लेकिन अभिभावक क्या करे? अपने बच्चे के लिए, तो करना ही पड़ेगा, आखिर, उसे अपने बच्चे के साथ-साथ, खुद के सपने को पंख जो देना है। बच्चों की स्थिति को वही जान सकता है जिसके पास खुद अपने बच्चे हों और इस संघर्ष से गुजर रहे हों। सही ही कहा गया है, "जिसके पैर न फटे बेवाई, वह का जाने पीर पराई" बच्चों के संघर्ष को वही व्यक्ति समझ सकता है जो खुद अभिभावक हो । सरकारें कर्तव्य पालन में फिसड्डी ही रहती हैं। या यूँ कहें, सरकारों के एजेंडे में भारत का भविष्य है ही नहीं। सरकारी नौकरी की जगह संविदा कर्मचारियों ने ले ली। संविदा मतलब ठेका, काम का ठेका। निर्धारित वेतन से, बहुत कम पर, काम कराना और कोई सुविधा नहीं देना, कभी भी नौकरी से निकाल दिए जाने का खतरा अलग। यह भी एक तरह का शोषण और हिंसा है। ठेकेदार, सरकार से रुपये लेते ज्यादा हैं, पर कर्मचारियों को आधा भी नहीं देते हैं। ज्यादातर ठेकेदार खास तौर के लोग होते हैं, दबंग, राजनीतिक पहुँचवाले। दूसरा कोई सेंधमारी कर ही नहीं सकता। कारण नेटवर्क के बारे में पता ही नहीं चलता, फिर ठेका के लिए चढ़ावा, जो सबके बस की बात नहीं है।

घर का लोन, एजूकेशन लोन, भाई-बहन की पढ़ाई की जिम्मेदारी, माँ का उदास चेहरा, सब सामने दिखने लगा। पिता की तो बात ही अलग है, कभी कुछ कहते ही नहीं। अगर कहते हैं तो बस, "क्यों चिन्ता करते हो? इन सबके लिए मैं हूँ न, तुम बस तैयारी मन लगाकर करो ताकि वेकैन्सी आए तो सेलेक्शन हो जाय।"

दुःखी होता, सबकी आशाएँ जो उसी से हैं, हों क्यों नहीं? आखिर, संजय को पढ़ाने में, भाई-बहन के हिस्से का भी अर्थ, संजय पर ही खर्च किया है।

कैलाश का रिटायरमेंट करीब आ रहा था लेकिन संजय को नौकरी नहीं मिली। इसी बात की चिन्ता सताती। लेकिन कर भी क्या सकता था?

कैलाश आखिर रिटायर हो ही गए। जो फंड मिला था, उसे होम लोन चुकाने में, खर्च कर दिए। अब उनके पास केवल पेन्शन का ही सहारा था जो ज्यादा न था। उसी पेन्शन से, संजय के एजूकेशन लोन की किस्त, घर का दैनिक खर्च, मयंक और नूतन की पढ़ाई, खुद और लीलावती की दवा आदि के खर्च का काम चलता था। उनकी स्थिति ऐसी हो गई जैसे "आमदनी अठन्नी, खर्चा रुपैया।

संजय को घर की स्थिति का ज्ञान था, वह चाहता भी बहुत था कि वह कैलाश का बोझ कम कर दे लेकिन क्या सब उसके हाथ में था? नहीं न। वह तो परिश्रम कर रहा था लेकिन फल उससे काफी दूर था।

लोन की किस्तें आती रहीं, कैलाश कैसे पैसे जमा करता? संजय के पास नौकरी ही नहीं थी, अब क्या करे?

जिस संजय को अपने पर भान था कि उसे तुरन्त मनचाही नौकरी मिल जाएगी, अब सच्चाई से रू-बरू होने लगा था।

परेशान संजय ने 'पहली बार' सिगरेट को हाथ लगाया था, जिसे ऑफर किया था, उसके पुराने सहपाठी ने।

संजय बोला, "नहीं, मैं नहीं पीता।"

सहपाठी बोला, "टेन्शन दूर हो जाएगी प्यारे, बस एक कश, टेन्शन खतम। इसे टेन्शन नाशक ऐसे ही नहीं कहते। एक बार खुद आजमाओ, फिर फरमाओ।"

संजय न चाहते हुए एक 'कश' जो लगाया कि नशे के दलदल में धँसता ही चला गया।

थक-हार कर संजय 'तब तक के लिए' कोई भी जॉब के लिए प्रयास करने लगा। कामिनी भी सहमत थी, आखिर कब तक सिर्फ सरकारी नौकरी का इन्तजार करें। थोड़ा प्रयास करने के बाद संजय को प्राइवेट कम्पनी में जॉब मिल गई। कुछ काम चलने लगा। संजय शादी की बात को आगे बढ़ाना चाहता था लेकिन कामिनी के पिता को सरकारी नौकरी के अलावा कुछ भी स्वीकार्य नहीं था। उन्होंने कह दिया, "जब सरकारी नौकरी मिल जाए तब, बात करना।"

कामिनी के पिता सुन्दरलाल प्राइवेट कम्पनी के जॉब को अच्छा नहीं मानते थे, वे कहते, "प्राइवेट जॉब पानी के बुलबुले समान है, वह कभी भी फूट सकता

है यानी नौकरी जा सकती है लेकिन सरकारी नौकरी, सोने के अंडे देनेवाली मुर्गी के समान है, जो नित नए अंडे समान, तमाम फायदे देती है। समय के साथ-साथ और भी सुविधाएँ मिलती हैं, और वे टिकाऊ भी होती हैं। एक बार नौकरी लग जाए, फिर किसी माई के लाल में दम नहीं जो उसे ले सके।"

शादी के लिए शर्त अनुसार संजय प्राइवेट नौकरी करते हुए, सरकारी नौकरी के लिए प्रयास करता रहा। अरसे बाद इलेक्ट्रिक विभाग में जे ई की वेकैन्सी निकली, संजय ने सोचा, "अभी इसके लिए अप्लाई कर देता हूँ, अगर हो गया तो नौकरी ज्वॉइन कर तैयारी करता रहूँगा, और इससे बेहतर नौकरी की वेकैन्सी आने पर उसके लिए प्रयास करूँगा।" संजय ने फार्म भरा, इंटरव्यू दिया, और उसमें चयनित हो गया। जैसे ही उसके चयन का समाचार मिला वह पहला कॉल, कामिनी को किया। दूसरी तरफ से आवाज आई, "हेलो।" यह कामिनी की नहीं बल्कि सुन्दरलाल की आवाज थी।

संजय बोला, "अंकल नमस्ते, मैं संजय बोल रहा हूँ।"

सुन्दरलाल रूखेपन से बोले, "हाँ बताओ।"

संजय बोला, "अंकल, मुझे सरकारी जॉब मिल गई है।"

सुन्दरलाल बोले, "किस पोस्ट पर?"

संजय बोला, "जे ई।"

सुन्दरलाल बोले, "जे ई ! मुझे क्यों बता रहे हो?"

संजय बोला, "अंकल, वो आप बोले थे न, कि कामिनी से शादी !"

सुन्दरलाल भड़क गए और डाँटते हुए बोले, "कामिनी से शादी ! तुम्हारा दिमाग, ठीक तो है?"

संजय सकपकाते हुए बोला, "क्या? क्या कह रहे हैं अंकल? ऐसा क्यों कह रहे हैं? प्लीज, ऐसा नहीं कहिए, मैं और कामिनी प्यार करते हैं, आप भी जानते हैं।"

दूसरी तरफ से कोई आवाज नहीं आ रही थी, क्योंकि सुन्दरलाल कॉल काट दिए थे "तो क्या, मेरी बात अंकल ने नहीं सुनी?" संजय सोचने लगा।

इधर बहुत दिन से संजय और कामिनी में बात नहीं होती थी।

संजय सोचता था, "नौकरी कहीं पक्की हो जाय, तब सीधे, शादी की बात करूँगा।"

कामिनी पर सुन्दरलाल और परिवार का दबाव था कि, "लोग क्या कहेंगे? अधिकारी की बेटी और दामाद प्राइवेट में दस हजार रुपए, महीने के तनख्वाह

पर। पहले, उसे सरकारी नौकरी, वह भी इज्जतदार पद पाना होगा, जो कि इस समय उसके लिए सम्भव नहीं लगता, तभी शादी की बात बढ़ेगी। जब तक बढ़िया नौक़री नहीं मिलती, तब तक बात नहीं करोगी। "

कामिनी कहती, "बात तो करने दो, पता तो चलेगा। हम दोनों के बारे में।"

सुन्दरलाल के दबाव के आगे कामिनी मजबूर हो गई। पहले कभी-कभी चुपके से बात कर लेती थी लेकिन धीरे-धीरे दूरियाँ बढ़ती गईं और अन्ततोगत्वा एक दूसरे से सम्पर्क कट गया। शायद कामिनी ने भी अपने आप को भाग्य या यूँ कहें, सुन्दरलाल पर छोड़ दिया था।

संजय ने पुनः सुन्दरलाल को कॉल किया लेकिन बात नहीं हो पाई।

संजय सीधे कामिनी से मिलने चला गया। गेट पर पहुँचकर बेल बजाई।

नौकर ने गेट खोलकर, प्रश्नवाचक मुद्रा में संजय की ओर देखा और पूछा, "बतावें का काम है?"

संजय बोला, "मैं संजय, कामिनी का दोस्त, मिलना है।"

नौकर ऊपर से नीचे तक देखा फिर मुसकुराते हुए बोला, "लेकिन, बेबी तो बाहर गई हैं।"

संजय बोला, "मुझे तो कामिनी से मिलना है।"

नौकर बोला, "उनहीं को बोलत हैं साहब, बेबी।"

संजय पूछने लगा, "कहाँ गई हैं? कब तक आएँगी?"

नौकर बोला, "उन्हें गए तो काफी दिन हुआ, पता नाहीं कब तलक आवेंगी?"

संजय ने पुनः पूछा, "घर पर, कोई तो होगा?"

नौकर बोला, "हाँ, साहब हैं, हम बुला देत हैं।"

संजय बोला, "हाँ ठीक है।"

कुछ देर बाद सुन्दरलाल आए और संजय ने लपककर पैर छुआ और बोला, "नमस्ते अंकल।"

सुन्दरलाल बोले, "तुम यहाँ क्यों आए हो? तुम्हारी वजह से मेरी बेटी मुझसे नाराज़ हो गई। यहाँ से दफा हो जाओ और फिर कभी अपनी शक्ल मत दिखाना।"

संजय बोला, "अंकल प्लीज, मेरी बात सुनिए, हम प्यार करते हैं, हमें शादी की इजाजत दे दीजिए।"

सुन्दरलाल ने कहा, "अब तुम यहाँ से दफा हो जाओ, कामिनी को भूल जाओ, कभी दुबारा मिलने की कोशिश नहीं करना। उसकी शादी तय हो गई है, वह भी पी. सी. एस. अधिकारी से, समझे।"

संजय बोला, "अंकल एक बार कामिनी से बात कर लूँ, फिर जैसा आप कहें...।"

सुन्दरलाल गुस्से में बोले, "समझ में नहीं आ रहा है, क्या धक्के मारकर भगाना पड़ेगा?"

सुन्दरलाल ने नौकर को निर्देश दिया कि, "यह दुबारा न दिखे।"

संजय ने बहुत अनुनय-विनय किया लेकिन सुन्दरलाल पर कोई असर नहीं हुआ। नौकर ने गेट बन्द कर दिया। संजय बहुत देर तक बन्द गेट के सामने खड़ा रहा, उसे उम्मीद थी कि गेट खोलकर, उसे अन्दर बुला लिया जाएगा लेकिन ऐसा नहीं हुआ। हारकर, मजबूर हो, दुखी मन से, संजय वहाँ से जाते हुए, अपने आप पर गुस्सा हो रहा था कि, "कहाँ प्यार के चक्कर में फँस गया। अच्छा भला करियर था, प्यार व्यार के झंझट में फँसकर बरबाद हो गया। कामिनी अपने शादी के बारे में बताई भी नहीं। बता तो देती। हो सकता है, अंकल ऐसे ही कह रहे हों,...ऐसा नहीं होगा। शादी के बारे में कामिनी जरूर बताती।" तरह तरह के विचार उसके मन में आ रहे थे ।

कामिनी की याद उसे बेचैन करने लगी। अपनी बात किससे कहे? कोई था ही नहीं, जिससे अपने मन की बात कहता। करीब एक किलोमीटर पैदल ही चलकर चौराहे तक पहुँच गया, उसे अपने रास्ते तक का ख्याल नहीं रहा। विचारों में इतना उलझा था कि चौराहे को क्रास करते हुए, आती-जाती गाड़ियों का भी ध्यान नहीं था। एक कार से टकराते-टकराते बचा था।

कार ड्राइवर, कार का शीशा खोलकर, तेज और लम्बी हॉर्न बजाकर बोला, "अरे ! देखते भी नहीं हो। अभी एक्सीडेंट हो जाता तो। नशे में हो क्या?"

संजय की तन्द्रा टूटी और वह चौंक गया और बोला, "सॉरी, मैं --।" कहते हुए, रोड़ के किनारे खड़ा हो गया।

थोड़ी देर वहीं, किनारे खड़ा रहा फिर दुःखी मन से चौराहे से हटकर स्थित, पान की दुकान से एक गोल्ड फ्लैक खरीदा, दुकानदार से लाइटर लेकर जलाया। सोचता रहा और सिगरेट का कश लगाता रहा, "आखिर क्या भूल हुई जो कामिनी ने मुझसे ऐसा व्यवहार किया? मैं ने वही तो किया, जो कामिनी कहती या चाहती थी, सिवाय अच्छी सरकारी नौकरी के।

क्या नौकरी की वेकेन्सी मेरे हाथ में थी? नहीं न ! जब वेकेन्सी आई ही नहीं तो मैं क्या करता?" यह सब तो सरकार पर निर्भरकरता हैं कि वह वेकेन्सी कब और कैसे निकालती है? मैं क्या कर सकता था? आखिर क्यों? क्यों किया? कामिनी तूने। एक बार बता तो सकती थी कि अब मुझसे तुम्हें प्यार नहीं।" ऐसा सोचते हुए वह आखिरी कश तक पान की दुकान के पास खड़ा रहा।

अब सिगरेट और शराब पीना एक आदत बन गई थी। घरवालों से भी कम ही बात होती थी, एकान्त में पड़ा रहता। न कुछ कहता और न ही सुनता। नींद गायब हो गई थी। घबड़ाहट, बेचैनी रहती। कई बार आत्महत्या तक का विचार आया, प्रयास भी किया लेकिन आखिरी पल में घरवालों, भाई, बहन, माँ, और पापा याद आ जाते। आत्महत्या तो टल गई लेकिन शराब हाथ में आ, गले से अन्दर चली गई। नशे में पड़ा रहता। पिता कैलाश बहुत समझाते, "क्या वही है, अरे ! उससे भी सुन्दर और सुशील लड़कियाँ हैं, रिश्ते के लिए। उसे भूल जाओ, जो तुम्हें भूल गई, उसकी याद को तुम क्यों छाती से लगाए बैठे हो?"

संजय कोई जवाब नहीं देता, बस सिर झुका, सबकी बात सुनता और मन-ही-मन बोलता, "क्या भूलना इतना आसान होता है? वह भी, जिसे शिद्दत से प्यार किया हो।"

नौकरी भी ज्वॉइन नहीं करना चाहता था, कहता, "इस नौकरी की इतनी भी औकात नहीं कि एक लड़की के बाप को खुश कर सके, जिसके लिए नौकरी चाहता था, जब वही नहीं तो क्यों करना है ऐसी नौकरी?"

मयंक बोला, "क्या हम सब आपके लिए कुछ नहीं? कम-से-कम हमारे भविष्य संवारने के लिए ही नौकरी कर लीजिए।"

कैलाश बोले, "बेटा, मैं ने कभी भी जोर-जबर्दस्ती नहीं किया लेकिन बस इतना ही कहूँगा, मेरा समय खतम हो रहा है, मेरी तबीयत ठीक नहीं रहती, जीवन का क्या भरोसा? कब साँस रुक जाए, किसे पता? फिर तुम्हारे कन्धे पर ही परिवार का बोझ होगा। कैसे कर पाओगे? मेरी मानो, चले जाओ, नौकरी ज्वॉइन कर लो। आगे की सोचो बेटा।"

बहुत समझाने के बाद बाद, संजय ने इलेक्ट्रिक विभाग में जे ई के पद पर नौकरी ज्वॉइन कर लिया। शुरू में मन लगाकर काम करता, लेकिन घर पहुँचने पर कामिनी की याद सताती, बेचैनी बढ़ जाती। नींद कोसों दूर होती। फिर शराब की गन्ध और सिगरेट का धुआँ पूरे कमरे को अपने आगोश में ले लेती। शराब पीता और सो जाता। कभी-कभी नींद के लिए गोलियों का सेवन करता। वह

सुबह देर से उठता और देर से ऑफिस पहुँचता फिर अधिकारी की डाँट खाता। धीरे-धीरे संजय इन चीजों का आदती होता गया। काम में लापरवाही और देर से ऑफिस आने के कारण, उसे नोटिस भी मिल गई थी।

मनोचिकित्सक को दिखाया था, डॉक्टर ने नींद की दवा के साथ एंटीडिप्रेसेंट दवाएँ दिया था, दवा से नींद तो आती लेकिन कामिनी की याद, भला कैसे मिटती?

काम में भी मन नहीं लगता, कमरे में बेचैनी होती। इसलिए देर रात तक ऑफिस में पड़ा रहता फिर शराब पीकर घर आता और सो जाता, सुबह देर से उठता, ऑफिस देर से पहुँचता, सीनियर की डाँट खाता, यही दिनचर्या बन गई थी।

संजय घरवालों के लिए बहुत कुछ करना चाहता था लेकिन सब सम्भव न था। बड़ी मुश्किल से भाई, बहन को पढ़ाया। लोन चुकता करने के जद्दोजहद में वह पड़ा था कि एक दिन उसके पिता कैलाश को दिल का दौरा पड़ा और वे दुनिया छोड़ चले गए।

पिता कैलाश की मौत के समाचार ने उसे झकझोर दिया। बहुत रोया था। तुरन्त घर पहुँच, माँ लीलावती को सँभाला, और रोते हुए बोला, “माँ, मैं अनाथ हो गया, मैं बदनसीब हूँ, जिसकी साए में मैं सकून महसूस करता था, वह हमें अकेला छोड़ गया माँ। मैं कोई भी सुख नहीं दे पाया माँ। लोन भी चुकता न कर पाया और ए सब...।”

लीलावती बेटे को गले लगाकर रोती रही, आवाज तो जैसे निकल ही नहीं रही थी, समझाती, “बेटा, अब तो सब कुछ तुम्हें ही देखना है, भाई-बहन के साथ मैं भी तुम्हारे सहारे हूँ।”

मयंक और नूतन को भी समझाते हुए रोने लगता, कहता, “परेशान न हो, पिता जी नहीं रहे लेकिन मैं हूँ, तुम दोनों मेरी जिम्मेदारी हो।”

अन्तिम संस्कार के बाद, श्रद्धांजलि सभा रखी गई। सभा को सम्बोधित करते हुए संजय नें रोते हुए बताया, “अभी दो दिन पहले ही पापा जी से बात हुई थी, कह रहे थे, बेटा तुम अपना ध्यान रखो, हमारी चिन्ता नहीं करना, यहाँ सब ठीक है, और यह...।” अपनी बात पूरी नहीं कर पाया और फफककर रोने लगा। थोड़ी देर बाद, रुककर बोला, “लाख दिक्कत रही हो लेकिन कभी भी मुझे महसूस नहीं होने दिए। मैं उनके जीते जी वह लोन चुकता नहीं कर पाया जो उन्होंने मेरी पढ़ाई के लिए लिया था।”

थोड़ा रुककर बोला, "मेरे पापा महान थे, जिन्होंने पूरी जिन्दगी अभावों में रहते हुए भी हमें, सभी सम्भव सुख-सुविधा उपलब्ध कराई।"

"मैं कसम खाता हूँ कि उनके जो भी काम रह गए हैं उन्हें मैं पूरा करूँगा, आप सभी लोग आए, आप सभी का आभार व्यक्त करता हूँ।" कहकर, वहीं फर्श पर बैठ, सिसकने लगा।

कुछ दिन घर रुककर, वापस लौट ड्यूटी ज्वॉइन कर लिया। कुछ दिन तो ठीक रहा, फिर वही दिनचर्या। ड्यूटी में लापरवाही के कारण दो बार सस्पेंड भी हो गया था। कामिनी की याद जैसे परछाईं थी, छोड़ती नहीं थी। वह सोचता, "पता नहीं शादी हुई या मेरा इन्तजार कर रही होगी, लेकिन उसकी शादी तो...।" बेबस हो वह शराब के आगोश में समाने लगता। कभी-कभी ड्रग का भी इस्तेमाल करता। लीलावती कई बार शादी के लिए बोली लेकिन वह मना कर देता।

सनोज की पोस्टिंग संजय के ऑफिस में हुई थी। और वहीं पर उससे मुलाकात हुई थी। संजय था तो सीनियर लेकिन लापरवाही के कारण उसे प्रोमोशन नहीं मिला। जे ई बना रहा। बस सीनियर जे ई। कुछ समय बाद दोनों की ड्यूटी साथ-साथ लग गई। पहले सब कुछ ठीक था लेकिन बाद में, सनोज इसी संजय के कारण शराब पीने लगा था। वह तो पत्नी सुलोचना और उसके भाई के कारण सनोज नशे से बाहर आ गया अन्यथा उसका क्या हश्र होता? पता नहीं।

भाई-बहन की शादी कर दिया था। दु:ख में तड़पकर लीलावती भी संसार को अलविदा कह दी। रह गया, अकेला संजय। अकेला नहीं कह सकते, उसकी दोस्त उसकी हमराह, हमसफ़र शराब थी जो हर पल उसका साथ निभाती।

कामिनी का कुछ भी पता नहीं था। वह संजय के लिए एक याद बनकर रह गई थी।

सुलोचना बोली, "आपके अच्छे मित्र थे, आप उन्हें समझा सकते थे।"

सनोज दु:खी हो बोला, "उन दिनों तो मैं खुद ही...।" कहते हुए रुक गया।

सुलोचना बोली, "आपके गुरु, यही थे क्या?"

सनोज बोला, "अरे ! नहीं, मैं तो कॉलेज के समय से ही पीता था लेकिन बहुत कम, वह तो बाद में...खैर छोड़ो, उनके पास आप जैसी नहीं थी न, अन्यथा वह भी छोड़ दिए होते।"

सुलोचना बोली, "उनके न होने के कारण ही तो पीना शुरू किए, अगर होतीं, तो पीते ही क्यूँ।"

सनोज बोला, "एक बार मैं ने छोड़ने के लिए बोला था, कहा था, बॉस, देखिए, मैं इसे छोड़ चुका हूँ, आप भी छोड़ सकते हैं।"

तब संजय ने कहा था, "सनोज, तुम्हारे पास शराब छोड़ने की वजह थी तुम्हारे पास बीबी और बच्चा हैं, लेकिन मेरे पास पीने की तमाम वजहें हैं ।"

सनोज बोला, "बॉस, समय सब घाव को भर देता है।"

संजय बोला, "यार, यही तो मैं नहीं चाहता, मैं उस घाव को भरने नहीं देना चाहता, मैं तो और भी गहरे घाव की इच्छा रखता हूँ। उसकी याद है इस घाव में, उफ़ यह घाव, मरते दम तक उसकी याद भुलाना नहीं चाहता। मुझे आज भी लगता है कि कामिनी मुझे ही प्यार करती है, वह तो उसके पिता नहीं चाहे होंगे।" कहते-कहते आँखों से आँसू आ गया था।

सुलोचना बोली, "क्या सच में कोई किसी से इतना प्यार कर सकता है, जिन्दगी भर के लिए, खुद बरबाद हो जाए लेकिन प्यार करता रहे।"

सनोज बोला, "अभी पिछले दिनों वह मिले थे, बहुत दुःखी थे, तब अपनी डायरी के कुछ पन्ने पढ़, मुझे सुनाए थे, बहुत दर्द था, भावुकता भरी है।"

सुलोचना बोली, "क्या लिखा था, बहुत इमोशनल था क्या?"

सनोज बोला, "मैं सुन, खुद रुआँसा हो गया था।"

सुलोचना की जिज्ञासा बढ़ने लगी, वह सुनना चाहती थी, लेकिन सनोज सुनाने से बचना चाहता था। सुलोचना जैसे जिद करने लगी हो, उसे सुनना ही था।

सनोज बोला, पिछली बार जब मिले थे, कहने लगे, "देखो सनोज मैं अपने जीवन के बारे में, कुछ लिखा हूँ। पढ़ना चाहोगे, पढ़-सुन लो, पता नहीं यह जीवन कब तक है, हो न हो, यह हमारी आखिरी मुलाकात हो।

तब सनोज ने कहा था, "बॉस ऐसे मत बोलिए, जीवन बड़ा है, उसे जीने की जरूरत है।" लेकिन वह कुछ नहीं बोले, थोड़ी देर शान्त रहे फिर बैग से डायरी निकाल, खुद ही पढ़ने लगे :

गहन तम छा रहा है, यह जीवन जा रहा है।
दिल घबरा रहा है, जग छूटा जा रहा है।
सपने अधूरे ही रहे, कुछ भी तो पूरे न हुए।
माँ का बेटा न बन सका, पिता का अच्छा पुत्र कहला न सका।
पिता का बोझ कहाँ कम कर पाया? भाई को कहाँ रास्ता दिखाया?

बिमुख ही रहा, कर्तव्य पथ पर,
जैसे, हारे-सा किरदार अपना।
जीवन ज्योति जली नहीं,
फिर कैसे खतम हो गया सब सपना?
प्यार भी कहाँ मिला मुझको?
जो करता रहा ताउम्र तुझको।
इन्तजार भी किया तेरा,
पर तेरा न एक सन्देश पाया।
जिन्दगी खतम समझो,
बचा क्या अशेष इसमें?
बची जिन्दगी में ख्वाहिश है, बस प्यार तेरा,
पर पता है, न मिला, ना मिलेगा अब दीदार तेरा।
जिन्दगी वारि का बुलबुला, कब तलक चल पाएगा।
मारुत का एक झोंका, बुलबुला फोड़ जाएगा।
बेरोजगारी भी क्या गजब ढाई?
सरकारी नौकरी थी पहली शर्त, थी वह प्यार पर भारी।
कुछ बेरहम दुनिया ने मारी तो कुछ खुद की लाचारी ने मारी।
कहाँ यह सोमरस मुझे भाती न थी? और अब मुझे कोई दूसरी भाती नहीं है।
जिन्दगी खत्म समझूँ या कुछ इन्तज़ार कर लूँ।
चन्द घड़ियाँ, जो बची हैं, तुम्हारे नाम कर दूँ।
मैं जानता हूँ, तुम बेवफा न थी,
हालाते इश्क, क्या यह वफ़ा न थी?
बता देती गर मुझसे अपनी आरज़ू,
छोड़ देता मैं अपना जहनो वतन।
पर बरबादी का मेरा मंज़र, देखता कैसे तेरा जहाँ?
मैं आबाद होता तेरे संग, खिलता मेरा चमन।
चमन मेरा होता, मैं होता उसका माली।
तू सज सँवर कर बैठती, और खुद पर इठलाती।
फूल खिलते रंग-बिरंगे, उड़ती उसमें तितलियाँ।
भौंरे करते करतब अपने, पंछी करते अठखेलियाँ।

पर सपने मेरे टूट गए, अपने हमसे छूट गए।
किसी को मैंने छोड़ा, कुछ मुझसे रूठ गए।
जीवन के आपाधापी में, मैं पीछे छूट गया।
इस मोहपाश ने मेरा सब कुछ लूट लिया।
अब जीवन का क्या करना? जब रहा न कोई सपना,
सब कोई तो छूट गया, अब रहा न कोई अपना।

सनोज इन दर्द भरी लाइनों को सुनाने के बाद शान्त हो गया, एक लम्बी साँस छोड़ते हुए बोला, "सच वह मुलाकात, आखिरी ही थी, यह मुलाकात तो अधूरी ही रही, वे बेहोश थे, शरीर क्षत-विक्षत था।"

सुलोचना बोली, "दुख होता है उनकी मौत पर, लेकिन क्या नशा ही विकल्प था? नहीं न, बहुत सारे लोग, बहुत दुखी हैं, तो क्या सभी पीते हैं? नहीं न।"

सनोज बोला, "बात सही कह रही हो। कई बार रास्ता समझ में नहीं आता। जल्दबाजी में शॉर्ट कट में गलती हो जाती है।"

सुलोचना बोली, "फिलहाल मैं आपसे नहीं पूछूँगी कि आपने किस टेन्शन में पीना शुरू किया था।"

सनोज झेंपने लगा, पर कुछ नहीं बोला।

इस तरह एक होनहार युवा, नौकरी के लिए संघर्ष करते हुए, प्यार में हार कर, नशे में लिप्त हो गया। देश का भविष्य, देश के विकास में भागीदार बनने के बजाय, नशे में लिप्त हो देश और समाज पर आर्थिक, सामाजिक और शैक्षणिक रूप से बोझ बन असमय ही कालकवलित हो गया।

भाग 5

कुछ दिन माधुरी संग बिताने के पश्चात, पंकज ड्यूटी पर चला गया। माधुरी ने भी अपनी ड्यूटी ज्वॉइन कर ली। सरकार की नीति के तहत, एक जिले में पोस्टिंग के लिए पंकज ने आवेदन किया। लेकिन सीट की उपलब्धता न होने के कारण, दोनों का कार्यस्थल यथावत बना रहा। छुट्टियों के समय, एक दूसरे के यहाँ आते-जाते रहते और जो समय मिलता, उसे दाम्पत्य जीवन में लगाते। समय का उपयोग करते, दोनों पति-पत्नी, आईएमआईई की तैयारी करते रहे। कुछ पेपर क्लियर भी हो गया था। इसी बीच, पंकज का ट्रन्सफर, लखनऊ के लिए हो गया। पति-पत्नी एक साथ रहते हुए, आईएमआईई का एग्जाम पास किए। दो साल बाद, एक प्यारा पुत्र पैदा हुआ।

पंकज, नशामुक्ति का अलख लगाए, खासकर युवाओं को नशे से दूर रहने के तरीके बताता। जगह-जगह गोष्ठी का आयोजन करता, लोगों को नशे से होनेवाले आर्थिक, सामाजिक और स्वास्थ्य के नुकसान के बारे में बताता। आईएमआईई पूरी होने के बाद, प्रमोशन पाकर, पति-पत्नी, असिस्टेंट इंजीनियर के पद को सुशोभित करने लगे।

रमेश ने उषा को पास के ही स्कूल में दाखिला दिला दिया था। शुरुआती दिक्कत के बाद, उषा अच्छे से पढ़ने लगी थी और जल्दी ही प्राथमिक शिक्षा पूरी कर ली। यह सफर, उषा या उसके परिवार के लिए आसान नहीं था, लोग मज़ाक उड़ाते। कोई तो, माधुरी से मुकाबला कहता तो कोई कहता, “बच्चे पालने के बजाय पढ़ाई करने जा रही है।” कमला और महादेव भी पढ़ाई के महत्त्व को समझ, उषा को सहयोग करते।

पंकज ने अपने गाँव के पास, एक स्कूल की आधारशिला, अपने माई-बाबू के हाथों रखवाया, स्कूल का निर्माण कुशल कारीगरों के द्वारा, निर्धारित समय में पूर्ण हुआ और उसका संचालन रमेश और उषा के कुशल

नेतृत्व में होने लगा। पूरे क्षेत्र के लिए पंकज और माधुरी, आदर्श एवं प्रेरणा स्रोत बन गए। घर की माली हालत भी काफी सुधर गई।

पति-पत्नी, सामाजिक कार्यक्रमों में हिस्सा लेना, जागरूकता फैलाना अपना कर्तव्य समझते व आडम्बररहित समाज का निर्माण करने की कोशिश करते।

एक कार्यक्रम में पंकज शिक्षा के महत्त्व पर प्रकाश डालते हुए बोल रहा था, "मैं एक छोटे से गाँव के निम्न मध्यम वर्गीय परिवार में पला-बढ़ा हूँ, आज आपके सामने हूँ, निश्चित रूप से, यह सब शिक्षा के वजह से है। शिक्षा के द्वारा ही यह नौकरी पाया हूँ। यह एक दिन या एक रात में नहीं हुआ, इसके लिए मुझे और मेरे परिवार को बहुत कुछ करना पड़ा था। परिवार का सहयोग न होता तो क्या मैं यहाँ होता? शायद नहीं। एक सफल व्यक्ति के पीछे कितने लोगों के त्याग, बलिदान, और सपने होते हैं, यह किसी से छिपा नहीं है। आपके सपनों को पूरा परिवार जीता है, और सपना पूरा होने पर, पूरे परिवार का सपना, पूर्ण होता है। इसलिए मेरे प्यारे भाइयो और बहनो, शिक्षित बनें। शिक्षा दिन-पर-दिन महँगी होती जा रही है, फिर भी शिक्षित बनना ही होगा। शिक्षा केवल सर्टिफिकेट नहीं है, बल्कि रोजी-रोटी के साथ-साथ सोच को भी परिवर्द्धित करती है। आप सही गलत का निर्णय अपने विवेक से कर सकते हैं। अच्छा स्वास्थ्य, हमारे वर्तमान और भविष्य का सूचकांक है, एक इंडेक्स है, स्वस्थ रहकर ही हम, अच्छी सोच विकसित कर सकते हैं। अच्छे स्वास्थ्य के लिए, अच्छा खान-पान करें, शारीरिक व्यायाम करें, नियमित दिनचर्या का ध्यान रखें, तभी स्वस्थ रहेंगे। बच्चों को पढ़ाने में कोताही न करें। जब खुद सक्षम होंगे, तभी अपने लोगों का सहयोग कर सकेंगे।"

एक स्कूल के मोटीवेशनल स्पीच में, मंच से पंकज ने, छात्रों का हौसला बढ़ाते हुए कहा था :

चिन्ता नहीं तू चिन्तन कर, तन-मन सब अर्पण कर
मन में उत्साह भर, निज पथ का सत्कार कर
मन में तू ठान ले, अपना लक्ष्य जान ले
रास्ते कठिन हैं, यह मान ले
तू निडर बन, तू निर्भीक बन
लक्ष्य निश्चय कर, दृढ़ता से काज कर

ना तू बहक, कर्मपथ पर चल
खुद ही प्रकाश बन, जग को प्रकाशित कर
गिर पड़े गर, मत हार मान
फिर तुम्हें उठना होगा, फिर कमर कसना होगा
लगातार बढ़ना होगा। विजई होने तक संघर्ष करना होगा।

तालियों की जोरदार गड़गड़ाहट से पूरा हाल गूँज गया। तालियाँ बजती रहीं, जिनकी गूँज, हॉल के बाहर निकलकर, लोगों के साथ उनके घरों, और क्षेत्र तक पहुँचने लगी। समाज में व्याप्त नशा, अशिक्षा और अन्धविश्वास को चीरते हुए अरुणोदय का आगाज होने लगा।

❖ ❖ ❖

लेखक की तरफ से निवेदन

मेरे देश के नौजवान साथियो, अगर स्वयं के साथ-साथ देश को तरक्की के रास्ते पर देखना चाहते हैं तो नशे से दूर रहें। नशा केवल शराब ही नहीं है बल्कि, बीड़ी, सिगरेट, पान मसाला, गुटका, शराब, अफीम, भाँग, गाँजा सभी नशा यानी मादक पदार्थ हैं। आओ हम सभी प्रण लें, न तो नशा करेंगे और न ही इसे बढ़ावा देंगे। नशे से दूर रहना, देश के प्रति सच्ची राष्ट्र-भक्ति है।